무심천에서 과천까지

경제 공무원 20여 년의 여로(旅路)

무심천에서 과천까지

경제 공무원 20여 년의 여로(旅路)

1판 1쇄 펴낸날 | 2008년 12월 1일

지은이 | 신윤수

펴낸이 | 조현주
펴낸곳 | 도서출판 하늘재

등록 | 1999년 2월 5일 제20-140호
주소 | 서울시 마포구 망원1동 384-15 301호(121-820)
전화 | (02)324-2864
팩스 | (02)325-2864
E-mail | haneuljae@hanmail.net

ISBN 978-89-90229-21-2 03810
값 12,000원
ⓒ2008, 신윤수

무심천에서 과천까지

경제 공무원 20여 년의 여로(旅路)

신윤수 지음

하늘재

이제 쉰 살을 겨우 넘는 인생을 살았다. 그러면서 지나간 인생을 논하고, 아직 현직 공무원 신분이면서 공직 생활에 관한 글을 쓰기는 이른 것 같다. 그럼에도 불구하고 이번에 글을 쓰게 된 것은 2008년에 중앙공무원교육원에서 약 1년의 고위정책과정을 이수하게 되어 시간적 여유가 생겼기 때문이다. 또한 기억이 남아 있고, 반성할 수 있고, 남길 말을 할 수 있을 때 써두어야 한다고 생각하기 때문이다.

나는 지난 20여 년 동안 경제부처에서 공무원 생활을 하였다. 일하는 순간순간은 나름대로 최선을 다했고 역사와 국가, 민족 앞에 큰 부끄럼은 없다고 생각하지만, 뒤돌아보면 반성할 부분이나 아쉬움, 후회가 없다고 할 수만은 없다.

책의 제목을 『무심천에서 과천까지』라고 한 것은 여기 실린 글들이 인생이라는 열차를 타고 내가 해온 공직 생활을 바라보는 형태의 기행문(紀行文)이 되었기 때문이다. 또 인생과 공직 생활의 여로가 어릴 적 청주 무심천(無心川) 가에서 출발하여 관악(冠岳) 주위를 돌고 돌아 오랜 기간 과천(果川) 정부청사에서 이뤄진 일이기 때문이다.

나는 어려서 청주 무심천 근처의 석교동에 살면서, 석교초등학교와

5

청주중학교를 다녔다. 그 뒤 서울 경동고등학교로 진학했고, 아버님의 전근으로 집 전체가 서울로 이사하면서 미아리에서만 18년을 살았다. 고교 졸업 후에는 재수를 한 끝에 서울대학교 경영학과에 다녔다. 대학 시절에는 공부에는 관심이 없었고, 대학로에 있는 베다(Bede) 야학에서 대학 2학년부터 졸업할 때까지 야학 교사를 했다.

대학 졸업하던 해 한국외환은행에 두 달 반 다니다 그만두고, 그해 제24회 행정고등고시에 합격하였다가, 바로 군에 가서 해병대에서 40 개월을 복무(해간66기, OCS 72차)하였다.

군 제대 후 시작된 공무원 생활은 줄곧 과천에 있는 재무부, 재정경 제원, 재정경제부(이름은 바뀌었지만 같은 부처이다)에서 근무했다. 그러다 가 2006년 4월부터 약 1년 9개월간 대전에서 통계교육원장으로 봉직 했다. 그리고 지금은 과천에 있는 중앙공무원교육원에서 교육을 받고 있다.

나는 결혼을 늦게 하였다. 1989년에 결혼한 아내도 동향인 청주 사 람이고, 지금 사는 방배동 아파트의 발코니에서는 우면산과 관악산이 바로 보인다. 그러니 한평생이 청주에 있는 우암산(牛岩山, 소가 누워 있 다 해서 臥牛山이라고도 한다), 무심천(無心川)에서 시작하여, 우면산(牛眠 山, 소가 자고 있는 산)과 관악(冠岳, 관악산은 악(岳)과 산(山)이 중복된다 하여 관악이라 쓴다)을 바라보며 과천 주위를 맴돌았던 것에 다름없다. 적어 도 성년이 되고 나서는 이곳에서 겨우 10킬로미터 반경에서 부대끼고 살았으니, 생각해보면 허허롭다. 인생은 공수래 공수거(空手來 空手去) 라는데.

젊은 시절부터 줄곧 좋아해온 민족시인 윤동주(尹東柱)의 서시(序詩)를 여기 옮겨본다.

　　죽는 날까지 하늘을 우러러

　　한 점 부끄럼이 없기를

　　잎새에 이는 바람에도 나는 괴로워했다.

　　별을 노래하는 마음으로

　　모든 죽어가는 것들을 사랑해야지

　　그리고 나한테 주어진 길을 가야겠다.

　　오늘밤에도 별이 바람에 스치운다.

　　제1부 '청주 무심천에서 과천정부청사까지'는 나의 인생의 여로를 간단하게 정리한 글이다. 제2부 '나의 공직 생활'은 여태까지 근무한 부서나 파견을 갔던 기관의 업무를 회상해보고, 거기서 한 일, 생각나는 일화나 여러 가지 시사점을 적어보았다. 제3부 '나의 글, 나의 주장'은 나의 공직 생활과 직접 관련은 적지만 그동안 이런 저런 문제에 대해 써둔 것을 정리한 것이다. 중간 중간에 관련된 사안에 대한 느낌은 '나의 생각'으로 적어보았다.

2008년 11월 방배동에서

신 윤 수

제2부 나의 공직 생활

제3부 나의 글, 나의 주장

제1부

청주 **무심천**에서 **과천정부청사**까지

2008년 10월 이란 이스파한에서.

1. 돌아보니

나의 고향은 청주(淸州)이다. 어릴 적에는 줄곧 청주 시내를 흐르는 무심천(無心川) 옆 동네인 석교동에서 살았다. 그러다가 고교 1학년 때 집이 서울로 이사하면서 미아리에서만 18년을 살았다. 고교, 대학시절 에는 산이 좋아 전국의 여러 산을 두루 다녔고, 산을 좋아하다 보니 어 쩌다 군대도 해병대로 가게 되었다.

대학을 졸업하던 해 잠시 한국외환은행에 다니다가 곧 그만두고 나 서 고시 공부를 시작했는데, 바로 그해에 제24회 행정고등고시에 합격 하였다. 그리고 미처 공무원 임용을 받지 못한 채 군에 입대하여 40개 월을 복무하였다. 해병대를 제대한 1984년 8월 20일 재무부에서 공무 원 생활을 시작하여 22년을 줄곧 재무부, 재정경제원, 재정경제부로 이 름이 바뀐 지금의 기획재정부에서 일하다가, 2006년 4월부터 2007년 12월까지 통계청 소속인 통계교육원장으로 1년 9개월을 근무하였다.

이제 군 복무를 포함한 공무원 연금 기간이 27년을 넘었고, 정년인 예순 살까지 공무원 생활을 계속한다 하더라도, 인생을 하루로 비교한 다면 나의 공직 생활은 정오를 넘어 서쪽으로 기울고 있다. 계절에 비 유하더라도 가을에 접어들고 있는 것이 사실이다. 이제 어쨌든 정리를 해야 할 시간이 다가온 것이다.

2. 청주 무심천에서

나는 충청도 진천(鎭川)의 외가에서 태어났다. 내가 태어난 집은 가끔 도깨비가 나온다는 집이었다. 외갓집 마당에 오줌장군이 하나 있었는데, 그게 저녁에는 마당 이쪽에 있다가, 아침에는 저절로 저쪽에 가있다던가……. 어릴 때 진천 읍내나 덕산에 살았던 외가에 가면 사촌형들이 이런 이야기를 하여 나는 다락에서 무슨 소리만 들려도 무서워했다. 아마 사촌형들이 동생들을 기합 들이려 거짓말을 했는지 모르겠다.

'생거진천(生居鎭川) 사거용인(死居龍仁)'이라고 한다. 진천이 살기 좋고 용인에 명당이 많다는 뜻으로 짐작되나, 여러 가지 전설이 있다고 한다. 나는 진천 사람을 만나면 '생거진천'에 끼워달라고 한다. 그곳에서 태어나 아기 때 잠깐 동안 살았고 외가에도 자주 다녔으니 이것이 생거진천이 아닌가.

본적지는 청원군 가덕면 노동리이다. 그러나 이곳은 아버지의 고향이지 나는 가보기는 하였지만 잘 알지는 못한다. 성인이 되고 나서 1991년부터 1998년 2월까지 집안 사정으로 약 6년 2개월을 청주에서 과천까지 매일 출퇴근했으니, 결국 내 팔자는 어릴 적부터 청주 무심천에서 과천까지 인생의 여로(旅路)로 정해놓은 것이 아닌가 싶다.

내가 다닌 초등학교는 무심천을 건너는 돌다리, 즉 남석교(南石橋)가 있었다는 지명에서 유래된 석교초등학교였다. 나는 1969년에 27회로 졸업하였다. 이 학교에는 전해오는 이야기가 있는데, 학교를 지을 때 고용인(옛날에는 소사라고 불렀다)이 용이 되려는 이무기를 실수로 죽였다고 한다. 그래서 학교에서 무슨 일이 있으면 이무기가 심술을 부려 행사를 망친다는 것이었다. 그래선지 초등학교 때 소풍날이면 매번 비가 와서 소풍을 제대로 가지 못하고, 소풍 도시락을 강당에서 먹은 적이 여러 번 있었다. 어릴 적 청주에서는 무슨 행사 때 비가 오면, 사람들이 "오늘 석교 아이들 소풍 가나 보다"는 이야기를 하곤 했다.

어릴 때, 나는 초등학교 운동장이 세상에서 제일 큰 곳이라고 생각하였다. 어린아이들만 있는데 왜 운동장을 이리 크게 지어놓았는지 의아스러워했다. 나이 마흔이 넘어 우연히 모교에 들른 적이 있는데, 그때는 '왜 이리 운동장이 작아졌지, 정말 이상하다' 라는 생각을 했다. 운동장의 크기야 예나 지금이나 변함이 없을 터인데, 아마 어릴 적의 눈으로는 크게 보이고, 어른이 되어서는 작게 보인 까닭이었을 것이다.

옛날 청주 시내에는 청주극장과 현대극장 등 영화관이 두 개 있었다. 그런데 학교에서도 가끔 밤에 영사막을 걸고 영화를 보여주었다. 그럴 때면 마을사람이 모두 모여 잔칫날처럼 영화를 기다리곤 했다. 도청 소재지인 청주 시내에서도 조금 변두리에 떨어진 석교동의 밤하늘은 거의 통행하는 차가 없고, 가로등도 거의 없어 암흑천지였고, 지금은 강원도에나 가야 볼 수 있을 정도로 아주 맑은 밤하늘이었다. 은하수를 보며, 별똥별을 세며, 모기에 뜯기면서 영화 시작을 기다렸던 시절이었다.

내가 초등학교를 다닐 때는 학교에서 미국의 잉여농산물(PL480)로 원조받은 강냉이 빵과 분유를 주곤 했다. 이때 나는 정말 미국은 대단한 나라라고 생각하였다. 평상시 먹기 힘든 귀한 것을 우리한테까지 보내주는 훌륭한 나라라고 생각했다. 나중에 알고 보니 가축사료로 쓰고도 남아 처치 곤란하여 우리한테 준 것인데 말이다. 그것을 받으려고 아이들이 목을 빼고 기다리던 시절, 지금 생각하면 정말 불쌍했던 대한민국이었다. 청주시 금천동에는 양관이라고 부르는 곳이 있어 서양사람 몇이 살았는데, 나는 어쩌다 그들을 거리에서 만나면 천사이거나 귀신이거나 이 세상 사람이 아닌 것으로 생각했다.

초등학교를 마친 뒤에는 제법 공부를 해야 갈 수 있다는 청주중학교에 진학했다. 그런데 초등학교 6학년 때 과외를 갔다 오다, 한밤중 무심천 뚝방길에서 넘어져 무릎 뼈가 다 드러나는 대형 사고를 당했다. 이 상처는 지금도 흉물스레 남아 있다. 다행히 행인이 발견하여 집에 연락하고, 청주시내 남궁외과에서 봉합수술을 받았다. 아마 1, 2주는 학교에도 가지 못하고, 그 후에는 어머니가 나를 업고 학교에 다니다가 두 달 후쯤부터 지팡이를 짚고 학교에 갔던 것 같다. 그래도 그해 12월인가 있은 청주중학교 입학시험의 체력장에서 달리기를 만점 받았는데, 아버지께서 울타리 밖에서 나를 지켜보시며 무척 감격해하셨다는 이야기를 들었다. 그때 우리 반 60여 명 중 3명만 청주중학교에 진학할 수 있었다.

청주(淸州)에 대해 지리책에는 '도시 중간에 무심천(無心川)이 흐르고, 우암산(牛岩山)이 우뚝 서 있는 교육도시'라고 쓰여 있었던 것 같다. 왜 청주를 교육도시라 했는지는 잘 모르겠다. 하지만 아마 그 당시 충청북도의 읍면에 사는 아이들이 청주에 있는 상급 학교에 진학하는 경우가 많았던 데다, 청주 전체 인구가 10만 명이 안 되는 시절인데도, 초등학교부터 대학까지 학교와 학생들이 많았던 까닭이 아닐까 싶다.

청주는 상당, 서원, 주성(舟城)이라 부르다가 고려 때부터 청주라고 불렸다고 한다. 청주는 '맑은 고을'이란 이름이고, 맑다는 것은 물을 뜻하니 무심천과는 떼낼 수 없는 말이 아니겠는가. 이러한 우암산, 무심천이 어릴 때 나의 우상이요, 친구이자 생활반경이었다.

우암산(牛岩山)은 소가 누워 있는 모습이라 와우산(臥牛山)으로도 불렸다고 한다. 그곳에는 지금도 산성이 있는데 이름이 상당산성이다. 산성에 올라가면 청주국제공항에서 비행기가 뜨고 내리는 것이 보이는데, 비행장 있는 마을 지명이 비상리(飛上里), 비하리(飛下里)이니 옛 선조들이 미리부터 다 보고 땅이름을 지은 모양이다.

결혼을 하고 나서 집안 사정이 생겨 나는 청주에서 약 6년 2개월을 살다가, 1998년 2월 독일 연방경제기술부(BMWi)로 파견근무를 가면서 청주를 떠났다. 독일에서 2000년 2월에 돌아온 뒤에는 전에 재무부 주택조합에서 분양받은 아파트에 입주하였다. 지금도 우리 가족은 줄곧 그 아파트에 살고 있는데, 집 발코니에서 우면산(牛眠山)이 바로 보인다. '우면산'이란 소가 자고 있는 산이라는 뜻이니, 결국 소가 누워 있는 와우산에서 소가 자고 있는 우면산에 와서 사는 형국이 되었다.

우암산:『한국의 산』에서

충청북도 청주시 우암동에 있는 산. 높이 338m이다. 청주시의 진산으로 장암산·대모산·무암산·와우산·당이산 등으로 불리기도 한다. 와우산이라는 별칭처럼 산세가 소가 누운 모습을 하고 있으며, 청주시 명암동·내덕동·우암동·수동·대성동·문화동·용암동에 걸쳐 있다. 침엽수림과 낙엽수림이 섞인 숲이 우거지고, 약수터와 순환도로·등산로 등이 잘 정비되어 있어 시민들의 휴식처로 널리 이용되고 있다. 산기슭에는 표충사(表忠寺)·용화사(龍華寺) 등의 사찰이 많고, 정상 부근에 삼국시대 것으로 보이는 와우산성(臥牛山城)이 있다. 와우산성은 『동국여지승람』에는 둘레가 1,587m로 되어 있으나 실제로는 내성 2km, 외성 1,800m로 총 3.8km에 이른다. 지금은 성 주변으로 민가와 농경지가 늘어나 크게 훼손된 상태이다. 1919년 3·1운동 당시 독립선언서에 서명한 민족대표 33인 중 충청북도 출신 6명의 동상을 모신 삼일공원이 있다.

무심천(無心川)은 동쪽으로는 우암산, 서쪽으로는 부모산(父母山)을 사이에 두고, 청주시내 중심부를 가로질러 까치내를 지나 미호천으로 합류되는 물줄기인데, 여러 차례 이름이 바뀌다 무심천으로 불리게 됐다고 한다.

무심천은 남석천(南石川)이라 부르다 통일신라시대에 심천(心川), 고려시대에는 석교천(石橋川). 대교천(大橋川)으로, 조선시대에는 무성뚝으로 부르다, 일제강점기부터 오늘의 무심천(無心川)으로 불려왔다. 이 무심천에는 설화가 전해져 온다.

청주 고을 양지바른 곳에 오두막이 있었네. 그 집에 한 여인 다섯 살짜리 아들과 살았네. 집 뒤로 맑은 물 사철 흐르고 통나무다리 놓여 있었네. 어느 날 행인이 하나 찾아들자 여인은 아이를 부탁하고 일 보러 나갔고 아이를 돌보던 행인은 그만 깜빡 잠들고 말았네. 꿈결인 듯 여인의 통곡소리에 눈을 뜨니 이게 웬일인고. 돌보던 아이 주검 되어 그 여인에게 들려 있네. 사연을 알아보니 행인이 잠든 사이 통나무다리 건너다 물에 빠져 죽었다네. 여인은 아이의 잿가루를 그 물에 뿌리고 삭발 후 산으로 갔다네. 이 소식 인근 사찰(인근의 용화사로 추정됨)에 전해지자 모든 승려 크게 불쌍히 여기어 아이의 명복을 빌기로 했다네. 그들은 백일 만에 통나무다리 대신 돌다리를 세웠네. 그 다리 이름은 南石橋(현재 석교동에 묻혀 있음). 이 같은 사연 알 바 없이 무심히 흐르는 이 냇물을 일러 무심천이라 하였네.

이런 사연이 있는 무심천에 대해 노산 이은상 선생은 「무심천을 지나며」라는 시를 남겼다.

그 옛날 어느 분이 애타는 무슨 일로
가슴에 부여안고 이 물에 와 호소할 제
말없이 흘러만 가매 무심천이라 부르던가.

눈물이 실렸던가 보태어 흐르누나
원망이 잠겼구나 흐르는 듯 맺혔구나
이 물에 와 호소하던 이 몇 분이나 되던고

님 잃고 외로워서 새벽달을 거니신 이
나라이 망하오매 울며 고국 떠나신 이
쏠린 듯 지친 발자국 나도 분명 보았노라

어릴 적 여름이면 무심천은 나의 놀이터이자 소일거리였다. 초등학교도 무심천 옆에 있어서 학교에서도 틈이 나면 냇가에 갔고, 학교를 파하면 무심천에서 살다시피 하였다. 무심천 주변에는 인가도 거의 없었고, 맑은 물이 흐르고 하얀 모래밭이 있었다. 물고기를 잡으려 어항을 놓고 모래밭에서 놀던 기억, 체로 물고기를 잡다가 거머리에 물린 줄도 모르다가 누군가 "애, 다리에 피가 흐른다." 하여 보면, 거머리가 깊게 파 들어가 잘 떨어지지도 않던 기억들이 지금도 생생하다. 또 여름이면 무심천에서 멱을 감곤 했다. 하지만 '꽃다리' 라는 예쁜 이름으로 불리는 무심천을 지나는 다리 밑은 항상 깊게 패여 있어 가끔 익사 사고가 나곤 해서, 아이들은 그곳을 조심해야 했다.

또 무심천 상류에는 청주 한씨(清州 韓氏)의 본거지라는 대머리라는 곳이 있었다(청주에서는 한씨를 대머리 한씨라고 불렀다). 이곳에는 '대머리 비행장' 이라고 부르는 간이 비행장도 있었다.

가을이면 지금은 모두 도시로 바뀌어버린 '남들(무심천 남쪽이라 남들이라 했던 것으로 보인다)' 에 가서, 메뚜기를 잡거나 논고랑에서 미꾸라지를 잡곤 하였다. 겨울에는 무심천에 몇 군데 스케이트장이 있어 스케이트를 타러 가곤 했다. 스케이트장에서 가끔 군고구마, 군밤이나 번데기, 어묵을 사먹었는데 그때의 황홀한 맛은 지금도 잊을 수 없다.

무심천에서 어릴 적 누나와 손잡고 뚝방길을 걷던 생각이 난다. 「엄마야 누나야」라는 동요는 정말 나의 이야기라는 생각이 든다.

엄마야 누나야

김소월

엄마야 누나야 강변(江邊) 살자

뜰에는 반짝이는 금(金) 모래 빛

뒷문(門) 밖에는 갈잎의 노래

엄마야 누나야 강변(江邊) 살자!

어릴 적 우리 삼남매가 함께 뛰어놀던 추억이 지금도 눈에 선하다.
누나, 여동생, 그리고 나……. 하지만 이제는 부모님이 하늘로 가시고,
누님도 먼저 떠나서 여동생과 나, 둘만 이 세상에 남아 있다.

아버지께서 정한 교육방침은 '사람은 크면 서울로 보내고 말은 크면
제주도에 보내야 한다'는 것이었다. 그래서 원래는 나도 서울에 있는
중학교에 진학할 준비를 하고 있었다. 그런데 내가 초등학교 6학년이
던 해 5월인가 갑자기 서울의 중학 입시가 추첨제도로 바뀌었다. 그래
서 나는 중학교는 청주에서 다니고 고교 때에야 비로소 서울로 시험을
보러 갈 수 있었다. 이때 지방에서 학교를 다닌 사람은 모두 상급 학교
진학에서 추첨이나 배정의 혜택을 보지 못하고 치열한 입시 경쟁을 겪
었으니, 이미 지역차별을 겪었던 세대이다. 그래서 그런지 서울 애들이
지방 애들보다 한 뼘씩은 키가 더 컸다는 생각이 든다.

3. 서울에서 산(山)을 알다

　내가 처음으로 서울 구경을 한 것은 초등학교 4학년쯤 친척집에 다
니러 왔을 때였던 것 같다. 그러다가 6학년 때 서울로 수학여행을 와서
남산, 경복궁과 창경원에 있던 동물원을 보았고, 인천에 가서 처음으로
바다를 구경하였다.

　그런데 고교 시험을 보러 서울에 올라와 보니, 시험 방식부터 우리가
시골 중학교에서 보던 것과 아주 달랐다. 도청 소재지인 청주에서도 그
때는 객관식 시험이나 문제은행 등에 어두웠던 것이다. 중학교 동기
480명 중 100명 이상이 서울로 시험을 보러 갔지만, 1차에 합격한 친
구는 20~30명밖에 되지 않았다. 그래선지 1차와 2차 시험 사이에 있던
졸업식 때 분위기가 아주 어수선했던 기억이 난다.

　청주에서는 생일이나 졸업 등 큰일이 있으면 중국집에 가서 자장면
을 시켜 먹곤 했는데, 중학 졸업식 때는 끝나자마자 그냥 집에 돌아온
것 같다. 1차 시험에 떨어져서 기분이 나지 않았던 탓이다. 그 후 우리
들은 서울에서 2차 학교로 진학하거나, 심지어 고교 입시학원에서 재
수한 경우까지 있었다.

　나는 서울에서 후기로는 유일하게 공립학교였던 경동고등학교에 진
학하였다.

　고등학교 1학년 때는 종로구 통인동에 있는 이모댁에서 학교를 통학

했다. 이모댁은 아들 하나, 딸이 여섯이었다. 남자 형제라곤 하나뿐이라 이종사촌 동생은 나와 방을 같이 써야 하는 불편을 겪었다. 방학이면 손위 외사촌 형까지 와서 좁은 방에서 3명이 지내기도 했다. 고등학교 1학년이 지날 때에야 집이 서울로 이사하여 미아리에서 온 가족이 함께 살았다.

그런데 고등학교 때 서울에 와 보니, 서울은 모두 산으로 둘러싸여 있었다. 북쪽에 북한산, 도봉산이 있고, 동쪽에 불암산, 수락산이, 남쪽에 관악산, 청계산이 있었다. 나는 고교시절 서울에 있는 산들을 자주 오르곤 하였다. 산에 자주 다니게 되면서 차츰 성격이 변해갔다. 이전에는 책벌레라는 소리까지 듣는 소극적인 성격이었는데, 산에 다니면서부터 점점 성격이 바뀌어갔다. 물론 태생적으로 수줍은 성격은 그대로인 것 같지만.

돈이 생기면 등산구점에 가서 버너, 코펠에서 텐트까지 각종 등산용품을 사 모았다. 집에다는 공부한다 해놓고 산에 간 적도 많고, 주말이면 도봉산, 북한산에 올라가 바위틈에서 비박을 하기도 했다. 고2 가을에는 전국 고교사격대회에 학교 대표선수로 선발되어 오후가 되면 수업을 받지 않고 태릉 사격장에서 보내기도 했다. 고3 여름에는 며칠 되지도 않는 여름방학 기간에 혼자 덕적도로 캠핑을 갔다 태풍이 불어 며칠이나 섬에 발이 묶이기도 했다. 그때는 전화도 불통이 되어 집에 연락도 하지 못했다. 그래서 며칠 만에 집에 돌아오니, 어머니께서 나를 붙잡고 네가 죽었는지 알았다며 하염없이 우셨던 기억이 난다. 내가 덕적도에서 돌아온 날이 1974년 8월 15일이었는데, 그날은 서울의 지하철 1호선이 개통되고, 세종문화회관에서는 육영수 여사가 문세광의 저격을 받아 돌아간 날이었다. 그날 저녁 우연히 서쪽 하늘을 보았는데, 푸르던 하늘이 주황색, 붉은색, 노랑색 등 무지개 빛으로 온통 물들어 있었다.

4. 서울대 관악 캠퍼스에서

고등학교 3학년 때 서울대에 진학하기 위해 시험을 치렀다. 내가 고 3 때인 1974년까지만 해도 서울대 캠퍼스가 연건동(지금의 대학로이다), 태릉, 홍릉, 수원 등 여러 곳에 나눠져 있어, 서울상대가 있던 홍릉에서 입시를 치렀다. 하지만 그해 서울대 입시에 실패하고 말았다. 그래서 종로구 내수동에 있던 입시학원인 대성학원에 다니며 재수를 했다. 그런데 1975년 서울대가 관악 옆으로 이사하는 바람에, 두 번째 시험은 관악 캠퍼스에서 보았다. 다행히 서울대 사회계열에 합격해, 관악 캠퍼스를 밟을 수 있었다.

대학시절 우리 집이 있던 미아리에서 서울대에 가려면 333번 버스를 타야 했다. 그 버스는 미아리에서 동대문운동장, 제3한강교(한남대교), 말죽거리, 사당동을 거쳐 서울대 부근까지 가는 노선이었던 것 같다. 그때만 해도 사당동에서 남태령으로 넘어가는 길은 포장도 되지 않았고, 한남대교에서 말죽거리까지는 모두 논밭이었다. 그래서 비만 오면 물이 철벅이던 척박한 곳으로 기억한다. 대학시절 아르바이트를 했는데, 한 달 아르바이트 월급으로도 지금 강남지역 논밭을 아마 100평은 살 수 있는 시절이 아니었나 싶다. 그때 술 좀 덜 먹고 땅이라도 좀 사 두었으면 좋았을 걸, 하는 생각을 가끔 해본다.

당시 서울대는 계열별 모집을 하여 경영대, 법대, 사회대와 농대에 있는 농경제학과까지 모두 사회계열이었다. 사회계열 정원은 530명인데 1학년은 9개 반으로 나뉘어 수업을 받았다. 이때 여학생이 거의 없던 시절이라 여학생을 보러 자주 신촌에 가곤 하였다. 학교에서도 음대, 미대 쪽 식당에 가거나, 그쪽에 개설된 과목을 일부러 선택해서 들은 적이 있다. 그때는 3학년까지 군사훈련(교련)을 하였다. 1학년 여름방학에는 머리를 군인처럼 짧게 깎고 남한산성 옆에 있던 문무대에 1주일 입소해야 했다. 이때 가끔 교련 반대 데모를 하기도 했는데 나는 고교, 대학에서 군사 훈련하는 것이 별로 이상하다는 생각은 하지 않았다. 아마 군사정부의 계속되는 위기의식에 세뇌되어 있었기 때문이 아닌가 싶고, 고교 때 사관학교를 가려 하였기 때문인 듯싶기도 하다.

대학시절 학과공부는 거의 하지 않았다. 나는 아르바이트로 중학생이나 고등학생을 가르쳤고, 2학년부터는 야학을 하느라 아주 바빴다. 친구들도 대개 아르바이트를 하였는데, 학교에서 장학금을 타거나 아르바이트 월급을 타는 일정을 보아 여러 곳을 쏘다닌 것 같다. 나는 대학에 입학할 때 미팅 100회를 달성하겠다는 황당한 목표를 세웠는데, 그 목표는 아마 1학년 말이나 2학년 초에 달성한 것 같다. 학과시간에도 틈이 나면 친구들과 신림동, 봉천동에 있는 술집에 가거나, 담을 넘어 관악 등산로에 있는 상점에서 고량주나 소주를 사다 놓고, 잔디밭에서 밤늦게까지 이야기한 기억이 있다.

1학년 과정을 마치고 2학년 때 경영학과로 진학하였다. 당시 경영대학(경영학과 1개 과밖에 없어 대학과 과가 같다) 교가(?)는 제목이 '노나 공부하나 마찬가지다' 라는 정체불명의 노래였다. 그런데 이제와 돌아보면 그때 모두 같이 놀았다고 생각했던 대학 동기생 100명 중 30여 명이 대학교수를 하고 있다. 아마 우리 과 동기생들은 나 몰래 공부를 한 것 같다.

2학년 때 동기생 10명이 '우거지'라는 모임을 만들었다. 우거지는 알다시피 김장을 담글 때 겉에 있는 배추 잎이나 무 잎을 말려두었다가 겨울에 국거리나 찌개거리로 쓰는 것이다. 우리가 그것으로 모임 이름을 지은 것은 10명 중 5명은 삼수생, 5명은 재수생이라 대학교에 들어오는 데까지 시간이 꽤 걸렸고, 앞으로 비록 모습은 초라하더라도 세상에 꼭 필요한 우거지 같은 인물이 되자는 뜻이었던 것 같다. 물론 한자로는 아주 거창한 의미를 갖고 있다. '友巨志', 즉 '큰 뜻을 가진 친구'라는 의미이니까.

서울대 경영대학에는 야구부가 있었다. 이 팀은 서울대학 내의 어느 팀이나 대학 외에서도 다른 팀과 붙어도 거의 이긴 적이 없는 팀인데 야구부 이름은 '신사(紳士) 구락부'라 하였다. 그래서 당시 경영대학에는 신사와 거지가 있다는 우스개가 있었다.

관악 캠퍼스에서 기억나는 이벤트로는 올림픽 정신으로 출전하여 항상 지기를 일삼는 서울대 축구부가 전국 대학축구대회에서 한 번 이겼던 것일 것이다. 그래서 그 다음 경기 때는 아마 서울대 역사상 처음으로 전교생이 모두 수업을 미루고 효창운동장에 축구 응원을 간 적이 있었다. 평소에 응원을 해본 적도 없고, 할 줄도 모르고, 응원가는커녕 교가도 할 줄 모르는 수천 명의 서울대생이 목 터져 응원하였지만 서울대 축구부는 역시 3대0인가 4대0인가 처참한 스코어로 지고 말았다. 그래서 응원 갔던 우리 모두를 참담하게 만든 기억이 난다.

대학 졸업 후 행정고시에 합격하고 나서, 다음 해에 입대한 해병대에서 마지막 1년은 연대참모로 있었다. 그 시절, 대학원에 다녀보려고 1983년 가을학기 동안 서울대 대학원 경영학과에 빨간 명찰이 달린 해병대 군복을 입고 다녔다. 김포에 있는 부대에서 저녁 5시에 떠나 6시에 시작되는 대학원 수업에 대가려면 옷을 갈아입을 여유가 없었다.

그 후 재무부에 근무하며 그러그러 석사 과정을 마치긴 했는데, 게으른 탓으로 결국 논문을 쓰지 못한 채 수료로 그치고 말았다.

최근 몇 년 동안 다시 대학에 다녔다. 지하철에서 한국방송통신대학교를 우연히 접하고 나서, 중문과에 등록하여 인터넷으로 강의를 들으며 씨름한 끝에 2008년 2월에 졸업하였다.

5. 베다 야학의 추억

　대학시절, 나는 성공회 성베다교회가 대학로에서 운영하는 베다 (Bede) 야학에서 야학(夜學) 교사를 하였다. 대학 2학년부터 4학년까지 야학 교사로 활동하였는데 학생들은 중학에 진학하지 못한 사람들이고, 교사는 대학생이어서 서로 연령이 비슷한 사람까지 있었다. 이때 나는 대학 수업은 빼먹더라도 야학에는 수업을 하러 갔다. 그래서 에피소드와 소중한 추억을 남겼다. 당시 우리가 가르친 제자들은 좋은 대학에 진학하고, 그 후에 대학생이 되어 자기 모교의 야학 교사가 되기도 하였다.

　지금도 스승의 날이나 연말이면 야학 시절 사람들이 종종 모이곤 한다. 야학 교사 선후배나 당시 학생들을 지금 만나면, 옛날 야학에서 있었던 이야기들, 소풍, 교사들끼리 갔던 MT 이야기, 교사 간의 사랑과 우정의 갈등 등 마로니에가 있고, 복개가 미처 되지 않은 30년 전의 대학로 시절로 돌아가곤 한다.

　군시절에도 외박이라도 나오면, 야학에 들르곤 했다. 선후배, 동료들이 야학을 계속하고 있었고, 대학시절 활동공간이 그곳이라 달리 갈 만한 곳도 없었지만 이상하게 야학에 가보면 마음이 평안해지곤 했다.

　이제 대학로는 젊음이 넘치는 곳, 여러 공연장과 야외 무대가 있는 명소로 바뀌어 있다. 나의 젊은 시절의 대학로는 아주 한적한 곳이었고, 비록 그곳에 있던 서울대학교 본부와 문리대, 법대가 관악 캠퍼스로 떠난 스산함이 있었지만 문학과 지성과 낭만이 있던 곳이었다. 다시 그 시절로 돌아갈 수 있다면…….

아직도 학림다방, 공낙춘 등 음식점이 남아 있는 것 같다. 그러나, 지금의 대학로는 조용하고 한적한 곳이 아닌 것이 아쉽다. 한국방송통신대학교 본부가 대학로에 있어 최근 약 30년 만에 다시 대학로와 인연을 맺고 있다.

6. 해병대에 가다

내가 해병대(海兵隊)에 지원한 것은 1981년 행정고등고시 제24회에 합격한 뒤였다. 그때 나는 공무원 시험 준비를 오래한 것도 아니고, 바로 공직에 진출하겠다는 생각도 않은 채 군대부터 가야겠다고 생각하였다.

당시에 나는 군대에 장교로 가고 싶었다. 그런데 행정고시에 붙기는 했지만 연수를 받지 않아 행정고시 합격자가 갈 수 있다는 각 군의 행정장교로 갈 수 없었다(사실 그때는 그런 제도가 있는지도 잘 알지 못했다). 공군은 파일럿이 아니면 장교도 장교가 아니라는 말을 들어 가기 싫었고, 해군은 제복은 멋있는데 한번 바다에 나가면 오래 있어야 하고 내가 헤엄도 잘 못 치니 안 되겠다고 생각했다. 그래서 따져보니 고등학교와 대학 때 등산을 하면서 한때 자일을 탔고, 고등학교 2학년 때 학교 대표로 사격선수도 하여 그럭저럭 해병대로 가는 게 좋겠다 싶었다. 그렇지만 보병은 너무 힘들 것 같아 대학의 전공에 따라 보급병과를 지원하였는데, 나중에 보니 해병대 병과 중에서는 보병병과가 최고였다.

훈련은 모두 14주 과정이었다. 그런데 4주째인가 오른쪽 무릎을 바위에 크게 부딪혀 한번 크게 다친 뒤론 구보 훈련을 받는 게 너무 힘들었다. 구보를 할 때 발이 맞지 않고 지구력이 없었다. 그 후 10주간은 구보에 아주 힘이 들어 낙오하지는 않았지만 기합을 자주 받았다. 연병장을 72바퀴 완전무장으로 구보하는 기수(期數) 구보를 할 때는 완주는 했지만 거의 죽기 일보 직전이라는 느낌까지 받았다. 아마 당시 사관후보생 중에서 가장 빳다를 많이 맞은 축에 들 것이다.

훈련 후 김포로 배치받았는데, 당시 김포여단이 사단으로 바뀌는 시기여서 아주 힘든 때였던 것 같다. 거의 매일 '지휘관 정위치, 참모 정위치'와 '경계근무강화' 지시가 시달되곤 하였다. 서울에서 가까운 곳에 근무하면서 서울에는 3개월에 1번 정도 외박 가는 정도였다. 차라리 휴가가 있는 사병들이 부럽기까지 했다. 당시 해병대 2사단은 모든 장교는 무조건 보병부대 소대장을 의무적으로 해야 한다 하여, 나는 월남전에서 가장 유명한 짜빈동 전투의 신화를 남긴 11중대로 배치받았다. 11중대는 소속 대대가 연대 예비로 되어 있어 훈련이 셌고 각종 매복이나 차단 작전이 주임무이었다.

자대에 가자마자 김포에 있는 벽암지 유격장에 가게 되었다. 해병대에서 유격훈련은 장교, 사병이 같이 훈련을 받는데, 먼저 장교가 레펠을 하고 그 뒤에 사병이 하다가, 시간이 남으면 장교만 다시 한 번 훈련을 받는 시스템이었다. 그때 보니 훈련시절 다쳤던 다리가 그럭저럭 회복되었고, 강화도까지 구보할 때는 낙오된 사병의 총까지 들고서도 구보를 해냈으니, 결국 이것이 바로 해병대 훈련으로 생긴 곤조(우리말로 근성, 根性이다)와 장교로서의 책임감의 결과가 아니었던가 싶다.

해병대에 대해 사람들은 군기가 센 군대라 한다. 자대에 배치되고 나서 대대에 신고하자마자, 그날 밤 1기 선배인 해간 65기 장교들이 부대 뒤편 무덤가로 불러내었다. 무덤가에서 3명의 선배 장교로부터 신고 빳다를 맞고는 모두 근처 오리정에서 두부에 막걸리를 마셨는데, 옛날에는 이것이 일종의 의식이자 전통이었던 것 같다.

제대 후에도 가끔 군대 꿈을 꾸었는데, 전쟁이 나서 다시 입대해야 한다던가, 막 전투를 하는 장면이 나오곤 한다. 공무원이 되고 나서 과천청사에서는 해병전우회가 있어 해병대 출신들을 만났는데, 지금은 다소 소원해진 것 같다. 아직도 기억하는 사건으로 철모에 총알을 맞은 사건, 야간에 기동훈련 중 미확인 비행물체(UFO)를 목격한 사건 등이 있다.

지금은 해병대에 입대하는 것이 아주 어렵다고 한다. 해병대는 '한번 해병은 영원한 해병(once marine, forever marine)', '누구나 해병이 될 수 있다면 나는 해병이 되지 않겠다', '무에서 유를 창조', '무적해병, 귀신 잡는 해병'이라는 구호들이 있는데, 이 구호들은 인생에서 나를 지키고 있는 신념이기도 하다.

7. 공무원이 되다

나는 대학에 다닐 무렵에 공무원이란 왠지 고리타분하고, 퀴퀴한 냄새가 나며, 어느 정도 적당주의에 빠져 빈둥거리는 집단이라 생각하였다. 그래서 행정고시는 염두에 두지 않고, 만일 공부를 한다면 사법시험을 보아 합격하면 판검사가 아니라 변호사가 되어야겠다는 생각을 하곤 하였다.

그런데 대학에서 공부가 하기 싫어 경영학과에 갔고(취직이 잘된다고 하니까), 학과 공부도 게을리하고 있어, 고시공부를 전혀 하지 못했다. 그러다가 대학 졸업하던 해 첫 직장으로 외환은행에 시험을 치르고 합격하였다. 그런데 외환은행을 두 달을 채 다녔을까. 어느 날 술을 잔뜩 먹고 나서 생각해보니 은행에서 근무하는 게 싫어졌다. 그래서 사표를 내겠다 하니 아버지께서 즉석에서 허락하시면서 "그럼 뭘 할 거냐." 하고 물으셔서 "아버지께서 원하시는 고시공부를 해보겠습니다"라고 말씀드렸다. 그리고 나서 고시공부를 2년에 걸쳐 하기로 하고, 1980년에는 1차 시험을 우선 준비하고 2차 시험은 1981년에 치르겠다고 작정하였다.

1980년 3월부터 1차 시험을 준비하면서 보니, 1차와 2차 시험과목 중 몇 과목이 중복되는데, 나의 경우 객관식 시험에는 워낙 소질이 없었다. 그래서 1차 시험 준비도 제대로 되지 않은 채 6월인가에 1차 시험을 보았다. 하지만 시험을 보고 나니 붙을 자신이 없어, 어차피 내년에 1, 2차를 함께 보는 수밖에 없겠다 생각하며 나름대로 2차 시험을 준비해나갔다.

그런데 1차 시험에 합격하였다. 나중에 발표된 것을 보니, 아슬아슬하게 커트라인에서 딱 한 개 더 맞아 합격한 것이었다. 어쨌든 2차 시험을 보기로 하고, 우선 선택과목으로 남들이 잘 선택하지 않는다는 상법과 경영학을 선택하였다. 상법은 대학 때 강의를 들은 적이 있지만 어음수표법은 잘 알지 못하는 부분이었다. 할 수 없이 상법은 『고시연구』, 『월간고시』라는 고시 잡지 몇 권에 나와 있는 부분을 겨우 읽었고, 경영학은 절대적으로 시간도 없었고 아무리 공부를 게을리했어도 대학에서 전공한 것이라 믿고 공부 자체를 하지 않았다.

시험 준비가 제대로 되지 않은 상태로 2차 시험을 보는데, 상법 문제는 대체로 고시잡지에서 읽은 부분이 나왔고, 경영학 문제는 대학에서 졸업논문으로 낸 '기업의 사회적 책임을 논하라'라는 부분이 큰 문제로 나왔다. 그래서인지 선택과목 점수가 아주 높게 나와, 2차 시험성적이 상위권에 들면서 합격하였다.

이렇게 준비되지 않은 채 시험에 합격하고 나자, 최소한 1년을 벌었다는 생각이 들었다. 그래서 이제 군대 문제를 해결해야겠다고 생각했다. 당시에도 중앙공무원교육원에서 연수 후에 행정장교로 가는 방법이 있다고 하는데 나는 이를 잘 알지 못했다. 그래서 해병대를 자원해 가게 되었다.

그런데 제24회 행정고시 합격자는 1981년 4월 25일에 중앙공무원교육원에 등록해야 했고, 해병대 입대일은 4월 6일이었다. 이를 연기해볼까 싶어 알아보니, 지원자는 입대하지 않으면 병역법에 의해 처벌받는다고 엄포를 하여 공무원 연수를 뒤로 하고 해병대에 입대하였다.

돌이켜보면, 해병대는 사람을 개조시키는 조직인 것 같다. 나는 군 생활을 모두 전방지역인 지금의 해병대 2사단 지역(김포, 강화)에서 보냈다. 보병소대장, 대대참모, 연대참모를 하다, 1984년 7월 31일자로 전역하였다.

그런데 전역 전 6개월 전부터 전역 예정 장교 앞으로 국내 굴지의 기업에서 입사 안내서가 오기 시작했다. 부대 내에는 나 말고도 여러 명의 전역 예정 장교가 있었는데 그들에게는 입사 안내서가 거의 오지 않고, 서울대 경영학과를 졸업해서 그런지 내 앞으로 입사 안내서가 아주 많이 왔다. 그래서 L그룹에 입사하겠다고 지원하여 합격 통지가 온 적이 있었다. 나는 이때 대기업에 가면 개인이 일종의 부속품이자 나사에 불과하다고 보아 중견 기업에 가야겠다는 생각을 하고 있었다. 그러나 합격해놓은 행정고시에 대해 나도 미련도 있었고, 부모님이 공무원이 될 것을 바라시는데, 어쩌겠는가. 공무원의 길을 택할 수밖에 없었다.

전역 후 총무처에 복직원을 내니, 1980년 8월 20일자로 총무처 소속 수습행정관이 되었다. 그때 담당자는 내가 시험 성적이 좋아 본인이 희망하는 곳에 갈 수 있다며 나에게 부처를 선택하라 했다. 경제기획원, 재무부, 상공부 중에서 고민하다가 재무부를 지원하였다. 그때부터 계속 재무부 사무관으로 공직 생활을 시작하였다. 당시 재무부 사무관이란 상당히 힘 있는 자리였던 것 같았고, 항간에서 타 부처 과장급보다도 재무부 사무관이 더 힘 있는 자리라는 이야기도 들은 바 있다.

공직 생활을 시작하면서부터 지금까지 줄곧 나는 '공직은 돈이 아니라 명예'라는 생각을 하고 있다. 그것은 돌아가신 아버지의 영향이 크다. 아버지께서는 충남도청, 충북도청의 지방 공무원 중 꽤 높은 자리에 계신 적이 있고, 그 후에도 정부 산하기관에서 임원과 이사장 직무대행까지 하신 분이다. 우리 집은 부유하지 못했다. 아버지께서 평생을 올곧고 청렴하게 사시고, 주위를 돕는 데 인색하지 않으신 분이었기 때문이다.

옛날에 우리가 살던 청주의 조그만 집이나, 서울로 이사하여 미아리에서 살던 집들도 모두 어머니가 주도하여 장만한 것이지, 아버지는 이재(理財)에 관심이 없는 분이셨다.

이제와 보니 내가 지낸 공직 생활은 나에게 명예라기보다는 멍에이기도 한 것 같다. 큰딸 희선이는 아빠는 공직이 맞지 않는 것 같은데 계속 공직 생활을 한 것이 잘 이해가 안 된다고 말하고 있고, 집사람도 그런 이야기를 종종 한다.

만일 내가 공무원의 길을 걷는 대신 당시 인기 있는 대기업에 갔거나, 군 제대 후 합격통지까지 받았던 L그룹에 갔거나, 작은 사업이라도 일으켰다면 내 인생이 지금보다는 더 나아졌을까, 하는 생각도 가끔은 해본다. 그러나 꼭 그렇지만은 않았을 것 같다. 민간 기업에서보다 국가와 민족을 위해 일하는 공직자의 자부심이나 보람은 그 어느 것에 비할 바 없다고 생각하기 때문이다.

이제 내 나이가 오십을 넘었는데도, 결혼을 늦게 해 아이들은 아직 고등학생이다. 공직 생활의 가을을 맞아, 앞으로의 인생에 대해서도 이런저런 생각을 해본다.

8. 관악을 돌고 돌아

1984년 8월 공무원을 시작하면서 처음 배치받은 부처가 재무부였다. 당시 재무부는 종로구 수송동에서 국세청과 같은 건물을 쓰고 있다가 얼마 안 있어 과천 제2정부청사로 옮겼다. 그러다 보니 대학시절은 관악 북녘에서, 그 후에는 관악 남녘에서 보낸 것이 되어버렸다.

그 후 재무부에서 재정경제원으로, 재정경제부로 바뀐 기관에서만 계속해서 22년을 보냈다.

공직 생활에서 나에게 역마살이 있는지 부처 내에서도 거의 1년에 1번은 보직이 바뀌었고 타 기관에도 자주 파견되어 나갔다.

재경부 본부에서 과장 보직을 받기까지 나는 오랫동안 소위 '인공위성(人工衛星)'이 되어 있었다. 1998년에서 2000년까지 독일 본(Bonn)에 있는 독일연방경제기술부에서 있다가 한국에 돌아와서 2000년에는 국무총리실 조사심의관실에 약 9개월을 파견 근무하였고, 2001년에는 중소기업특별위원회에 1년을 파견 근무하였다. 지금은 없어진 중소기업특별위원회는 중앙공무원교육원 아랫녘 기술표준원에 있었다.

인공위성이 지구에 착륙하려면 아주 큰 궤도에서 작은 궤도로 점차 반경을 좁혀서 돌다가 착륙한다. 내가 재경부를 떠나 외국에 갔다가, 재경부로 돌아오는 데까지는 상당한 시간이 걸렸다. 이번에 중앙공무원교육원에 와서 관악을 보니, 이곳은 그동안 변한 것이 없는데, 나는 세월의 풍상을 겪어 많이 변했다는 생각을 해본다.

그런데 관악을 바라보면서 살지만, 그리 자주 관악에 올라가지는 않는다. 지금도 등산을 좋아하지만 빈도가 줄었고, 관악은 바위산이라 무릎에 부담을 주어 나는 우면산, 청계산 등을 좋아한다. 최근 몇 년 동안 아내가 등산에 심취하기 시작해서 이제는 나를 끌고 다니면서 자꾸 산에 가자고 한다.

모르겠다. 원래 옆에 있는 물상(物像)은 경원(敬遠)하는 것인지 모르겠다. 어쩌면 관악은 올려다보아야 하고 바라만 보아야 하는 곳인지 모르겠다. 어떤 산이든 올라가 보면 물론 아래를 내려다보는 희열과 그간 수고에 대한 성취감을 느끼게 된다. 그러나 정상에 올라가 보면 그저 그럴 뿐, 아무것도 없는 신기루인지, 지상의 곳이 아닌 유토피아(utopia), 이상향(理想鄕)인지 모르겠다. 하지만 평생 인연을 맺고 있는 나에게는 산은 일종의 구원(久遠)의 장소인 모양이다. 공직 생활이 마무리되면, 산 좋은 곳에 전원주택을 지어 살고 싶다.

9. 주변 생각

■ 충청도(忠淸道) 유감

대전, 충남 사람들이 고향을 충청도라고 하거나, 대전이 충청도의 중심이라 하는 데 대해 나는 이의를 제기한다. 충청도는 충주(忠州)와 청주(淸州)에서 나온 명칭이고, 충북에 두 도시가 있으므로 대전, 충남이 충청도를 자기들의 이름으로 주장하면 안 되는데, 그들은 마치 자기가 충청도의 중심인 양, 원류인 양하고 있다.

지도를 보자. 충북과 충남이 옛날 충청도가 갈라진 것이니 충청(忠淸)이란 말을 같이 쓰더라도, 이것이 충청동도(忠淸東道)와 충청서도(忠淸西道)라면 몰라도, 충청북도(忠淸北道)와 충청남도(忠淸南道)라 하는 것은 말도 안 된다. 아마 옛날 조선총독부 시절에 일본 관리가 적당히 이름 붙여 총독에게 결재를 받아놓고 쓰기 시작한 것을 우리가 의심해 보지도 않고 현재까지 쓰고 있는 것일 게다. 일본 잔재를 청산하는 과거 청산, 역사 바로 세우기 차원에서 충청도의 명칭부터 바로잡아 원주인에게 돌려주면 어떨까. 지금 지방 행정체계 개편 논의가 있어 어떻게 될지 모르지만, 앞으로 본래의 이름을 원주인에게 돌려주었으면 하는 바람이다.

한편, 조영남 노래인 「내 고향 충청도」는 충남 예산 삽교천을 무대로 한다. 이것은 노래 제목이 잘못되었다. 일본이 독도(獨島)를 '죽도(竹島), 다케시마' 라고 주장하며 자기네 땅이라고 우기는 것은 잘못이다. 이와 같이 충청도라는 이름을 자기네 것이라 우기는 사람들에 대해서 나는 정중하게 잘못을 지적한다. 내가 만약 지역 명칭을 바로잡아본다면 이렇게 하고 싶다. 대전, 충남 지역에 유서 깊은 고을이 많이 있는데, 특히 공주와 홍성이 있으니 공홍도(公弘道)가 어떨까 싶다.

■ 한양과 한강

　조선이 서울에 도읍하며, 서울을 한양(漢陽)으로 이름 지은 것은 큰 잘못이다. 우리 민족이 광활한 만주벌판을 버리고 우리 강역이 압록강, 두만강 이남으로 좁아진 것은 매우 안타깝다. 단재 신채호 선생은 고려때 묘청(妙淸)이 주도한 칭제건원(稱帝建元), 북벌 등 서경(西京) 천도운동이 실패한 것이 우리 역사에서 가장 큰 사건이라고 하였다. 고구려를 계승하였다고 선언한 발해나, 발해 멸망 후 고구려(高句麗)를 계승하였다면서 나라 이름부터 고려(高麗)라고 한 우리 민족이 우리 강역, 고토(古土)인 만주를 회복하려는 시도가 실패한 것이다.

　조선을 건국한 이성계는 위화도(威化島)에서 회군하여 고려를 멸하는 쿠데타를 일으켰다. 일본이 우리 역사를 폄하하는 식민사관을 조작해내면서, 우리 민족이 당쟁이나 일삼는 한심한 민족이고, 왕씨 고려(王氏高麗)에서 이씨 조선(李氏朝鮮)으로 바뀐 역성혁명(易姓革命)이라고 비아냥거리는 것은 바로 역사의식이 결여된 이런 행위에서 비롯된 것이 아닌가 싶다. 조선은 건국 후 수도의 이름부터 마치 중국인 양 한양(漢陽), 한성(漢城)이라 하고, 물 이름도 한강(漢江)이라 하였다. 성리학을 국가 경영철학으로, 작은 것이 큰 것을 섬겨야 한다는 사대(事大)주의를 채용하였다. 정말 안타까운 일이다. 이때 이후로 우리 민족이 압록강, 두만강 아래 좁은 땅에 고착되어버린 것이다.

이제 수도인 서울은 순수한 우리 한글이고 중국어도 이를 표시하는 말이 수이(首尒, 서우얼로 발음됨)로 바뀌었지만, 서울을 흐르는 한강을 아직도 한자인 한강(漢江)으로 표기하는 것은 자존심 상한다. 앞으로 우리말로만 한강을 표기하든지 이를 '한내' 또는 '아리내'로 부르자. '한'은 하나 또는 크다는 우리말이고 '내'도 순수한 우리말이다. 서울시 수돗물에 '아리수'라는 용어를 사용하는데, 아리수는 크다는 뜻의 우리말 '아리'와 물이라는 뜻의 수(水)가 합쳐진 말로 고구려 때부터 한강을 부르던 말이란다. 기왕 수(水)보다 우리말인 '내'가 좋지 않을까. '한내' 또는 '아리내'라는 말이 괜찮을 듯하다.

■ **젖은 태양과의 대화**

아침에 일어나면 아파트 창밖에 펼쳐지는 우면산, 관악산, 그리고 하늘을 본다.

내 아파트 동녘에는 매일 해가 떠오른다.

바다에서 보는 해돋이도 좋지만 멀어서 갈 수 없으나, 나는 아파트에서 매일 우면산을 떠오르는 해돋이를 볼 수 있다.

산에 뜨는 해돋이를 보면, 먼저 밤하늘에 불그스름한 기운이 있다가, 해무리가 생기다가 붉은 해가 뜬다.

매일매일 해 뜨는 위치가 우면산 능선에서 조금씩 달라진다.

해를 보려 하면, 너무 밝아 볼 수 없다.

기를 쓰고 바라보면 실명(失明)의 우려가 있고, 눈물도 고인다.

그래도 태양과 얘기해본다.

이름 짓기를 '젖은 태양과의 대화'라 해본다.

유한한 인간의 삶이 어찌 천체의 흐름에 비교되겠는가.

매일매일 우면산에 뜨는 해를 좋아하다 보니, 집을 팔지 못하고,

옛날 재무부 시절 주택조합에서 분양받은 아파트에 산다.

태양, 젖은 태양, 나, 나의 분신……

언젠가 그동안 나눈 '젖은 태양과의 대화'를 기록해보겠다.

■ 부모님과 누님에 대한 추억

어머님, 아버님.

이제는 부를 수 없어, 한동안 잊었던 이름을 불러본다.

1923년생이신 어머니는 살아 계시면 우리 나이로 여든여섯, 아버지는 1921년생이므로 여든여덟이 되신다. 두 분은 1년 터울로 돌아가셨다. 1996년에 어머니가, 1997년에 아버지가 돌아가셨다(그리고 이듬해 1998년 1월 2일에는 하나뿐인 손위 누님마저 세상을 뜨시고 말았다).

지금 부모님은 청원군 문의면 미천리 선영에 누워 계신다. 그런데 생

각해보니, 어머니가 한 4년 병석에 계실 때 아버지께서 미리 어머니와 당신의 가묘(假廟)를 만들자고 하셨다.

처음에 나는 이해가 되지 않았다.

어쨌든 아버지께서 사촌형과 상의하여 가묘를 만드셨다. 그런데 그 과정에서 산에서 쓰레기를 태우다가 불이 난 사건이 있었다. 그로 인해 한동안 아버지께서 힘들어하셨다.

가묘를 만드는데, 아버지께서 지관(地官)이 쓰라는 묘역(墓域)에서 약 10미터 위쪽으로 자리를 잡는다고 고집하셨다. 나는 그때 아버지의 생각을 받아들이기가 싫었다. 왜냐하면, 그곳 바로 위에 몇 만 볼트짜리 고압선이 지나가는데, 사람은 살아서든 죽어서든 고압선 밑은 좋지 않다고 생각했기 때문이었다.

그러다가 아버지께서 돌아가시고 한참 뒤 토지가 수용되었다. 그런데 바로 어머니, 아버지 산소 바로 묘역 바깥으로 수용된 것이었다. 그때 아버지께서 묘역을 그렇게 쓰자고 하셨던 것은, 바로 이 일을 예견한 선견지명(先見之明)이 아닌가 싶다. 게다가 어머니, 아버지를 선산에 모신 후 몇 년이 지나, 나도 모르는 사이에 한전에서 고압선을 옮겨 갔으니, 정말 모를 일이다.

누님에 대해서도 생각해본다.

나는 지금도 1953년생인 누님이 왜 나이 오십도 안 된 1998년에 하늘나라로 갔는지 잘 모르겠다.

이제 누님의 아이들 상현, 승현은 모두 군대를 마치고, 20대 후반의 건장한 젊은이가 되었지만, 누님이 돌아가실 당시에는 중3, 고1의 어린 나이였다.

내가 1998년 2월 파견 근무를 위해 독일로 떠날 때도 가장 눈에 잡히는 것이 어린 조카들이었다.

엄동설한 얼어붙은 땅을 파고, 경남 하동군 창녕(昌寧) 조(曹)씨 선영에 누님을 남겨놓고 서울로 돌아오던 날은 지금 생각해도 가슴이 먹먹하다. 눈보라가 간간이 치는데 하늘도 땅도 제대로 보이지 않고 멍하게 세상에 남겨진 기분으로, 손아래 여동생과 그냥 하염없이 울었던 그날이 아련하다.

그때 누님의 시댁 큰아버님이 운영하는 절에서 49재를 올렸다. 길은 얼어붙고, 장갑을 끼어도 어찌나 추운지, 그날의 기억은 문자 그대로 막막하기만 했다. 독일에서 살 때도 푸른 하늘을 보면, 흰 구름이 아버지와 어머니와 누님인 것 같고, 남겨진 누님네 가족 매형, 상현, 승현인 것만 같고, 우리 삼남매 희수, 윤수, 현수인 것 같고 하였다.

그래서 옛날 월명사(月明師)가 지었다는 「제망매가(祭亡妹歌)」 중 '한 가지에 나고 간 곳을 모른다' 는 구절이 생각나곤 하였다.

누님도 이제는 편히 계실 것이라 믿어본다.

아이들도 다 크고, 매형은 몇 년 전 재혼해서 행복하신 것 같고, 아직 직장에 다니고 계시니 말이다.

언젠가는 부모님도, 누님도 모두 함께 만날 날이 있을 것이다.

■ 우리 가족 함께

우리 가족은 나, 아내와 두 딸아이, 그리고 초롱이라는 강아지로 구성되어 있다. 아이들은 둘 다 고등학생이고, 아내는 가정의학과 전문의로 서울시내 보건소에 근무한다. 내가 집에 와보면 아이들이 왜 그리 바쁜지, 학원 갔다 친구 만난다 하여 만나기 어려워 일요일 저녁만이라도 꼭 가족 전체가 모여 대화를 해보려고 노력하고 있다. 아이들 모두 큰 말썽 없이 제 앞가림을 하고 있는 것이 고맙다. 다만 대학입시를 앞두고 모두 힘들어하는 것이 안타깝다.

나는 가끔 우리 집 강아지 초롱이와 이야기를 한다. 세상 돌아가는 이야기, 신문에 난 이야기를 해준다. 그러면 이 녀석은 내 이야기를 듣다가 가끔씩 흥 하고 콧방귀를 뀌기도 한다. 녀석은 사람이 없는 낮에는 주로 잠을 자고, 밤에는 나름대로 집을 지키려고 돌아다니는 것 같다.

우리 집에 이 녀석이 온 것은 2001년 2월이다. 아이들이 내 친구 집에 갔다가 막 낳은 강아지들을 보고 기르자고 졸라 데리고 온 것이다. 종류는 '재패니즈 찐'인데, 눈이 매우 초롱초롱하여 이름을 초롱이라 붙였다. 강아지가 아주 영리하여 오는 날부터 변을 가리는 등 예쁜 짓을 많이 하여 지금껏 집에서 귀염을 받고 있다. 털이 긴 강아지라 집안이 온통 강아지 털로 괴로운 것이 흠이다.

초롱이가 우리 집에 온 해 설날이었다. 아이들이 세배를 하니까, 이 녀석이 저도 사람인지 알고 그랬는지 덩달아 다리를 쭉 뻗고 절을 하는 것이었다. 우리 가족은 그때 무척 놀랐다.

어떤 사람이 말하기를 강아지가 생후 1년이 되기까지는 자기가 사람인 줄 착각하는 현상이 있다고 하는데 나는 잘 모르겠다. 우리 집 초롱이도 사람과 같은 행동을 보일 때가 있고, 오히려 동족인 개를 보면 낯설어 하는 경향이 있는 것 같다.

우리 집 초롱이는 신기하게도 집안의 서열을 잘 아는 것 같다. 수컷이라 그런지 주로 나에게 대들기까지 한다. 녀석이 어릴 때 아내가 새로 직장을 잡아 나가기 전이라 오래 같이 지내서 그런지, 초롱이는 우리 집에서 아내를 가장 따른다. 하지만 이녀석은 딸아이들을 웬일인지 별로 좋아하지 않는 것 같다. 아마 어릴 때 같이 놀아주지도 않고 귀찮아하기 때문이 아닐까 싶다. 이 녀석은 제 속으로 가족들 서열을 매겨 놓은 것 같다. 나는 먹이를 주고, 변을 치워주고, 목욕을 시켜서 그런지 제 하인쯤으로 여기는 것 같다.

대전에 근무하며 금요일 밤에 집에 돌아오면 초롱이는 반가워하며 껑충 뛰면서 공중제비를 돌기까지 했다. 그래서 대전에 홀로 있으면 이 녀석 생각이 나곤 했다. 내가 녀석과 잘 놀아주고, 내가 먹는 음식을 조금씩 떼어주다 보니, 아이들이 강아지 버릇을 잘못 들였다고 핀잔을 하기도 한다. 가족들이 모두 소파에 앉아 있으면 녀석은 나에게 소파 자리를 비우라고 발로 밀기도 한다.

지금까지 서너 번 개를 키워보았지만, 대개 1년도 되기 전에 집을 나가거나, 쥐약을 먹은 쥐를 먹고 밖에 나가 죽기까지 했었다. 그런데 이번의 초롱이는 벌써 7년 8개월을 건강하게 우리 가족과 함께 살았다. 사람으로 치면 아마 오십은 먹은 나이이다.

나는 가끔 초롱이에게 이야기한다.

건강하게 오래도록 함께 살자고……

■ 앙코르(Angkor)에서

1월 엄동설한(嚴冬雪寒)에 아내와 함께 캄보디아에 갔다.
거기서 앙코르를 보았다.
앙코르는 크메르어로 수도(capital city)라는 뜻.
인도차이나의 거대한 호수 옆에
앙코르와트(Angkor Wat, the town which is a temple)
앙코르톰(Angkor Thom, the great town)이 있다.

옛사람들의 무수한 땀방울이 서려 있는 거대한 석조 건축물,
세계 7대 불가사의(不可思議)라는데 정말 볼 만하다.

그런데, 몸서리치는 살육과 킬링필드(killing field)의 현장, 수백만 사
람의 핏방울이 서린 땅……
이곳에 있는 수많은 부처, 석조 건축물, 인공호수…….
문둥병에 걸린 왕, 여러 왕비는 자기 아들딸의 고난을 몰랐을까.

「툼레이더(Tomb Raider)」의 여주인공, 안젤리나 졸리는 앙코르를 좋
아해 이곳에 살기도 하고, 캄보디아 아이를 입양하였다.
시암립에는 졸리가 좋아한다는 카페가 있었다.

킬링필드를 벌인 인간은 프랑스에 유학한 인텔리였다고 한다.

프놈펜(Phnom Penh)에서 시암립(Siem Reap)으로 가는 수백 킬로 좁은
길에는 비처럼 비닐 봉투가 흩날리고 있었다.

앙코르와트, 앙코르톰,
땀, 피, 그리고 휘날리는 비닐 봉투……,
문명, 야만, 광기(狂氣).

이미 위대한 한국이 그곳에 뿌리내리고 있었다.
거리에 한글 간판, 한국 음식점, 마사지 숍, 한글 가라오케……,

화요일 밤 네 편의 비행기중 세 편이 한국행 비행기였다.

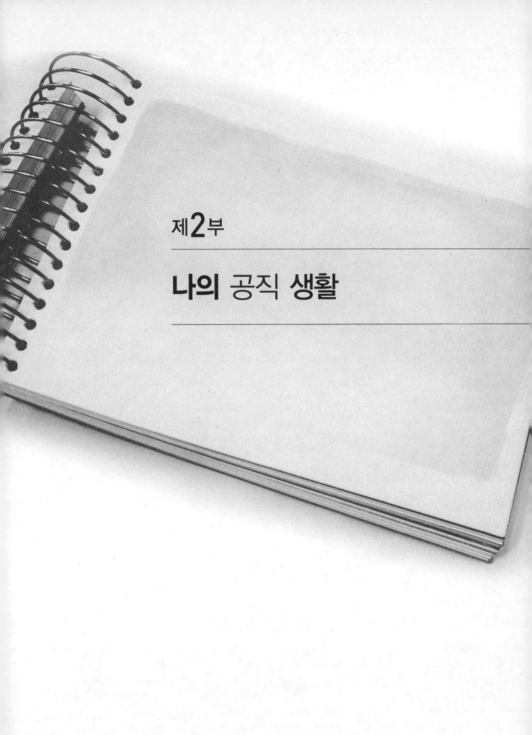

제2부

나의 공직 생활

들어가며

그동안 공직 생활을 재무부에서 시작하여 통계청까지 모두 경제부처에서 하였다. 중간에 파견되어 근무한 곳도 독일 연방경제기술부(BMWi), 중소기업특별위원회 등 경제 분야를 다루는 곳이었다. 이 책을 쓰기 위해, 마치 퍼즐 맞추기를 하듯 지난 일을 하나하나 생각해보았다.

그동안 여러 분야에서 근무하였다. 환율 등 국제금융 분야에 약 4년, 보험 분야에 약 3년 반 근무하였다. 소비자정책 및 물가 등 경제정책 분야에도 약 4년을 일했다. 세제에서는 관세 분야에서만 약 2년을 봉직했다. 또 최근 들어 신문 지면을 가득 장식하는 공적자금, 공공자금과 국채 업무에 약 1년, 국유재산 분야에 약 2년을 근무하였다. 재경부 본부에서 과장 보직을 받기까지 연속하여 약 4년을 다른 기관에서 파견 근무를 했다. 보직이 없던 기간도 모두 합해보면 그럭저럭 1년은 되는 것 같다. 어쨌든 내 공직 생활에는 역마살이 끼어 있는 모양이다.

돌이켜보니, 그동안 모두 선호하는 보직 근처에도 가까이 가지 못하였다. 어떻게 된 일인지 사무관 시절에 오래도록 일해 나름대로 자타가 전문가로 인정하던 분야나, 특별히 관심을 갖고 연구하던 분야에서도 서기관 진급 이후엔 보직을 맡아보지 못했다.

인사 문제는 모두 스스로에게 귀책된다. 나의 부족함과 나태함에 대해 반성을 하고 있다. 그러나 우리의 인사 풍토에도 문제가 없지는 않은 것 같다. 전에 있던 부처에서는 장관이 1급을, 1급이 국장을, 국장이 과장을 선택하는 시스템이 적용되고 있었다. 아마 적재적소(適在適所)에 적임자(適任者)를 뽑기보다는 Teamwork을 중시하는 시스템이었던 것 같다. 그러다 보니, 자연히 상사들은 능력이 있는 사람을 부하직원으로 뽑기보다 자기가 좋아하거나, 같이 일하기 편하고 고분고분한 사람을 점찍는 것이 아닐까.

지금까지 어떤 보직이 비어 그 분야에 전문가를 넣었다는 말을 별로 들어본 적이 없다. 심지어 공모직이나 개방직으로 지정된 자리도 윗사람의 코드에 맞는 사람이 가게 되어 있고, 심지어 순서마저 정해져 있었던 것 같다. 또한 주무 과장이 아니면 국장 진급이 되지 않는다는 내부 규정을 정해두고는 어느 국에서 자리가 비어도 여러 가지 이유로 주무 과장 순서가 정해져 있었다. 특히 소위 끗발 있다는 자리는 절대로 힘없는 보통사람이 가지 못한다. 과장해서 말해보면 중요한 자리일수록 누가 적임자인지는 중요하지 않다. 지금까지 내가 '누구 계열', '누구 사람'인 적이 없었으니, 초음속 제트기가 나는 시대에 아직도 역마차를 타고 다니는 공직 여정을 보내고 있다고 생각한다.

나의 공직 생활을 사무관 시절은 '공직의 봄'으로, 서기관에서 과장 시절까지는 '공직의 여름'으로, 그 후 현재까지는 '공직의 가을'로 기술하려 한다. 다른 부처는 어떤지 모르겠지만 내가 근무해온 재무부(재경부)에서는 봄이 너무 길어 매우 지루하고 답답했다. 또 여름은 봄보다 짧으나 무덥고 다습하며 가끔 태풍을 맞는 경우가 있었다. 가을은 아직 다 겪어보지 않았으나 대체로 매우 짧다고 하고, 겨울도 지금까지

는 대체로 포근하게 지내고 있지만, 앞으로는 우리 경제공무원에게 엄
동설한이 기대된다는 일기예보가 있는 것 같다.

:: 근무한 곳을 헤아려보다

그동안 거치거나 근무한 곳이 아주 많아, 내 스스로 부서 이름조차
기억하기가 쉽지는 않았다.

공직의 봄

군 제대 후 중앙공무원교육원(약칭 중공교)에서 신임 관리자 교육을
받기 전에 재무부에 가서 중앙부처 수습을 받았다. 이때 외자관리과와
은행과에서 수습하였다. 중공교에서 신임관리자과정 교육을 받고 나서
는 서울시 종로구청에서 지방관서 수습을 하였다.

1985년부터 1994년까지 재무부 사무관으로 8개 부서에서 근무하
였다.

1. IMF/IBRD 총회 기획단(파견)

2. 관세국 산업관세과

3. 보험국 보험정책과

4. 보험국 생명보험과

5. 국고국 국유재산과

6. 국제금융국 외환정책과

7. 재무정책국 자금시장과

8. 재무정책국 국민저축과

공직의 여름

1994년 말 재무부와 경제기획원이 재정경제원으로 통합되었다. 이 때부터 독일 경제과학기술부(BMWi)로 파견되기 전인 1998년 2월까지는 사무관, 복수직 서기관(일명 '앉은뱅이 서기관')으로 3개 부서에 근무하였다.

1. 금융정책실 외화자금과

2. 국민생활국 복지생활과

3. 국민생활국 물가정책과

복수직 서기관(당시 '앉은뱅이'라 불렸다)에서 과장(서기관)으로 진급한 뒤 (이를 당시에는 앉은뱅이가 일어난다는 말을 썼다) 3개 기관에 연속 파견되어, 재경부 본부에서 과장 보직을 맡기까지 4년이 걸렸다.

1. 독일연방경제기술부: 2년

2. 국무조정실 조사심의관실: 9개월

3. 중소기업특별위원회: 1년

(중간 중간 1, 2개월씩 공백이 있었다)

그 후 재정경제부로 돌아와 4개(겸직, 비공식 직위를 포함하면 6개) 부서에서 과장으로 근무하였다.

1. 공적자금관리위원회 회수관리과장: 6개월
2. 소비자정책과장: 2년 2개월[*8개월 본부대기: 국정 과제 프로젝트 매
   니저(PM): 3개월]
3. 대외경제위원회 실무기획단 총괄팀장 겸 DDA대책반장: 2개월
4. 국고과장: 7개월

공직의 가을

2006년 4월 국장으로 진급하면서 그때부터 2007년 12월까지 1년 9
개월간 통계청 소속 교육기관인 통계교육원의 원장으로 근무하였다.
그러다가 2008년에 중앙공무원교육원 고위정책과정의 교육을 받게 되
었다.

:: 종합해보니

수습을 끝내고, 정식 사무관이 되어 재무부에 근무한 1985년 8월부
터 2007년 12월까지 약 22여 년 동안, 나는 20곳에 달하는 부서(겸직 포
함)에 근무하였다. 경우가 특수한지 모르지만 1개 부서에서 평균 1년
정도 근무한 것이다.

사무관의 일상

공직의 봄인 사무관 때 일상이 어떠했는지 짚어본다. 재무부에서 사무관의 일상생활은 매일 숨 가쁜 일과였고, 사실 중장기적 정책을 연구하기가 어려운 시기였다. 국, 과장 등 상사가 매일, 수시로 하달하는 지시를 소화해내기에 바빴기 때문이다.

사무관 시절의 하루 일과는 대체로 다음과 같이 진행되었다.

1. 항상 직제(법령)에 정해진 업무뿐 아니라, 부처 내 모든 문제에 대해 대략적이라도 알려고 신경 쓴다. 어떤 일이 언제 생길지, 언제 지시가 내려올지 모르기 때문이다.
2. 언론 동향과 국과장 이상 상급자 동향을 항상 체크한다.
3. 상급자들이 낮에는 여러 가지 회의로 매우 바쁘기 때문에 낮에는 조금 여유가 있다.
4. 저녁 무렵(또는 저녁 식사 후) 드디어 업무 지시가 떨어진다. 아침까지 급히 보고해야 한다(청와대 보고가 갑자기 잡혔다). 대부분 야근을 해야 한다.
5. 좌충우돌하며 급히 보고서를 만든다. 산하기관 관계자를 부르거나, 퇴근하지 말고 기다리게 한다.
6. 어쨌든 보고서를 만든다.
7. 아침에 보고한다. 1페이지짜리 요약 보고서가 올라가며 여러 번 바뀐다.

* 최종 결재가 끝나기 전까지 다른 일은 일단 제쳐두고 대기한다.

지금 시행하는 전자결재 제도는 참 좋은 제도이다. 전에는 결재를 위해 국과장은 장차관실에서 살다시피 하고, 사무관은 국장실 전화를 기다리며 하루 일과 중 많은 시간을 대기해야만 했다. 보고서 작성보다 보고나 결재 시간을 잘 잡고 결재를 잘 받아 오는 것이 사무관의 능력이자, 국과장의 능력이었다.

그 당시 중장기적 연구과제는 이렇게 진행하였다.

1. 상급자가 지시한다. 그런데 지시 내용이 폭 넓고 애매하다.

2. 나름대로 작업계획을 짠다.

3. 상급자가 언제 찾을지 모르므로 요약보고서부터 작성해본다.

4. 보고서는 논문과 유사하게 최대한 두텁게 만든다. 최신 자료나 전문서적을 인용하고, 외국 사례(미국, 일본)를 반드시 붙인다.

5. 가급적 모든 사항을 폭넓고 중장기적으로 다룬다. 보고서 제목으로 Master Plan, Blue Print, White Paper, Road Map을 붙인다.

6. 요약 보고서를 완성하고 이것을 첨부하여 보고한다.

7. 위로 가며, 요약 보고서가 여러 차례 고쳐진다. 장차관에게 결재받는 문서는 여러 질문에 대비한 시나리오, 통계 등도 갖춰놓는다.

8. 실행 계획은 기본 결재를 받은 후 본격적으로 생각한다.

9. 결재를 받는다. 필요시 청와대까지 보고한다.

10. 세부 실행 계획(법령개정, 예산반영, 부처협의)을 세운다.

국과장의 일상

사실 사무관은 위에서 지시받은 대로 좇아가면 그만이다. 그러나 과장부터는 부서의 중장기 정책 방향을 구상하고 현안 사항을 결정하랴, 국회, 정당과 언론 동향을 살펴보랴, 다른 부서와 협조하고 산하기관과 조율하는 등 바쁜 시간을 보낸다. 매일매일 무덥고 짜증나는 여름이기도 하다. 그러다가 소나기도 맞고 가끔 태풍도 몰아친다. 자기도 모르게 슬그머니 가을이 온다. 가을은 무척 짧아서 언제 눈 내린 벌판으로 걸어 나가야 할지 알 수 없다.

국과장의 일상은 다음과 같다.

1. 출근하면 조간신문을 빨리 훑어본다. 혹시 소관 업무에 관한 기사가 있는지 살펴보고, 필요시 대응책을 강구한다.
2. 티타임과 각종 내부, 외부 회의에 참석한다.
3. 여러 가지 회의 결과 전달과 부서 고유 업무 점검을 위해 정기, 수시로 회의한다.
4. 밀린 결재를 한다. 업무에 대한 지시를 한다.

국과장들은 회의와 결재에 매일 많은 시간을 쓰고 있고, 국회와 정당, 언론을 상대하는 일에 시간을 빼앗기고 있어 정책구상을 할 시간이 부족한 듯하다.

　내가 보기에 공무원 사회의 가장 큰 폐단은 현안에 대해 너무 많은 회의와 보고를 한다는 것이다. 그래서 중장기 정책을 구상하거나 차분한 업무처리를 할 시간이 없다. 보고서도 페이퍼를 작성하는 시간보다 결재 및 보고에 많은 시간이 소요되는 경향이 있다. 지금은 전자결재 시스템이 도입된 데다 회의를 지양하는 분위기로 인해 좀 나아지기는 했다. 그러나 모든 사항을 가급적 모두에게 알려 책임을 분산하거나, 가급적 기관의 최상급자까지 보고하려 하는 경향이 있다.

　그러다 보니 기관장도 기관의 비전이나 중장기 과제에 할애할 시간이 적고, 부처의 상급자로 갈수록 너무 많은 사항을 알아야 되는 문제가 있다. 또 하급자도 거의 쓸데없는 보고를 하기 위해 많은 시간을 소모하는 폐단이 있었다. 아마 지금도 중앙부처 공무원들이 이런 보고서를 선호하고 있는 것 같다.

　특히 '경제개발 5개년계획' 부터 시작하여 각종 '종합계획(Master Plan)', '중장기 계획(Blue Print)', '백서(White Paper)', 'Road Map'에 익숙한 사람들이 아직도 우리 공직사회를 지배하고 있다. 특히 이런 보고서를 만들 때면 선진국 사례(특히 미국과 일본의 사례는 필수적이다)와 각종 통계를 첨부해야 하니, 보고서 작성과 의사결정이 늦어진다.

　어떤 보고서라도 나중에 보면 그 내용은 단지 몇 줄로 요약되거나 1페이지 분량도 되지 않는데, 대부분의 공무원들은 마치 박사

논문을 쓰듯, 국가의 모든 일을 혼자 다하는 듯 방대한 보고서를 만드는 수고를 하고 있다.

전에 어떤 간부는 "모든 직원은 장관을 위해 일한다. 장관에게 1쪽을 보고하기 위해 사무관은 한 달, 과장은 일주일, 국장은 하루를 일한다. 모든 보고를 가능하면 장차관, 가능하면 청와대까지 보고할 수 있도록 해야 한다."고 말하였다. 자기가 담당하는 업무를 책임감 있게 처리하고, 이 분야에서 아무런 문제도 발생하지 않는다면 그는 일을 잘한 것인데, 어쩐지 중앙부처일수록 장차관이나 상급자가 관심을 갖는 일을 하지 않으면 무능한 것으로 보이고, 마치 그가 일을 잘하지 않은 것으로 보는 풍토가 있었다.

장차관이나 사무관의 하루는 업무의 질은 다를지 몰라도 업무의 양은 같다. 사무관은 사무관대로, 과장은 과장대로, 국장은 국장대로 장차관은 각자에 부여된 업무를 하면 되지, 모든 일을 상급자에게, 장차관까지 일일이 보고하려 하다 보니 문제가 생기고, 신속히 대응하지 못하는 것이 아닌지 모르겠다.

이러다 보니, 두터운 보고서가 있지만 실행 계획이 부족하고, 논의는 무성하지만 실제 써 먹을 구체안이 잘 나오지 않는다. 그래서 언론에서는 이를 두고 'NATO(No Action, Talk Only)'라고 비아냥거리는 것 같다. 한편, 어느 부서는 전 담당자가 딴 곳으로 이동하면, 그동안 결재받은 문서 외에는 참고자료나 통계까지 모두 없애는 경우도 있었다. 그래서 새로 그 업무를 맡은 담당자가 옛날 서류를 찾아 헤매거나, 처음부터 다시 시작해야 하는 경우도 있다.

모든 직원의 담당업무를 문서로 정확히 규정해두고, 사소한 업무와 평상업무는 스스로 전결하는 담당관 제도를 마련하는 것이 무엇보다 시급하다. 권한의 하부 이양, 담당관 및 주요 보직에 있어 임기제도 도입, 상급자 결재사항 축소 등으로 공무원의 자율과 책임의식을 함께 키우는 것이 정부기관 경쟁력 제고를 위한 길이라고 생각한다. 그리고 주어진 업무를 소리 없이 하고 있는 사람이 평가받는 인사고과 시스템도 함께 마련되어야 할 것이다.

공직의 원칙

어디 나가면, 잘 모르는 사람들도 내가 공무원인지 금방 알아보는 것 같다. 20여 년을 틀 박힌 생활을 해서 그런 건지, 경제문제라도 나오면 괜히 아는 체하는 습관이라도 들어 있는지, 박봉에 시달려온 공직자답게 살찌지 않는 체질이라 그런지 모르겠다. 중앙부처 경제공무원이라면 조금 으쓱해지기 쉽고, 주위에서 혹시 무엇을 물어보면 창피할까 두려워 신문에 혹시 새로운 용어라도 나오면 알아보려고 하는 습관이 있다.

모든 공직은 모름지기 수신제가치국평천하(修身齊家治國平天下)인데, 나는 사람이 약삭빠르지 못하고, 고분고분하지 않아 항상 보직이나 진급에도 그렇지만, 재테크에는 젬병이다. 지금 사는 집은 결혼 전 재무부에서 주택조합을 한다고 하여 그때 분양받은 아파트인데, 아직도 그대로 살고 있다.

나는 지금도 어떤 언론 등에서 가끔 포상을 주고 있고, 옛날부터 칭송하고 있다는 청백리(淸白吏)가 혹시 가족을 부양할 돈도 제대로 벌지 못하고, 글만 읽으면서 국가 대사를 논하는 사람, 즉 경제적으로 능력이 부족한 사람도 포함하는 의미라면 정말 시대에 맞지 않는 용어로 버려야 한다고 생각한다.

살아온 모습을 돌이켜보니 별로 경제적이지 못하였다. 남은 애써 가지 않겠다 하는 군대를 찾아가서 군복무를 한 40개월만큼 공무원 생활에서 좀 불이익을 받았고, 서른 살이 훨씬 넘은 나이로 1989년에 결혼하는 바람에 아직 아이도 어리다.

공직자로서 20여 년 일하며 지키려 하였던 원칙을 소개한다.

1. 일을 열심히 하기보다 잘하는 것이 중요하다. '생각할 시간을 갖고 일하자.'
2. 무엇이든 피할 수 없다면 그것을 즐기자.
3. 어떤 부서이든 중요한 한 가지만은 꼭 해내자.
4. 미리 고민해놓고, 미리 만들어놓자.
5. 내가 모은 보고서, 자료, 시안까지 후임자에게 그대로 넘기자.
6. 시간을 지키자.
7. 회의를 줄이자, 보고는 간단히 하자.
8. 항상 상대방과 민원인의 입장을 생각하자.
9. 한국인을 넘어 세계인이 되어보자.

중앙공무원교육원에서 새로 고시에 합격하여 신임관리자과정을 교육받는 후배 공무원을 보면 우선 여성이 반쯤 되는 것에 놀란다. 여러 가지 점에서 이들이 정말 능력 있고 훌륭한 자질을 갖춘 사람이라는 것은 의심하지 않는다. 그러나 민간이 주도해야 할 자유 자본주의 국가에서는 우수한 사람들이 공직보다는 민간에서 활동하는 것이 바람직한데, 모두 경쟁적으로 공직 영역으로 몰려오는 것은 사회 전체 차원에서 바람직하지 않다고 생각한다. 또한, 민간과 공직이 원활하게 교류하는 제도가 도입된다면, 고시제도 자체가 필요 없고, 자기의 적성과 희망에 따라 직업을 선택할 수 있지 않을까 생각한다.

공직의 봄

[수습 사무관 시절]

■ 재무부에서 중앙부처 수습을 시작하다

행정고시에 합격하면 1년간 수습을 받는데, 원래 중앙공무원교육원의 신임관리자(사무관) 연수부터 받는 것이 원칙이다. 그런데 나의 경우, 신임관리자 연수가 매년 1회 4월경에 시작되어 잘 맞지 않으므로 앞으로 배치될 부처인 재무부에서 중앙부처 수습부터 하게 되었다.

1984년에 군에서 제대한 후 총무처에 신고하니 8월 20일부터 복직하라는 발령이 났다. 나는 제24회 행정고등고시에서 좋은 성적을 받은 데다 군필자라서 수습할 중앙부처를 선택할 수 있다 하여, 부모님과 상의한 끝에 재무부를 택하게 되었다. 당시 재무부와 경제기획원, 상공부를 놓고 고민하였지만, 대학 졸업 후 최초로 다닌 직장이 비록 2개월 반 만에 그만두었지만 한국외환은행이었고, 금융에 대한 관심이 있어 재무부를 선택하였다. 지금도 봉급 통장은 외환은행에 입행하면서 만든 외환은행 계좌를 사용하는데, 스스로 선택한 첫 직장에 대한 예의이자 사랑이라고 느낀다.

재무부의 첫 인상

내가 재무부에 대해 처음 느낀 분위기는 모두 바쁘게 열심히 일한다
는 것이었다. 한편으로는 무엇을 하는지 잘 모르겠다는 느낌도 들었다.
직원들은 정책이나 중장기 업무를 구상하기보다, 마치 작문시간처럼
문서작성(paperwork)에 치중하고 있고, 국과장 등 상사의 일거수일투족
에 자신의 일과를 맞추고 있었다.

중앙부처 업무가 으레 그렇듯이, 한 과에는 4명 내지 6, 7명까지 사
무관이 있고, 대개 사무관 1명과 주사 1, 2명이 한 팀으로 일하고 있다.
주사 등 일반 직원은 통계자료를 뽑아주거나, 교정을 보거나 서류를 복
사하는 정도의 일을 하고 있었다. 주사에서 사무관으로 진급하려면 사
무관 시험을 보는데, 이것을 준비한다는 명분으로 대개 시험 전 몇 달
간 사무실에 나오지 않는 관례가 있었다.

재무부의 조직 내 위계질서는 매우 엄격하였다. 국과장들은 장차관
이 퇴근할 때까지 대기하였고, 과에서는 모든 직원이 과장 눈치를 보고
있었다. 규율이 엄하기로 소문난 해병대를 제대한 눈으로 보기에도 재
무부 국과장은 군의 장교, 지휘관보다 엄한 모습이었다.

매일 야근이 당연시되었고, 대개 주말에도 나오는 것이 관행이었다.
저녁식사는 으레 사무실에서 시켜 먹고, 습관적으로 야근하다 보니, 근
무시간에 오히려 일에 집중하지 못하는 분위기가 있었다.

■ 외자관리과, 은행과에서 수습하다

1984년 재무부는 종로구 수송동 이마빌딩 뒤편의 청사를 국세청과
같이 쓰고 있었다. 나는 경제협력국 외자관리과와 이재국 은행과에서

수습을 하였다.

외자관리과는 외자도입법에 의거하여 국내에 투자한 외국 기업, 합작 기업을 대상으로 자본금 증액 인허가 등 사후 관리를 담당하는 곳이었다. 매일 여러 외국인 투자 기업(외투 기업) 직원들이 찾아오는 것 같았다. 수습사무관으로서 해야 하는 일은 거의 없어 별일 없이 매일 출근하는 것이 매우 곤욕스러웠다. 다행히 청사에 조그만 도서실이 있어 나는 자주 이곳에 들러 책을 보곤 하였다.

이재국 은행과에서 수습하는데, 당시 과장님이 통화정책에 관한 과제를 주면서, 연구해서 보고하라 하였다. 나는 옆에 있는 직원들에게도 물어보고 도서실에서 자료도 찾아보는 등 나름대로 작성해보려 하였다. 하지만 40개월 군에서 전방에서만 근무하고 민간사회에 대해서도 잘 모르고, 문서작성 교육도 받지 못한 채 보고서를 작성해서 보고했는데, 어떤 내용을 어떻게 작성했는지 잘 기억이 나지 않으나 무척 마음고생을 했던 것 같다.

■ 중앙공무원교육원의 신임관리자 교육

1985년 4월부터 약 4개월간 행시 제28회 합격자와 같이 중앙공무원교육원(약칭 중공교)에서 연수를 받게 되었다. 중공교는 1981년에 대전에서 과천으로 옮겨 왔는데, 아주 시설이 훌륭한 교육기관이라는 느낌을 받았다.

중공교에서의 교육은 국가관 및 공직관 확립, 문서작성, 외국어 연수 등이었던 것으로 기억한다.

■ 종로구청의 지방관서 수습

중공교에서 교육을 마친 후 1년의 수습사무관 기간 중 마지막으로 2개월 정도 종로구청에서 지방관서 수습을 하였다. 이때 고향인 충청북도에 가는 것도 괜찮다고 생각했었는데, 잠시라도 번거롭다는 생각이 있어 서울시 종로구청을 선택하게 되었다.

이때 제28회 행정고시 합격자 2명과 종로구청으로 왔는데, 내 자리는 민원봉사실 쪽에 있었다. 1층 호적계의 호적계장 자리 옆에 수습행정관이라고 명패를 붙인 책상이 있었다.

그 후 수습사무관 딱지를 떼면서, 1985년 8월20일자로 재무부로 정식 발령을 받게 되었다.

| 나의 생각 | 공무원 수습제도 개선 |

모든 공무원은 정식 임용 전에 6개월 내지 1년간 수습을 받도록 되어 있다. 이 제도는 수습 성과를 보아 정식 임용을 하거나 능력이나 자질이 부족하면 정식 임용을 하지 않는다는 취지이다. 하지만 사실상 모두 정식 임용을 받고 있어 당초 취지가 퇴색되어 있는 것 같다.

이런 점에서 공무원 수습제도는 실질적 개선이 필요한 것 같다. 교육원에서 신임 공무원에 대해 열심히 교육하고는 있지만, 실상 부처에서 활용할 만큼 실용적 교육인지는 의문이 든다. 실제로 사무관으로 정식 발령을 받고 나서 새로 그 부처의 업무 스타일에 적응하는 데 상당한 시간이 소요되는 것이 현실이다. 또한 교육원에서 중앙부처나 각급 기관에 위탁하는 교육은 아무 일도 사실상 하지 않은 채 시간만 때우는 경우가 적지 않았다.

나에게 1년간 수습시절은 대학, 군대를 거쳐 민간인, 사회인이 되는 과정이었다. 군 제대 후 민간으로 가는 휴식 시간이고, 그간 접해보지 못한 공무원 생활에 필요한 지식과 소양을 배양할 수 있는 좋은 기회였다. 그런데 이미 부처 배정까지 받아놓은 상태에다가, 군생활 전부를 전방에서 해서 머리가 텅 비어 있어 그랬는지 효율적으로 시간을 활용하지 못했던 것 같다.

2008년 신임사무관들의 중공교 교육을 옆에서 보니, 교육시스템이 잘 개선되고 짜임새가 있어 실질적으로 많은 도움이 되는 것 같다. 더구나 우리 때는 생각하지 못한 외국 연수 기회까지 있는 등 매우 발전된 모습을 보여 흐뭇하고 부러웠다.

고시의 시험성적과 수습 점수가 합쳐져서 자기가 갈 부처 배치의 기준이 되어 수습시절 성적에도 신경이 쓰이겠지만, 고시공부를 하면서 하지 못한 여러 가지를 고민해보고, 사회인이자 공직자로 바뀌는 중요한 시기에 자기계발을 위한 중요한 시간으로 활용하도록 지도해야 하겠다. 그리고 각 부처나 지방관서 수습에 정확한 지침을 주어 효율적 수습이 되도록 해야겠다.

[재무부에서]

1. IMF/IBRD 총회 기획단

재무부로 돌아와 2, 3주를 보직 없이 기다린 것 같다. 그러다가 그해 9월 우리나라에서 대규모 국제회의로는 처음으로 개최되는 제40차 IMF/IBRD 연차총회 기획단에 파견가게 되었다. IMF/IBRD 총회 기획단에 파견된 기간인 11월경 관세국 산업관세과로 보직 발령을 받았다.

당시 총회는 남대문 앞에 새로 지은 대우 힐튼호텔에서 열렸는데, IMF/IBRD 연차총회 기획단 사무실은 호텔과 연결된 대우그룹 소유인 별도 건물에 있었다. 기획단에는 3개부가 있었는데, 기획단장은 재무부 국장이, 부장은 재무부 과장과 한국은행 차장 등이 맡았으며, 나는 기획부 소속의 홍보반장을 맡았다. 홍보반은 나와 재무부 직원 1명, 금융기관에서 파견된 직원 5명 등 7명으로 구성되어 있었다.

홍보반은 홍보계획 작성, PRESS 센터 운영, 옥외 홍보물 관리 등을 담당했는데, 총회가 임박해 오면서 기자실 운영, 공보 업무 등을 위해 재무부와 금융기관에서 추가 인원이 파견되어 별도로 기자실이 운영되었다.

이 행사는 국내 대규모 국제행사로는 최초이며 당시 전두환 전 대통령이 행사계획을 일일이 보고받은 것으로 알고 있다. 대규모 국제회의

인 만큼 행사를 기획하는 기획단의 정부 내 지위도 상당히 높았던 것 같다. 총회 외에도, 개회식, 폐회식에 연결된 식 전후 행사, 문화 공연과 시내 및 시외 관광 등 여러 가지 행사가 준비되었다. 행사는 아주 성대하게 치러져 성공적이었고, 그 후 여러 부처에서 각종 회의에 벤치마킹한 것으로 알고 있다.

행사가 끝난 후 대통령이 성공적으로 잘 치렀다고 칭찬하여 전 직원이 청와대에 초대받아 대통령과 함께 오찬을 했다. 연말에는 해당 직원들에게 포상까지 했는데, 나는 늦게 파견되어 기여도가 낮았는지 재무부 장관 표창에 그치고 말았다.

나의 생각　국제행사에 대하여

이제 우리나라에서도 국제행사가 많이 열리는 것 같다. 우리가 1985년에 행사를 치를 때에는 국내에서는 벤치마킹할 것이 없었다. 그래서 일찍 기획단에 파견된 직원들이 외국에서 열리는 여러 국제행사에 참가해 행사 진행 방법 등을 배워 왔다고 한다.

나도 그 뒤 20여 년간 공직 생활을 하면서, 국내외에서 여러 형태의 행사를 기획하거나 참석해보았는데, 국제회의를 기획하거나 진행해보는 것은 아주 좋은 경험이라고 생각한다. 그런데 가끔 어떤 국제회의에 가면, 준비가 철저하지 않아 엉망이라는 느낌을 갖게 되는 경우가 있다.

어느 기관이든 국제회의를 유치하면, 1년 전이나 수개월 전부터 TF를 구성하고, 용역회사와 용역계약을 하는 등 준비를 서두른다. 하지만 막상 국제회의에 가 보면 안내 데스크 운영부터 서투르고, 외국 참가자에 대한 배려가 소홀하여 나라 망신을 시키는 게 아닐까 우려되는 경우도 있었다.

초임 사무관으로 치른 국제회의 경험은 그 후 각종 회의를 직접 기획하거나, 외국의 각종 회의나 행사에 참가할 때 많은 도움이 되었다.

당시 행사에 대해서는 모두 백서로 기록되어 있는 것으로 기억하고 있다. 앞으로 중요한 회의나 행사에 대해서는 모든 것을 기록으로 남겨, 미래에 참고하도록 해야 한다. 실수가 있다면 그것까지도 기록해놓아 유사 사례가 반복되지 않도록 하는 기록 문화가 중요하다는 생각이다.

2. 산업관세과

IMF/IBRD총회 기획단에 파견 후 1985년 말에 재무부로 돌아와, 관세국에서 처음으로 실무 일을 하게 되었다.

지금 기획재정부는 세제실에서 내국세, 관세업무를 함께 다루지만, 당시 재무부는 세제국(세제실이 아니었다)과 관세국이 분리되어 있었다. 관세국은 관세정책과, 산업관세과, 관세협력과, 국제관세과의 4과로 되어 있었는데 그다지 인기 있는 부서가 아니었다. 아마 모두 이재국, 증권보험국 등 금융 분야를 선호하였고, 그 다음으로는 세제국이나 국제금융국 등의 순서였던 것 같다.

산업관세과는 그 전에는 관세조정과라고 불리던 과로서, 관세율 조정업무를 담당하고 있었다. 관세율은 조세법정주의에 의해 관세법 별표에 규정된 법률사항이므로 매년 개정할 필요가 없었다. 당시에는 법률에서 대통령령으로 위임된 탄력관세가 주요 업무였다. 상하반기 1회 정도 정기적, 때로는 수시로 일부 품목에 부과하는 긴급관세, 조정관세, 할당관세 등 탄력관세 업무가 주된 일이었다. 탄력관세란 신축적으로 운용하는 관세율(flexible tariff)인데, 주로 특정 상품의 수입 급증이나 농산물 등 가격변동이 심한 산업을 보호하기 위하여 관련 품목의 관세율을 일시적으로 높이거나 내리는 것이다.

처음 실무를 접하면서 법령실무가 생각보다 매우 복잡하다는 생각이 들었다. 먼저 경제여건과 산업정책적 필요 등에 따라 각 부처에서 수요를 제기하면, 검토하여 내부 결재를 받는다. 이것이 법령안이 되기까지 에는 법제 실무가 필요하고, 이를 법제처 심사를 거쳐 국무회의에서 심 의를 받은 후 대통령 승인을 얻기에는 많은 노력과 시일이 필요하였다. 초임 사무관으로 몇 번 대통령령을 만들어보면서 법령이 완료될 때까 지 정부 내에서 이루어지는 복잡한 프로세스를 경험한 것은 그 후에도 중앙부처 공무원으로 법령을 입안하고 수행하는 데 큰 도움이 되었다.

산업관세과에는 사무관이 4명 있었는데 당시 적용되던 CCCN 관세 율표에 따라 산업별로 업무를 분장하였고, 나는 농수산물 부문 관세율 과 해외여행자의 휴대물품에 부과하는 간이세율, 환특세율 등을 담당 하였다.

관세품목분류표(Customs Cooperation Council Nomenclature)는 브뤼셀 에 있는 관세협력이사회(CCC)가 전 세계에서 거래되는 모든 상품을 체 계적으로 분류해놓은 표를 말한다. 이 분류표는 1988년 새로운 국제통 일상품분류제도(HS, Harmonized System)로 변경되었다.

간이세율(簡易稅率)은 해외여행자가 휴대하여 수입하는 물품이나 우 편물 등에 대해 공항이나 우체국 등에서 과세를 빨리 하여 통관 절차를 간소화하기 위한 것으로 내국세율과 관세율이 합산되어 있는 세율이 다. 환특세율(還特稅率)이란 주로 수출용으로 사용되는 원자재에 대해 수입 시 관세를 부과하였다가 수출 후 관세를 환급하는 대신 미리 인하 된 세율을 적용하는 것이다.

당시 산업관세과에서는 브뤼셀에 있는 관세협력이사회(CCC)가 발의 하여 각국이 국제 공동 작업으로 진행하는 CCCN 관세율을 국제통일 상품분류제도(HS관세율)로 바꾸는 작업을 하고 있었다. 영어, 불어로 되어 있는 시안을 우리말로 번역하는 작업과 CCCN과 HS 간 품목이나 규격이 일치되지 않는 경우가 있었다. HS 관세율은 우리말로 조화제도로 번역되는 Harmonized System의 약어이다.

재무부 체육대회의 추억

재무부는 봄, 가을에 체육대회를 하였다. 재무부 체육대회는 아마 정부부처에서 아주 유명세를 띤 행사였던 것 같다. 체육대회 종목은 축구, 배구, 줄다리기, 400미터 계주 등이었는데, 국별 경쟁이 매우 치열하고, 체육대회에 임하는 자세도 아주 진지하였다.

특히 축구는 마치 군의 부대 대항 체육대회를 하듯이 결사적으로 게임을 하는 바람에 연습이나 실제 경기 중 다치는 경우가 많았다. 그래서 체육대회가 끝난 뒤면, 몇몇 사람이 깁스를 한 채 출근하는 경우가 있었다.

체육대회는 간부들의 중요 관심사항이었다. 어느 부서에든 결원이 생기면, 개인의 업무 능력을 물론 따져보겠지만, 오히려 전입 직원이 축구, 배구 등 운동을 잘하는지 알아보는 것도 관례였다. 체육대회에 쓰기 위해 지방이나 산하 기관에서 운동 잘하는 직원을 임시직으로 특채하거나, 체육대회에 앞서 파견받는 경우도 있었다.

체육대회에 앞서 대개 2~3개월 전부터 연습을 하는데, 특히 인원이 많고 전통적으로 재무부 내에서 축구를 잘하는 인기 부서인 이재국과 세제국 등은 거의 일 년 내내 축구, 배구 연습을 하였다.

많은 직원들이 연습하려면, 운동장과 상대 팀을 확보하여야 한다. 또 새벽에 운동한 후 목욕하고 아침을 먹거나, 오후에 운동한 후 목욕하고 저녁을 먹거나 때론 술자리도 만들어야 한다. 이런 일에 비용이 많이 드니, 재무부 내에서 이를 조달할 능력이 있는 부서만 연습을 길게 할 수 있었다. 그래서 체육대회에 앞서 실전 경험을 쌓기 위한 연습 게임을 하려면 산하기관이 많은 금융 관련 부서에 유리했다.

체육대회 날에는 산하기관, 금융기관 관계자 또는 퇴직자(OB)들이 경기장(주로 기흥에 있는 외환은행 연수원을 사용하였다)에 오는 관행이 있었다. 이때 대개 주류, 과일 등 먹을거리를 가져오는데 산하기관이 많은 이재국 등에는 각종 물건이 쌓이지만, 관세국, 국고국 등은 산하기관이 없어 썰렁하였다.

관세국에는 주로 재무부 관세국과 관세청에 근무했던 퇴직 공무원들의 모임인 사단법인 관우회가 음료수와 떡 약간을 가져오는 것이 고작이었다. 체육대회 때 다른 국에 산더미처럼 쌓인 먹을거리를 보면, 아무것도 없는 국의 직원은 울화가 치밀 정도였다. 체육대회 날 초반에 경기에 져서 탈락하면, 긴 하루를 보내는 것도 문제였다. 이때 관세국에서는 관우회에서 가져온 떡을 먹으니 목이 멘다는 우스갯소리가 있었다.

나는 재무부 체육대회를 처음 맞이하면서, 선배 사무관이 해병대 출신이니 날렵하다면서 축구 골키퍼를 맡기는 바람에 여러 해 동안 연달아 골키퍼를 하게 되었다. 재무부 축구시합에서 골키퍼는 아주 중요한 포지션이었다. 체육대회 날 약 10팀이 결승까지 마쳐야 하므로, 실제 경기 시간인 전후반 합계 20분으로는 승부를 가리지 못하는 경우가 많아, 승부 킥으로 가는 경우가 많기 때문이었다. 한동안 그런대로 명 키퍼라는 이야기를 듣곤 하였다. 그런데 언젠가 한번은 인덕원에 있는 운동장에서 연습경기를 하다 왼팔이 부러져 과천에 있는 정형외과에 실려 간 적이 있다. 코너킥으로 날아온 공을 쳐 내려 점프하다 공격자와 부딪히면서 착지를 제대로 하지 못한 까닭이었다.

체육대회에서 재무부 직원들은 모두 운동을 무척 잘했다. 많은 사람이 병역을 면제받거나 신체적 사유로 현역 부적합 판정을 받았다는데, 그런 사람들이 축구, 배구 등 각종 스포츠를 어떻게 그렇게 잘할 수 있었는지 지금도 의문이 든다.

첫 해외출장의 추억

나는 벨기에 브뤼셀에 있는 관세협력이사회(CCC, 지금은 세계관세기구, WCO로 바뀌었다)로 난생 처음 2주간 해외 출장을 갔다. 첫 해외여행일 뿐 아니라 직항 노선이 없어 서울에서 취리히까지는 대한항공편으로 가고, 다시 취리히에서 브뤼셀로 갈아타는 여정이었다. 해외에서 처음으로 비행기를 타는 것은 매우 긴장된 일이었다. 영어가 서투르고, 불어는 전혀 하지 못하므로 첫 해외여행은 아주 어려운 일의 연속이었다. 더구나 취리히에서 브뤼셀로 가는 비행기는 약 50명이 타는 조그만 쌍발 프로펠러기였는데, 난기류를 만났는지 무척 흔들려서 겁먹었던 기억이 난다.

브뤼셀에서는 당시의 나에겐 생소한 아파트먼트호텔(apartment hotel)에 묵었다. 그곳은 밥도 지어먹을 수 있는 주방기구가 갖춰져 있었고 가격도 호텔보다 저렴하였다. 슈퍼마켓에서 파는 바나나가 국내보다 아주 싸서 몇 끼를 바나나로 때우고, 가져간 라면으로 간단히 식사를 해결했던 생각이 난다.

당시 브뤼셀에는 재무부에서 재무관(지금의 재경관)이 파견되어 있었고, 관세협력이사회(CCC)에도 직원 2명이 파견되어 있었다. 출장 중에 재무부 직원 가족과 함께 온천이 있는 스파(Spa)에 가서 방갈로에서 잔 적이 있다. 토, 일요일에는 혼자 기차로 암스테르담과 파리 여행도 해 보았다. 모든 것이 낯선 환경에서 처음 해외출장을 다녀오고 나니 무척 많이 배웠다는 생각이 들었다.

그 후 나는 해외출장을 가더라도 가급적 현지에 주재하는 직원의 도움을 받지 않으려 했다. 독일 본(Bonn)에서 2년 사는 동안에도 한 번도 가이드를 대동한 여행을 가지 않고 내가 직접 자동차를 운전하거나 기차 여행을 했다. 그것은 모두 첫 해외출장을 혼자 다녀왔던 것이 계기가 된 것 같다.

나의 생각   다언어(多言語) 국가와 강소국(强小國)

유럽의 벨기에와 스위스는 나라가 아주 작고, 언어마저 고유어가 아닌 남의 말 여러 가지를 공용어로 쓰고 있다. 대부분 이런 경우 흔적조차 남지 않은 채 주변국가에 흡수되는 것이 보통이다.

하지만 이 두 나라는 지역 내에서 발언권이 있는 강소국이다. 스위스는 유럽 한복판에 있으면서 영세중립국을 선포하고도 국민에게 병역의무를 부과하고 있고, 유럽통화제도(EURO)에도 가입하지 않은 채 스위스 프랑을 쓰고 있다.

아마도 큰 나라 사이에 있는 작은 나라가 여러 언어를 쓰면 사람들이 주변 대외 환경에 쉽게 적응하고, 정치, 경제, 문화 등 모든 점에서 협상력과 외교력을 키우게 되는 것이 아닐까 싶다. 이제 무력으로 남을 침략하거나 협박하는 시대가 아닌 만큼 다양한 언어를 구사하고 다양한 문화를 이해하는 것이 국가경쟁력을 좌우하는 시대가 되었다. 그래선지 벨기에와 스위스 사람들은 UN 등 국제기구에도 많이 진출하고 있다.

우리나라의 주위에는 모두 강대국이 있다. 100여 년 전 우리 선조들이 영세중립국을 생각한 적이 있는데, 자체 국방력이 전혀 없는 상태에서 외국에 기대 보려다가 나라가 아주 망해버렸다.

우리가 지향하는 강소국이라는 목표를 달성하려면 아마 필수적인 것이 다언어(多言語)가 아닐까. 다행히 우리에게는 한글이라는 훌륭한 고유 언어가 있으므로 초등학교에서는 우선 국어와 한국사를 집중 교육하여 한국인의 주체성을 키우자. 초등학교 고학년부터 중고교까지 이미 국제어가 되어버린 영어 외에도 주변 국가의 언어, 중국어, 러시아어, 일본어를 교육하자. 최대 교역상대국이 중국이고, 중국어가 세계에서 가장 많은 사람이 사용하는 언어이므로 특히, 중국어와 한문교육은 이제 영어만큼 중요한 시대가 되었다고 나는 생각한다.

3. 보험정책과

종전에 재무부의 금융담당 부서로는 이재국, 증권보험국, 국제금융국이 있었다. 그러다가 1980년대 중반 우리 증권, 보험산업이 급속하게 성장하고 외국의 시장개방 압력이 심해지면서 종전 증권보험국이 증권국과 보험국으로 갈라지게 되었다.

당시 관세국에 근무하고 있던 나는 영문도 모르고 있다가 새로 신설되는 보험국의 신설부서인 보험정책과로 발령받게 되었다. 증권보험국(약칭 증보국)은 증권 2개과와 보험 2개과가 있었고, 보험 분야에는 생명보험과와 손해보험과가 있었다. 그러다가 보험국이 생기면서 주무과인 보험정책과가 새로 생긴 것이었다. 생명보험과, 손해보험과는 종전 업무에서 다소 줄었고, 보험정책과는 생명보험과, 손해보험과의 보험관련법령, 자산운용업무와 새로운 업무인 보험시장 개방 및 보험회사 신설업무 등을 맡게 되었다.

당시 우리 과의 과장님은 여러 분야에 해박하고, 업무도 열심히 하는 것으로 유명한 분이었다. 과장님이 하루는 과 직원을 소집하더니 "과장 이하 모두 보험 산업에 대해 잘 알지 못하니, 앞으로 전직원이 보험을 열심히 공부하자."고 하였다. 그래서 우리 과는 매일 저녁식사 후 보험 관련기관이나 관련 학자, 업계의 전문가를 초청하여 보험이론 및 실제를 공부하게 되었다.

과의 근무시간은 평일에는 저녁 10시까지이고, 일요일도 항상 출근하는 것이 원칙이었다. 그때 우리 과 직원들은 모두 2, 3개월 동안 보험 이론과 업무에 대해 여러 전문가의 도움을 받아 짧은 기간이지만 철저하게 공부하였다. 그때 나는 미혼이었는데 선을 볼 시간도 없고 데이트할 시간도 내기 어려운 시절이었다.

보험정책과에서는 생명보험회사 기업공개 문제, 손해보험회사 자산운용과 국, 과장님이 특별히 지시하는 업무를 맡아 하였다. 당시 우리나라 통화관리는 금리가 아니라 통화량을 지표로 하여 관리하는데, 주로 통화안정증권(통안채라 불렀다)을 발행하거나 환매하는 형태의 공개시장 조작 방식이었다. 아직 우리 채권시장이 미처 발달하지 않은 상태여서 금융회사들이 통안채를 자발적으로 사려 하지 않았다. 그래서 대부분 통안채를 정부가 금융회사에 배정하는 형식이 되어 사실상 강제소화 방식이었다.

이 프로세스를 살펴보면 재무부와 한국은행에서 금융시장을 점검하다가 만일 통안채 발행이 필요하다고 판단하면, 전체 물량을 정한다. 이 물량을 금융권별로 배분하면, 각 과가 자기가 담당하는 은행, 보험사, 투신사 등 금융회사에 배당하는 방식이었다. 사실상 전화 행정이었다.

당시 보험 분야는 협회(생보협회, 손보협회)를 통해 배정하거나, 어떤 때는 담당 사무관이나 직원이 보험사 임원을 직접 부르거나 전화로 금액을 통보하였다. 이때 대부분 금융회사는 이를 받지 않거나, 적게 받으려고 안달했는데, 대개 총자산에 비례하는 방식을 사용했던 것 같다. 당시 금융회사 입장에서 재무부 실무자의 전화는 어기기가 어려운 일종의 불문법이기도 하였다.

나는 주요 정책 과제로 생보사 기업공개 문제를 담당하였다. 그래서

2주 동안 대만, 일본, 미국(동부, 서부)에 출장 가서 각국의 보험 산업을 살펴보고, 외국 보험 산업의 공개, 상장문제를 연구하였다. 그 후 삼성생명, 대한교육보험(지금의 교보생명)의 질의에 대해 재무부는 생보사의 기업공개가 가능하다고 회신하였고, 이에 따라 2개사가 기업공개를 위한 자산재평가를 실시하는 등 기업공개를 준비하였다. 이 일이 1991년에 있었는데 그 후 17년 지난 지금까지 공개, 상장문제가 해결되지 않고 있는 것을 보면 마음이 무거워진다.

그때 연구한 것을 재무부에서 『생보사 기업공개문제에 대한 시각』이라는 소책자로 만들었고, 생명보험협회의 정기간행물인 생보협회지에도 「생보사 기업공개 추진과 주식회사적 경영에 대한 소고(小考)」란 제목으로 발표했다. 이에 대해 2006년 10월 국정감사에서 어느 국회의원이 우리나라 생명보험회사의 상호회사적 성격이 있는지 여부를 질의하고, 이를 부총리가 답변하면서 작은 논란이 있었다고 한다.

상호회사란 보험업법에 의거 사원 간 상호보험을 목적으로 설립되는 비영리법인이다. 우리나라 보험업법에서 상호회사 설립을 허용하고 있지만, 아직 회사가 설립된 적이 없고, 일본은 큰 회사 대부분이 상호보험회사인 것으로 알고 있다.

교통사고가 나다

보험정책과는 과장님서부터 매일 적어도 밤 10시까지 일을 하였다. 과장님이 퇴근을 하지 않으니, 모두 눈치를 보면서 퇴근을 잘 하지 못하였다. 어느 날 가만히 보니 선배 사무관들은 저녁을 먹고 나면 자리를 비우는 경우가 있었다. 그래서 살펴보니 약속이 있으면 마치 다른 사무실에 가 있는 것처럼 의자에 웃옷을 벗어두고 가는 것이었다.

나는 사무관 중 가장 어려 그러지도 못했는데, 어느 날 고교 동창생과 저녁 약속이 있어 과천에 나갔다가 저녁식사 후 강남에서 2차까지 술을 많이 먹었다.

그런데 택시를 타고 귀가하다가 그만 교통사고를 당하고 말았다. 당시 술에 취해 자느라 자세한 것을 기억하지는 못하지만, 택시가 추돌사고를 일으키는 바람에 앞자리에 탄 내가 그대로 앞 유리창을 머리로 들이박고 충격을 받고 기절한 모양이었다.

깨어나 보니, 서울운동장 앞 국립의료원(메디컬센터) 응급실에 있는데, 얼굴에 모두 유리창의 깨진 유리가 박혀 이곳저곳을 꿰매는 등 정말 가관이었다.

이때 만삭이던 여동생이 병원에 와서 나를 보더니, 아직 장가도 가지 않은 오빠가 얼굴을 상했다며 속상해했다. 그 모습을 보고 나도 가슴이 무척 쓰렸다. 선무당이 한 번 과의 규칙을 어기고 도망갔다가 발생한 사건이라, 과 직원들 얼굴 보기가 정말 민망했었던 기억이 난다.

우리나라에서 대부분의 공무원들은 아직까지 전문 담당관 (specialist)이라기보다는, 자기 부처 업무를 이것저것 순환 보직하는 일반 공무원(generalist)인 경우가 많다. 물론 한 공무원이 어느 업무를 오래 담당하면 업계나 민원인과의 유착 등 문제는 다소 있을 것이다.

최근 전문 직위가 많이 생기고, 계약직 공무원제도가 많이 활용되고 있어 나아졌지만, 이런 보직 운영은 우리나라 행정의 전문성을 약화시키고, 공무원 전체의 경쟁력을 낮추는 원인이 된다.

나의 경우 처음 보험 분야에 근무하면서, 밤낮과 토, 일요일도 없이 몇 개월을 사무실에서만 보냈다. 지금도 그런 처지라면 그렇게 집중적으로 공부하고, 일할 수밖에 없을 거라는 생각이 든다. 그 덕에 나는 보험국에서 약 4년을 근무하며 나름대로 보험 분야 전문가라고 자타가 공인을 한 것 같다. 하지만 한번 그 분야를 떠난 후 다시는 보험 분야로 돌아가지 못했다. 그 후 이 분야 국과장이 모두 보험 분야 근무경력이 별로 없는 사람이 보직되는 것을 보며, 이 분들이 실무경험이 제대로 없는데 제대로 일이 될까라는 걱정을 했다.

공무원 보직 관리 방식은 개선되어야 한다. 사무관에서 적어도 과장까지 보직 경로를 지정하거나, 자신이 적성에 맞추어 선택하고, 상당기간 의무적으로 근무토록 하여 전문성을 높여야 한다고 생각한다.

지금은 예전과는 달리 공무원이 업계와 유착하거나 부정을 저지를 소지가 많이 줄어들지 않았을까. 그런데 전에 재무부 금융 분야의 보직은 거의 청와대나 정치권 등의 입김이 작용한다는 이야기까지 들었다.

　이러한 보직 행태가 행정의 전문성을 해치고 있다고 나는 생각한다. 이런 행태야말로 IMD 보고서 등에서 거론하는 대로 정부의 경쟁력을 저해하는 요인이다. 또 언론 등에서 마피아에 빗대어 모피아(MOFIA)라는 부정적 용어를 사용하는 계기가 되는 것이 아닌가 한다.

4. 생명보험과

보험정책과에서 1년 반을 근무하다가 생명보험과로 옮겼다. 생명보험과는 생보사를 감독, 관리하는 부서로 생보사의 경영, 상품 인가, 감독규정 등 업무를 수행하였다. 이곳에 근무하면서 「보험시장 개방에 따른 생보 산업 발전방향」이라는 약 100쪽의 리포트를 만들었다. 생보사의 이익을 주주, 계약자에게 배분하는 기준을 만들었는데, 현재도 그 대강이 유지되고 있는 것으로 알고 있다.

나의 생각   생명보험회사의 상호회사적 유산(遺産)

※ 다음은 재무부 보험국에 근무하던 시절, 담당했던 생보사 기업공개 문제에 관한 글이다.

인간은 미래의 불확실성과 각종 위험에 대비하여 보험이라는 제도를 만들었다. 생명보험은 사람의 생존과 사망이라는 우연성에 대한 경제적 위험을 대비하려는 사회제도로서, 이를 공적보험(연금)과 민영보험이 나누어 담당한다.

우리나라의 생명보험은 1946년 대한생명이 설립된 후 1980년대 중반까지 5~6개 사가 시장을 과점하고 있었다. 그러다가 외국의 보험시장 개방 요구로 시장이 개방된 1980년대 후반 이후 외국사, 내국사, 합작사 등 다수 회사가 신설되어 경쟁하는 춘추전국시대가 되어 있지만 아직도 과거 빅3(Big three) 등의 시장 지배력은 대체로 유지되고 있는 것 같다.

우리 보험업법은 보험회사를 주식회사(stock company)와 상호회사(mutual company)로 구분한다. 그러나 우리나라에는 아직 상호회사가 설립된 적이 없으므로, 상호회사 조항은 사실상 사문화(死文化)되어 있어, 현실적으로 주식회사에 대한 조항만이 적용되고 있다.

상호회사와 주식회사의 차이를 살펴본다.

첫째, 회사의 주인이 다르다. 상호회사는 계와 같이 계주는 있더라도 주주는 없으므로 모든 사원이 보험계약자이고, 회사경영으로 발생하는 이익을 사원 상호 간에 배분하는 비영리회사이지만, 주식회사는 회사의 주인으로 주주가 있는 영리회사이고, 보험계약자는 회사와 채권채무 관계에 있는 채권자이다.

둘째, 판매상품이 다르다. 상호회사는 사전에 보험료를 넉넉하게 받아두었다가 나중에 자산운용 이익 등이 발생하면 사원인 계약자가 이를 나누는 배당 상품을 팔고 있고, 주식회사는 보험계약을 확정하고 보험료를 미리 정해두는 무배당 상품을 판매한다.

그런데 사실 상호회사에도 설립 초기에 자본을 투자하는 사원이 있어야 하고, 그 후에도 회사를 운영하는 주체가 필요하다. 또한 주식회사가 배당상품을, 상호회사가 무배당상품을 팔기도 하고, 설립 시 상호회사가 주식회사로 바뀌거나(Demutualization), 설립

시 주식회사가 상호회사로 바뀌는 현상(Mutualization)도 있어, 그 차이가 본질적인 것이 아니다.

우리 보험 산업의 역사가 이미 60년을 넘어간다. 보험국에 근무하던 1980년대 말에 의아하게 생각한 것은 모두 회사 형태가 주식회사인데, 전에 모두 배당상품만 판매했다는 것이다. 기업공개 문제가 제기된 1987년 이후에는 무배당 상품도 팔고 있지만 아직도 배당상품이 주종인 것으로 알고 있다.

또한 주주의 역할이 불분명하였다는 것이다. 주식회사에는 상법의 적용을 받아 자본 3원칙인 자본 확정, 자본충실, 자본불변의 원칙이 요구된다. 보험업법에도 보험회사에 대해 정부가 자본금 증액을 명령할 수 있는데, 과거에 회사에 적자가 누적되어 사실상 파산 상태에 있던 경우에도 회사가 자발적으로 증자하지 않고, 정부도 자본금을 증액하라는 명령을 한 적이 없었던 것이다.

결국, 법적으로는 주식회사이지만 영업 행태는 모두 상호회사로 구성된 일본의 영향을 받아 상호회사 식으로 회사를 경영하였고, 정부도 상호회사 식으로 감독해왔던 것이다. 이는 아마 전문지식이 부족한 시기에 무작정 일본의 방식을 답습한 것에 기인한 것으로 보인다. 이런 이유로 지금도 생보사 기업공개에 대해 항상 상호회사적 경영에 대한 청산 문제가 발생하고 있는 것 같아 안타깝다.

fool's cap 지의 추억

정부 부처에는 1990년대 초까지 개인용 컴퓨터(PC)가 없었고, 각 과에 타자와 문서 수발 등 서무 업무를 담당하는 여직원이 1~2명 있었다. 이때는 사무관이나 직원이 볼펜이나 연필로 작성한 원고를 주면 여직원이 풀스캡지(fool's cap)에 타이핑하였다.

전통적으로 재무부 보고서는 지금 B3지 정도의 크기인 fool's cap지라는 용지를 사용하였다. 왜 그런 이름인지는 잘 모르지만, 아마 문서 작성 자체가 바보들이나 하는 것이라 해서 그런 이름을 붙인 것이 아닌지 모르겠다.

당시에는 풀스캡지에 작성하는 원고는 쓰는 게 아니라 그린다고까지 하였다. 이때 사무관이나 직원은 과의 여직원에게 잘 보여야 했다. 원고가 마음에 들지 않거나 보기 어렵게 난필로 써놓으면, 여직원이 짜증을 낸다. 그러면 위에서 보고를 재촉하는데 시간에 맞추어 보고서를 타이핑하지 못하게 된다. 여직원 입장에서는 서무 업무 보랴, 과장의 차 심부름도 하랴, 시간이 없고 항상 원고가 밀려 있기 마련이므로, 여직원에게 잘못 보이면 곤란했다.

풀스캡지에 타이핑이 조금 잘못되면, 오타(誤打) 부분에만 수정액을 칠해 다시 타자를 치지만, 잘못된 부분이 많으면 전체를 다시 쳐야 한다. 다시 원고 전체를 치려면 시간이 걸리므로, 가끔 fool's cap지 두 장을 겹쳐놓고 잘못된 부분에 자로 대어 면도칼로 두 장을 같이 오려낸 뒤, 뒷면은 스카치테이프로 붙여 아주 감쪽같이 해결하기도 했다. 앞장만 보고 결재하는 사람은 이것을 전혀 눈치 채지 않도록 줄을 잘 맞추는 기술이 필요했다. 한편 문서에 따라 장관, 차관까지 또는 국장까지

의 결재를 받는데, 그때는 미리 만들어놓은 고무인도 보기 좋게 찍어야
했다.

정부 부처에 워드프로세서가 보급된 것은 아마 1980년대 말인 것 같
다. 그 후 윗사람들은 워드프로세서로 작성한 문서를 좋아하게 되었다.
이때 워드프로세서를 다루지 못하는 여직원들이 이것을 배우려고 애쓰
던 생각이 난다. 지금은 모든 공무원이 모두 개인용 컴퓨터로 스스로
문서를 작성하는 것이 당연한데, 돌이켜보니 이런 문서 작성 방식의 역
사가 정확하게 우리 행정 및 경제발전의 역사와 일치한다고 생각한다.

미국 보험대학에서

보험국에 근무하던 중 미국 보험대학(College of Insurance, 약칭 TCI)에
서 6주간 연수를 받게 되었다. TCI는 미국에서 학위를 인정하는 정식
대학으로 보험 및 계리학의 학사와 석사 과정이 있고, 미국에서도 보험
이 가장 발전된 뉴욕에 소재한 학교이다. 당시 연수 프로그램에 참가한
사람은 재무부, 체신부, 보험공사(나중에 보험감독원으로 개칭되었다)와 보
험사 직원 등 20여 명으로 구성되어 있었다.

다음은 미국보험대학(TCI)의 영문안내문이다.

The College of Insurance (TCI) was a specialized accredited
college, started by insurance industry leaders in 1901 as an insurance
library society, the Insurance Society of New York (ISNY). The
Insurance Society of New York initially provided study space and
material to young people entering the insurance industry, and served
as a site for insurance lectures. Over the years, ISNY developed a

curriculum based upon these lectures. The curriculum ultimately led to the creation of The School of Insurance, followed by The College of Insurance.

The College of Insurance offered bachelors and masters degrees in insurance and actuarial science. It provided professional exam preparatory seminars for insurance and actuarial science designations and held classes after business hours for working professionals in New York City. At its largest, total enrollment was approximately 400. Among the benefits of the college was its co-operative program. Although most students were employed by local insurers prior to enrolling at TCI, others were placed with an insurer who paid the student and often subsidized the student' s tuition.

TCI는 뉴욕 맨해튼 한복판에 있다. 학교는 미국의 9.11테러로 없어진 쌍둥이 건물인 세계무역센터(World Trade Center)에서 멀지 않은 거리에 있어 세계무역센터에 가본 적이 있다. 한편 증권거래소가 있는 월가와도 가까워, 구경 삼아 저녁식사를 하러 그곳에도 가보았다. 학교는 아래층은 강의실, 위층에는 기숙사가 있는 일종의 기숙학교였다. 비록 짧은 기간이었지만 이때 세계 경제, 금융의 중심지인 뉴욕을 둘러본 것은 미국을 이해하는 데 좋은 경험이 되었다.

최근 우리 사회는 미래 불안정성의 증가와 노령화의 급속한 진전으로 보험과 연금에 대한 관심이 높아지고 있다. 이에 따라 전에 재무부에서는 한때 보험국을 만들어 보험 산업에 대한 감독 메커니즘을 다지고, 종전 한국보험공사도 보험감독원으로 개편하였다. 그러다가 감독기구 일원화정책에 따라 금융 분야 감독기능이 모두 금융감독원으로 통합되었다.

다음은 금융감독원의 홈페이지에 있는 자료이다.

(금융감독원 개요)

금융감독원은 "금융감독기구의 설치 등에 관한 법률"(1997.12.31 제정)에 의거 전 은행감독원, 증권감독원, 보험감독원, 신용관리기금 등 4개 감독기관이 통합되어 1999. 1. 2 설립되었다. 그 후 2008. 2. 29에 제정된 "금융위원회의 설치 등에 관한 법률"에 의거하여 현재의 금융감독원으로 거듭났다.

(설립목적)

금융감독원의 설립목적은 금융기관에 대한 검사 · 감독업무 등의 수행을 통하여 건전한 신용질서와 공정한 금융거래관행을 확립하고 예금자 및 투자자 등 금융수요자를 보호함으로써 국민경제의 발전에 기여하게 하는 데 있다.

현재의 금융감독원 조직도를 보면 금융감독원장은 1명이지만(지

난 정부에서는 금융감독위원회 위원장과 금융감독원장이 동일인이었다),
그 밑 하부조직은 금융권별로 나뉘어 있으므로 사실상 한 지붕 밑
네 가족이나 다를 바 없다.

여기서 금융산업별 특성을 잠깐 살펴보자. 증권회사는 주식의
특성상 영업이 초단기 행태이고, 은행은 주요 영업인 예금·대출
등의 특성상 중단기로 운영된다. 그런데 보험은 단기 영업도 있지
만 만기가 종신이거나 수십 년에 이르는 장기 영업의 특성을 보인
다. 따라서 금융권별로 고유한 정책과 감독이 필요하고, 경우에 따
라서는 이해관계가 대립되기도 한다.

우리나라에서뿐 아니라, 미국에서도 Glass-Steagal법 등을 비롯
하여 금융권의 업무영역과 감독방식에 대한 논란이 있다. 간단히
말하면 mono-banking과 universal-banking 방식 중 어느 것이
가장 바람직한 방식이다, 라는 식의 결론은 내려지지 않고 있다.
그 대신 의견이 마치 시계추처럼 오락가락해 어떤 시기에는 칸막
이 방식(mono 방식)이, 어떤 시기에는 겸영(universal 방식)을 채택
하는 등 여건에 따라 감독 방식도 변경되고 있다.
우리나라는 지금 모든 금융감독을 한 기관에서 담당한다. 금융
감독 기관은 종전 은행감독원, 증권감독원, 보험감독원, 신용관리
기금이 금융감독원으로 합해졌고, 앞으로 자본시장통합법이 시행
된다. 우선 증권사 중심의 통합이라지만, 앞으로 대형 투자은행(IB)
의 등장, 은행·보험의 통합(banca-surance) 등에까지 어떤 영향을

미칠지 두고 보아야 할 과제이다.

어쨌든, 아무리 금융 산업이 복잡해지고 겸영과 통합이 허용되더라도, 먼저 통합회사 내에서도 업무가 분리될 수밖에 없다. 또 감독당국이 한 지붕 아래 통합되어 있더라도 실제 감독 업무는 담당 인력이 분리되어 있을 수밖에 없다.

앞으로 급속한 노령화와 미래의 불안정에 따른 연금과 보험 등 장기적 관점의 보험 분야가 중요한 시점에서, 초단기, 중단기적 영업이 아니라 장기적 영업을 담당하는 연금, 보험의 고유성을 살린 정책과 관리체계가 체계적으로 마련되어야 한다.

특히, 증권이나 은행업무에만 정통하고, 연금 · 보험에 대한 이해가 많지 않은 정책에 의해 연금 · 보험의 고유한 특성이 무시되지 않아야 할 것이다.

5. 국유재산과

나는 1991년에 국고국 국유재산과로 옮겼다. 사무관 정기인사 철이었던 데다 이때는 일정 기간이 지난 사람은 반드시 국을 바꾸어야 한다는 방침이 있었다. 전체 부서를 양지, 음지로 구분하고, 양지에서 오래근무한 사람은 음지로, 음지에서 근무한 사람은 양지로 간다고 하였다. 희망 부서를 내보았지만, 내 희망과는 달리 국고국으로 배치받았다.

당시 국고국은 직제상으로 재무부의 수석국이었다. 국고국에는 국고과, 국유재산과, 재정융자과, 결산관리과, 전매기획과의 5과가 있었다. 국유재산과 업무는 수송동 청사 시절인 몇 년 전까지 재산관리국이라는 국 단위 조직의 3개과로 운영되었다가 1개과로 통합되어 있었다. 그때부터 국유재산 문제가 발생하면 국유재산관리 효율화방안이 논의되면서, 전국에 흩어진 막대한 국유재산을 1개과가 담당하는 것에 대한 논란이 계속되고 있다.

2005년 9월 약 15년 만에 국고과장이 되어 다시 국고국에 오니 그해에도 언론에서 국유재산문제가 터져 나왔다. 국유재산관리 효율화 방안이 논의되고, 국회의 국정감사에서 국유재산관리청으로의 확대 개편, 타 기관 또는 민간으로의 업무이관, 위탁문제가 논의되었다. 모든 문제는 세월이 지나면 다시 다람쥐 쳇바퀴 돌 듯 원점으로 가는 것 같다.

재무부의 과에는 대개 10명 이내의 직원이 있지만, 국고국은 과가 커서 국고과와 국유재산과는 사무관 6~7명 등 전 직원이 약 20명에 이르는 규모였다. 국유재산과에 사무관이 6명 있었는데, 4명은 국유재산을, 2명은 정부투자기관을 담당하였다. 이때 나의 업무는 정부투자기관 관리와 재정투융자특별회계 출자계정이었다.

재정투융자특별회계는 1987년 정부의 일반회계가 일반적 수입, 지출을 담당하는 데 비하여, 출자, 출연 등 자본적 지출을 담당하기 위한 특별회계를 말한다. 당시 이 특별회계에는 출자계정, 융자계정과 차관계정이 있었다. 그러다가 1997년 재정융자특별회계로 바뀌어 출자계정은 일반회계로 넘어갔다.

Crown Agent의 추억

국고국에 근무 중이던 1991년, 총무처에서 각 부처 사무관을 대상으로 국외 연수를 시키는 프로그램에 참가하게 되었다. 이 프로그램은 영국과 불가리아에서 하는 것으로 짜여 있었다. 먼저 영국 런던에서 3주간 영국과 다른 국가와의 교류, 협력을 담당하는 Crown Agent에서 연수하고 나서, 1주는 당시 사회주의에서 체제전환 과정에 있는 불가리아를 방문하는 것으로 구성되어 있었다.

다음은 이에 대한 영문 설명 자료이다.

A Crown Agency was an administrative body of the British Empire, distinct from the Civil Service Commission of Great Britain or the government administration of the national entity in which it operated. Employees of constituent enterprises of a Crown Agency are referred to as a Crown Agent. These enterprises were overseen from 1833 to 1974 by the Office of the Crown Agents in London, thereafter named the

Crown Agents for Overseas Governments and Administration. Crown Agents for Oversea Governments and Administrations Ltd became a private Limited company providing development services in 1996.

Today the term is also used to refer to state-controlled companies in some states of the British Commonwealth.

이때 숙소 겸 연수 장소는 런던 켄싱턴 가든 옆에 있는 호텔이었는데, 호텔 지하층 회의실에서 교육을 받았고, 때때로 국회의사당, 그리니치 천문대, 런던 교외 명승지를 방문했다. 이때 외환은행에서 런던 지점에 혼자 파견 나와 있는 대학동기가 있어 자주 만났고, 주말에는 요크에서 유학 중인 고교 동기를 만나러 갔다. 요크(York)에는 로마군이 요크까지 왔다는 유적지가 있었고, 근처에 있는 황무지(moor)에도 가 보았는데, 그곳에서 에밀리 브론테가 '폭풍의 언덕(wuthering height)'을 썼다고 한다.

불가리아, 체제전환 국가의 추억

3주간 런던에 체재한 후, 런던 히드로 공항에서 불가리아 소피아(Sofia)로 가는 비행기를 탔다. 소련제 일류신 여객기였는데, 얼핏 보기에도 상당히 낡았었다. 그런데 식사 시간이 되어 살펴보니 내 좌석에는 식판이 없는 것이었다. 스튜어디스에게 이야기하니 나무판을 갖다 주어 이곳에 음식을 놓고 먹었다. 음료수로 불가리아 산 맥주를 가져다주는데 알코올 도수가 약 15도는 되는 것 같이 아주 독했다.

당시 소피아 공항에는 비행기도 거의 없었고, 마치 우리 시골 역사

같이 한적한 청사가 이채로웠다. 도착하자마자 대사관에서 직원이 나와 당장 필요한 물품과 세면도구를 제외하고 모든 짐을 대사관 창고로 옮기라고 하였다. 일주일 전 한국에서 교수들이 와서 국영 호텔에 투숙했는데도 호텔에서 짐을 모두 도난당하는 사고가 있었다는 것이다.

당시 불가리아는 잘사는 나라로 알고 있었는데, 수도인 소피아에도 대부분의 가로등이 깨져 있어 불이 들어오지 않았다. 시내 국립박물관을 방문해보니 방마다 직원이 한 사람씩 앉아 있는데, 가끔 관광객이 오면 불을 켜고 관광객이 나가면 불을 끄는 역할을 하는 것을 보면서, 사회주의식 완전고용의 모순을 깨닫기도 하였다.

당시 대사관저에서 개최된 만찬에 초대받았다. 대사관저는 불가리아 정치국원의 저택이었으며, 대사관 직원이 그리스까지 가서 한국 식품 재료를 구입한다는 말을 들었다. 당시 통역을 맡았던 사람은 북한 출신인데 1970년대 말 불가리아 유학생이 되었다가 정치적 망명을 한 사람이라고 했다. 어떤 사정인지는 모르지만 그때 북한 유학생 몇 명이 불가리아에 정치적 망명을 요청하여 북한과 불가리아 사이에 큰 외교 마찰이 있었다고 한다.

그 후 불가리아는 자본주의 체제로 급격히 전환되었고, 유럽 연합에도 가입하였다. 당시에도 우리 몇몇 기업들이 불가리아에 진출해 있었는데 KOTRA 무역관장은 우리와 불가리아가 정식 수교하기도 전에 단신으로 불가리아에 부임하여 초기에는 어려움이 많았다고 하였다. 앞으로 기회가 닿으면 자본주의로 전환된 불가리아에 가서 그동안 바뀐 모습이 어떤지 보고 싶다.

6. 외환정책과

국유재산과에서 약 2년을 근무하다가 국제금융국으로 옮겼다. 당시 국제금융국은 외환정책과, 국제금융과, 금융협력과, 해외투자과로 구성되어 있었다. 그 후 환율, 외국환관리법 및 외환관리규정, '외환 및 자본거래 자유화(일명 blue print)' 등 업무를 약 4년간 담당하였다. 나는 그래서 국제금융 분야에 대해서는 나름대로 전문가라고 생각해왔다. 하지만 서기관 때 떠난 후에는 국내 및 국제금융 등 종전에 종사했던 분야에는 다시 근무해보지 못했다.

외환정책과에서는 환율을 약 2년간 담당하였다. 우리나라 환율제도는 복수통화바스켓제도(1980년부터 90년 2월), 시장평균환율(1990년에서 1997년)을 거쳐 1997년 12월에 자유변동환율로 변경되었다. 미 달러화와 우리의 주요 교역 상대국 환율을 고려한 복수통화바스켓제도는 일종의 관리환율제도이다. 시장평균환율(Market Average Rate)은 변동환율의 일종으로 전일의 은행 간 외환시장에서 거래한 환율을 가중 평균하여 고시된 환율이지만, 하루의 변동 폭이 제한되어 있었다. 우리나라 환율이 완전한 자유변동환율로 바뀐 것은 1997년 12월 IMF 직후의 일이다.

이때 환율에 대해서는 재무부와 한국은행이 수시로 긴밀하게 협의하였다. 환율업무는 재무부에서는 장관, 국과장, 담당사무관만이 취급하고, 한국은행도 총재와 담당 라인만 알고 있는 비밀이었다. 환율 분야에 대해서 특히 외환당국의 개입 여부에 대해서는 시인도 부인도 하지 않는 NCND가 불문율이고, 다른 나라도 그렇게 하고 있는 것으로 알고 있다. 여러 가지 일화가 생각나지만 공개하는 것은 적절하지 않은 것 같다.

매일 청주에서 과천까지 125킬로미터를 출퇴근하다

나는 1989년 12월 23일에 결혼하였다. 결혼 후 딸 둘을 연년생으로 낳고 나서, 아내가 청주에서 조그만 가정의학과 의원을 개원하고 있었다. 그런데 갑자기 어머니가 뇌졸중으로 쓰러지셨다. 오랫동안 살던 미아리에서 막 과천으로 이사한 지 한 달도 안 됐을 때였다. 하는 수없이 과천 집을 정리하고 청주로 거주지를 옮겼다. 그 뒤 1991년 12월부터 1998년 2월까지 약 6년 2개월을 청주와 과천을 직접 운전하여 통근하였다. 청주와 과천은 편도 약 125킬로미터였으니, 출퇴근하면 250킬로미터로서 천 리 길이었다.

과천에서는 1년 동안 7평짜리 원룸 아파트를 얻어놓았다. 그 후 과천에 사는 여동생 집에 오랜 기간 신세를 지었다. 업무가 늦거나 불가피한 약속이 있으면, 밤 10시를 기준으로 10시 이전이면 청주로, 10시 이후이면 과천 여동생 집으로 가는 생활을 하였다. 일주일에 평균 4회 정도 청주와 과천을 오가니, 자동차 주행거리가 일주일 평균 1,000킬로미터, 1개월에 4,000~5,000킬로미터로 영업용 택시와 비슷한 주행거리를 운전하였다. 그때에는 고속도로에 차가 적어 약 한 시간 반이면 과천과 청주를 오갈 수 있었다.

청주 사는 동안 여름휴가를 얻어 모처럼 부모님을 서울에 사는 누님댁에 모셔드리고, 동해안으로 휴가 가려고 하는데, 1993년 8월 갑자기 금융실명제가 발표되면서 바로 청주에서 과천 사무실로 되돌아갔다. 그해 여름에는 제대로 휴가를 가지 못하였다. 금융실명제는 대통령의 '금융실명거래 및 비밀보장에 관한 긴급명령'에 의거 1993년 8월 12일에 발표되었다.

나의 생각   금융위기와 우리의 대응

국제금융 분야에서 근무할 때, 법은 외국환관리법이고, 환율은 시장평균환율이었는데 지금은 법은 외국환거래법으로, 환율은 자유변동환율로 바뀌어 있다. 그 후 이 분야 업무를 팔로우업(follow-up) 하지 못해 잘 알지 못하지만, 당시에 법 개정안이나 '외환 및 자본거래자유화 계획(일명 blue print)'에서 가장 심각하게 고민한 사항이 자유화의 속도와 영향, 핫머니(hot money)나 증권투자자금의 급격한 유출입에 대한 대책, 전쟁 및 천재지변이나 긴급 상황에서의 보호 조치(safeguard)로서 외환거래세(일명 토빈세, Tobin's tax)나 가변예치금(VDR, variable deposit requirement) 등이었던 것으로 기억한다. 지금 외국환거래법령에 이런 비상시 대책이 잘 반영되어 있는 것인지 잘 모르겠다.

이번 정부가 출범하면서, 정부조직 개편에 따라 국내금융과 국제금융이 분리되어 금융위원회와 기획재정부로 나누어졌다. 이로 인해 서로 다른 쪽 상황을 제대로 알기 어려워 정부의 대응에 문제가 있었다거나 경제부총리가 없어 종합 대응이 어려웠다는 보도를 보며, 나는 정부조직 개편이 좀 성급했지 않나 생각한다.

나는 우리나라 경제부처 조직은 1994년 이전의 경제기획원, 재무부, 상공부의 삼각 체제가 나름대로 예산과 경제기획, 세제와 금융 및 실물부문이 나뉘어 있고, 서로 견제하면서 균형을 이루고, 항상 토론이 가능한 경쟁력 있는 체제였다고 생각한다. 학자들도 1997년 말 IMF 위기의 원인 중 하나가 재무부, 경제기획원을 통합해 재정경제원으로 만든 데 있다는 말을 하곤 한다. 이번 금융, 외환위기에 대한 정부의 조치가 부처 간 손발이 잘 맞지 않고, 약발이 잘 먹히지 않는다고 하는데, 성급한 정부조직 개편에 의한 시스템 에러(system error)가 아닌지 모르겠다.

7. 자금시장과

1993년 4월 재무부는 금융시장에 대한 종합 대처를 위해 조직을 개편하여 재무정책국을 신설했다. 재무정책국이 생기며 이재국은 금융국으로 바뀌고, 증권국과 보험국을 다시 통합하여 증권보험국이 되었다. 이때 재무부 내 모든 정책수단을 종합 조정하는 재무정책국에는 금융정책과, 자금시장과, 재정융자과, 국민저축과 등 4과가 있었다.

자금시장과는 금융시장 동향을 담당하는 과인데, 금리, 환율, 주가 등 금융시장을 실시간으로 모니터링하였다. 국제금융국에서 환율을 담당하던 나는 환율업무가 국제금융국에서 재무정책국으로 이관되면서 이곳에 차출되어 계속 환율을 담당하였다. 그 당시 우리나라 외환시장은 규모가 작아, 항공기 도입이나 유조선 수출, 기업의 외자도입이나 해외차입 인가 등 조그만 사안에도 환율이 민감하게 움직였던 것으로 기억한다.

금융시장 동향을 실시간으로 파악하며 즉각 대응책을 강구하도록 조기경보(early warning)하는 부서가 있으면 현재처럼 대내외 변수에 의해 금융시장이 흔들리는 데 대응하기가 수월한 점이 있다. 다만 금리, 환율, 주가 등 가격변수를 시장기능에 맡기지 않고 정부가 인위적으로 관여하는 것은 문제가 있다. 최근 2008년 10월에 발생한 금융위기에 대처하면서, 이제는 자유주의가 아닌 규제주의, 관치금융으로 회귀하고 있는 것은 역사의 반복이 아닐까.

　개발연대의 관 주도 경제에서 민간주도 경제로 변화하면서, 금융시장과 금융회사에 대한 관점이 바뀌고 있다. 전에는 금융기관이라 했지만 지금은 그 명칭부터 금융회사라고 한다. 그러다가 최근 미국발 금융위기에서 신(新)자유주의의 종말이 왔다는 등 관치금융으로 돌아가는 움직임이 거세지고 있다. 금융 분야는 항상 자율과 규제의 두 가지 개념이 교차한다. 자율과 규제완화가 우월했던 시기와 관치(官治)와 규제 강화가 우월한 시기가 반복된다. 어떤 때에는 관의 카리스마가 금융을 지배하지만, 어떤 때에는 이것이 잘 먹히지 않는다. 결국 시대 상황의 논리인 것이다. 아마 적당한 선에서의 중용(中庸), 중도(中途)가 정답인데, 보는 시각에 따라 중도라는 지점이 다를 수 있고, 적절한 시점에 선제적 조치를 하는 것이 사실상 매우 어려운 것이 문제일 것이다.

　우리나라 국민의 특성 중 이해하기 어려운 것 중 하나는 떼거리 습관(herds behavior)과 한 방향으로의 쏠림 현상이다. 주식이 좋다면 모두 주식으로, 부동산이 좋다면 모두 부동산으로, 달러가 좋다면 모두 달러로 몰리는 현상이 현저하다. 시장에서 수요와 공급이 있고, 시장 참가자가 서로 상반되게 행동해야 시장기능이 작동하는데 모두 같은 방향으로 행동하니 시장관리나 정책 대응이 어렵게 된다.

　우리나라 국민은 자기가 선택한 경제행위(예를 들어 주식을 사거나 펀드에 가입)에 대해서도 가격이 올라 이익을 보면 자기가 잘 한 탓이므로 가만히 있다가, 불리해지면 그때부터 정부나 제도의 탓으로 돌리곤 한다. 이러한 행동은 2002년 월드컵에서 전 세계에서 모두 감명받은 '붉은 악마'처럼 바람직한 시너지 효과가 나타나는 경우도 있지만 시장에서 심각한 문제를 야기한다. 한 방향으로 쏠림현상이 나타나며 가격지표가 왜곡되고 시장이 교란된다.

무엇 때문일까. 나는 우리나라 교육이 잘못되었다고 생각한다. 주입식 학습과 평등 지향적 교육이 일정한 방향으로 모두 행동하도록 유도하게 하는 것이다. 민주사회의 성숙한 시민은 어려서부터 자율과 책임 아래 행동하는 법을 배워야 하는데, 주입식 교육은 획일화된 사고방식을 가진 인간을 만들기 때문이다.

이런 점에서 나는 경제교육을 강화하고 그 중에서도 먼저 신용 및 자기책임 제도를 확립할 것을 제안한다. 어린이가 모두 '1통장 갖기'를 하게 하고, 어려서부터 은행 통장을 통하여 스스로 용돈 관리를 하게 하면, 금융지식과 저축, 투자에 대한 이해가 생기고, 자기 신용을 스스로 관리하게 될 것이다. 성인이 되어 사업을 시작하면 그동안 거래은행을 살펴보더라도 각자의 성향과 신용도가 확인될 수 있을 것이다.

기업도 자기 신용을 스스로 증명해야 한다. 필요할 때마다 이곳저곳 금융회사를 기웃거리고, 아는 사람이나 연줄을 찾아 보증이나 신용대출을 부탁하면 시장원리에 의한 금융거래가 이루어지지 않을뿐더러, 사회 부조리와 부패의 원인이 되는 것을 경험상 알 수 있다.

최근 KIKO에 가입한 기업이 경영을 잘하였는데도 흑자 도산한다고 아우성치고 있고, 정부가 이런 중소기업을 지원하겠다 하는 것을 보면 갑갑해진다. 문제가 생기면 정부가 나서고, 여기에 국민의 혈세가 투입된다. 이로써 모럴 해저드가 생기고, 항상 나쁜 선례가 된다. 앞으로 개인이나 기업이 스스로 결정한 일에는 정부가 나서지 말아야 한다. 모쪼록 이번 지원정책이 자율과 책임의 시장 원리를 심하게 해친 결과가 되지 않기를 바란다.

8. 국민저축과

1994년의 몇 개월 동안 국민주택기금과 저축추진 업무를 담당하는 국민저축과에 근무하였다. 주요 업무인 '저축의 날' 행사가 1년에 한 번 있는 일이므로, 이 과는 실제로는 장관의 연설원고 작성 등 특별 보좌 업무를 담당하기도 하였다.

나의 생각　저축의 중요성

사람들이 모두 통장 갖기와 저축을 아주 중요하게 생각한 시절이 있었다. 하루하루 일숫돈을 은행에 가져가 저금한 상인이나 수입의 대부분을 저축한 연예인에 대해 '저축의 날' 정부가 포상한다는 기사가 신문에 보도되곤 하였다.

하지만 이제는 다들 조금씩 저축하거나, 정석대로 투자하기보다 투기적 축재에 눈을 돌린다. 증권, 부동산, 금, 달러 등 안정성은 떨어지지만 한 번 잘하면 고수익을 누릴 수 있는 상품일수록 더 인기가 있다. 한편 로또 복권에 열을 올리는 사람도 많다.

기본적으로 투자는 포트폴리오 개념에 입각해야 한다. 안전성이 높으면 수익성이 낮고(low risk, low return), 안전성이 낮으면 수익성이 높다(high risk, high return). 일정한 자금으로 투자 대상을 적절하게 혼합하는 것이 투자의 정석인데, 모두 일확천금을 얻고자 투기적 행위를 한다. 이제부터라도 자율과 책임의 원리를 가르치자. 어린 시절부터 경제의 기본 원리와 소비, 저축 및 올바른 투자에 대해 교육하자.

저축은 미덕이다. 용돈을 차근차근 모으는 저축의 중요성부터 잘 가르치는 것이 자본주의에서의 올바른 경제인을 기르고, 우리 국민의 국제경쟁력을 높이는 길이라고 생각한다.

[재정경제원 시절]

1. 재정경제원이 되면서

1994년 12월 초 갑자기 경제기획원과 재무부가 통합된다는 발표가 있었다. 갑자기 부처 통합이 발표되더니 연말까지 모든 통합 절차를 마친다는 것이었다. 총무과, 기획관리실 등 중복되는 부서가 없어지고, 인원을 정리하고, 사무실을 이전하는 모든 작업을 연말까지 불과 2주 정도에 완료해야 했다.

재정경제원의 유래

1994년 정부조직법 개정에 따라 경제기획원과 재무부가 통합되어 재정경제원으로 신설되었다. 경제정책 수립에 있어 재정정책과 금융정책 간의 긴밀한 협조가 필요하고, 재정기능의 효율적인 수행을 위해서는 세출과 세입, 예산과 결산의 통합운영이 필요하다는 판단에 따라, 경제기획원과 재무부에 분리되어 있던 관련업무가 재정경제원으로 통폐합되었다. 그 후 1998년 2월 정부조직법의 개정에 따라 재정경제부로 명칭이 변경되었다.

이때 직원들 모두 한동안 많이 흔들렸던 것 같다. 안정적인 직업이라

해서 공무원을 선택했는데, 이제 어떻게 되나, 어디로 가게 될까, 등등을 걱정하느라 말이다.

통합부처는 사무관 중심으로 운영한다 하여 6급 이하 직원과 여직원 자리가 줄어들게 되면서 특히 그들의 마음고생이 심했던 것 같다. 아예 국 단위 감축인원을 알려주고 국에서 국장 책임 아래 할당인원을 정리하도록 한 것 같다. 문을 걸어 잠그고 주사 이하 직원들이 장시간 이야기하다 고성이 나오거나 울음소리가 나는 등 비감한 일이 벌어졌다.

당시에는 모든 부서가 과천에 있는 음식점과 외상 거래를 하고 있었다. 이것은 음식점 장부에 부서명으로 외상을 달아놓고 나중에 갚는 방법이었다. 외상은 과 단위에서는 대개 주무 사무관(서기관)이나 서무가 파악하고 있다가, 예산이 나오면 갚고, 또 다음으로 넘기곤 했다. 가끔 산하기관이나 선배들에게 외상을 갚아달라는 편법을 쓰는 경우도 있었다. 그런데 통합되어 없어지는 부서나, 통합되지는 않더라도 사람이 갑자기 바뀌니 누가 외상을 책임져야 하는지가 문제되어 과천 일대 음식점들이 모두 술렁였다. 통합 직후인 1995년 2월 재정경제원에서 과천 시내 음식점들의 외상값을 파악하여 예산으로 모두 일시에 갚아준 것으로 기억하고 있다.

재정경제원은 모든 경제정책 수단이 통합되어 있는 부처로 재경원이라 약칭하였다. 재경원이 무소불위(無所不爲)라는 평가를 듣더니, 재경원에 오려면 사당동이나 남태령에서부터 기어와야 한다는 말이 있었을 정도였다. 한 부처에 권한을 모은 것은 정책수단을 효율적이고 빠르게 수행하자는 뜻으로 짐작되나, 모든 권한이 집중되어 있다 보니, 견제가 부족하였던 것 같다. 한편, 다른 기관과의 관계뿐 아니라, 재경원 내부의 실국 간에도 의사소통이 잘 되지 못했던 것 같다. 이것이 1997년 말 우리나라에 IMF사태를 가져온 원인 중 하나라는 평가가 있는데, 나는 그럴 수도 있다고 생각한다.

그러나 1994년 말 생긴 재정경제원은 1998년 2월에 다시 조직개편이 되면서 여러 개로 갈라져 4년을 넘기지 못하였다. 조직개편과 통합이 다시 신정부 들어 갑자기 이루어졌다. 재정경제원은 1998년 2월 재정경제부, 기획예산위원회, 금융감독위원회, 예산청 등으로 분산되었다. 그 후 기획예산위원회와 예산청은 다시 합쳐져 기획예산처가 되더니, 2008년 2월에는 다시 재정경제부, 기획예산처가 기획재정부로 합쳐졌다.

이번에는 금융정책은 금융위원회(금융감독위원회에서 '감독'이란 말이 빠졌다)로, 경제자유구역기획단은 산업자원부, 정보통신부 등이 합쳐진 지식경제부로, 국세심판원은 조세심판원으로 바뀌어 총리실로 가고, 일부 업무는 보건가족복지부로, 소비자정책은 공정거래위원회로 넘어갔다.

이제 재정경제부나 기획예산처가 합쳐진 기획재정부에서 '경제'라는 용어 자체를 실물부문을 관장하는 지식경제부에 넘겨주었으니, 기획재정부가 경제정책을 총괄하는 부처인지 의문이고, 오히려 지식경제부가 사실상 우리나라 경제정책의 사령탑이라 해야 할지 모르겠다.

한편 금융 및 국제금융은 금융위원회의 금융정책 및 금융감독 기능, 한국은행의 통화신용정책과 외환보유고 관리, 기획재정부의 환율 및 외국환평형기금 관리 등으로 나누어졌는데, 외국의 예를 잘 알 수 없지만 우리나라에서도 새로 시도하는 조직개편인 것 같다.

　이번 정부 들어 다시 정부조직이 개편되었다. 국민이 국정의 최고책임자인 대통령에게 5년간 정부를 위임한 것인 만큼, 대통령이 바뀌면 정부조직도 통치철학의 구현과 원활한 국정수행을 위해 개편이 필요한 것은 분명하다. 그런데 우리의 경험으로는 정부조직 개편이 어느 날 갑자기 몇 사람의 비밀회의에서 결정되고 그 후 다시 바뀌는 현상이 반복된다는 것이다.

　조직개편으로 통폐합되거나 확대, 축소된 부처가 몇 년 후 다시 원상 복구되거나 다시 바뀌는 경우도 많았다. 정부조직 개편은 그 자체 많은 행정력 낭비와 비효율을 초래하는 일이다. 법치국가에서 모든 행정은 법령에 따라 이루어져야 한다. 그러므로 공무원들은 어떤 일이든 일을 하려면 법령과 각종 하위규정을 손보아야 하고, 인력도 재배치를 하다 보면 적어도 몇 달 제대로 일을 하지 못하는 경우마저 발생한다. 업무가 민간으로 이양되거나 없어지는 것이 아니라 정부 내에서 어떤 기관이 계속 수행한다면, 사실 국민 입장에서는 별 실익이 없고, 자주 바뀌는 기관을 찾아내기가 그리 쉬운 일도 아닌 것 같다.

　앞으로 정부조직 개편은 최대한 신중히 하여야 하고, 가급적 하지 않는 것이 맞다고 나는 생각한다. 정부조직을 개편하려면 5년, 10년이 아니라 적어도 몇 십 년을 내다보는 원대한 시간계획(time span)을 토대로 하는 것이 바람직하다. 한편, 모든 정부기관은 조직의 위계질서에 따라 상부기관의 지휘통제를 받거나, 입법부와 행정부의 관계에서 '견제와 균형(check and balance)'이 작동해야 한다. 어느 기관에 권한이 집중되고 이것이 적절하게 통제되지 않으면 권력의 성질상 이것이 남용되는 경향이 있고, 심한 경우에는 부패한다.

미국이 세계를 지도하는 국가인 것은 여러 가지 이유가 있겠지만 계속 유지되는 헌법의 힘이 작용한다고 나는 생각한다. 1776년 미국이 독립하면서 만든 헌법은 아직도 일부 수정조항을 제외하고는 그 골간이 그대로 유지되고 있다. 이것을 보면 당시 헌법을 기초한 사람들이 정말 헌법의 의미, 연방과 주의 관계, 입법·사법·행정부 간 견제와 균형, 정부기관 주요 공직자의 임명, 헌법개정의 곤란성 등을 창안하려 얼마나 선지적 노력을 기울였는지를 알 수 있다.

나는 그런 의미에서 헌법개정이나 지방행정 개편 문제 등에 대해서도 이렇게 생각한다. 옛날 고시 공부를 오래 한 사람은 매년 헌법책을 새로 사야한다는 말이 있었다. 그런데 1987년에 개정하여 이제 막 20년을 사용하여 갓 성년이 된 이번 헌법은 앞으로도 가급적 오래 사용하였으면 좋겠다. 헌법을 바꾼다면 이번에는 영토 조항(한반도와 부속도서라는 말을 없애고 미래의 터전을 만들자), 남북통일에 대비한 조항도 집어넣는 차원의 통일헌법이 바람직하지 않을까 생각한다. 미국의 용어를 좋아하는 편은 아니지만, 미국처럼 개정보다는 '수정헌법'이란 말을 쓰는 것도 괜찮아 보인다.

헌법을 자주 바꾸는 국가는 결코 선진국이 아닌 것 같다. 이는 세계사에도 나타난다. 선진국 중 헌법을 자주 개정하는 나라가 프랑스 같은데, 프랑스는 국력이 약해지는 시기에 헌법개정을 하는 것 같다. 한편, 독일은 동서독이 통일될 때도 서독의 기본법(헌법)을 바꾸지 않고, 동독의 5개 주가 연방에 새로 가입하는 형식을 취했다. 이는 참으로 시사하는 바가 크다 하겠다.

2. 외화자금과

재무부와 경제기획원이 재경원으로 통합되면서 나는 금융정책실 외화자금과로 발령받았다. 외화자금과는 국제수지, 환율 등을 담당했는데, 나는 주무 사무관으로 과내의 업무를 통합하는 역할을 했고, 환율업무와 국제수지 업무는 다른 사무관들이 하였다.

나의 생각 원화 국제화 추진

나는 국제금융 분야에 근무할 때 원화 국제화 문제를 진지하게 고민해본 적이 있다. 우리 경제는 대외의존도가 아주 높은 소규모 개방경제이다. 우리 원화가 미국의 달러화, 일본의 엔화나 유로 (EURO)와 같이 기축통화(key currency) 역할을 하기는 쉽지 않지만, 원화 국제화 전략을 잘 구사하면, 적어도 경영을 잘하는 중소기업이 환리스크에 노출되어 도산하거나, 해외여행 시 원화 대신 달러를 바꿔가는 일이 줄어들 것이다. 또 외국에 투자하는 것도 원화로 하는 방법이 나올 수 있을 것이다.

최근 다시 우리는 금융, 외환위기를 겪고 있다. 우리 경제의 펀드멘털이 크게 바뀌지 않았는데도, 원화가 큰 폭으로 절하되면서,

환율 급등으로 고통을 받고 있는 것은 그간 미국 달러화에 의존하는 거래관행과 금융기관에 대한 규제 철폐, 원화 국제화의 부족이 결합한데 기인한 것 같다. 미국은 장기간 재정, 무역 적자를 보이고 있고 외환보유도 하지 않고 있다. 이번 글로벌 금융위기의 원인 제공자는 미국인데, 우리 원화가 달러에 비해 수십 퍼센트나 절하되는 현상을 보면 황당하다는 생각이 든다.

지금까지 우리는 원화 국제화를 제대로 추진한 적이 없다. 우리 상품 중 세계시장에서 1위 점유율을 가진 상품이 적지 않은데도 기업들이 스스로 대외거래를 달러로 고정하고는 환위험에 노출되는 관행이 있고, 정부나 은행도 이를 방치해왔다. 물론 원화가 국제화되면 통화관리가 곤란하다거나, 원화에 대해서는 당장 국제적으로 수요가 없고, 우리가 남북 대치 상태에 있어 원화가 정치적 영향을 받을 수 있다는 어려움이 있다.

원화 국제화를 차근차근 추진하자. 먼저 해외여행을 할 때부터 원화를 쓸 수 있게 하고, 기업의 대외거래에 원화를 사용하도록 유도하자. 그러다 보면 시장 지배력이 튼튼한 업종부터 원화 사용이 넓어지지 않겠는가. 그러면 외환 변동 위험은 외국의 거래 상대방이 지게 되고, 자연스럽게 우리 통화도 국제화가 될 것이다.

최근 우리는 원화를 산뜻하게 새로 디자인했다. 이 원화를 국제화하자. 우리 국력은 세계 어느 곳에서나 원화가 통용될 수 있는 위치에까지 와 있다. 유로(EURO)에도 가입하지 않은 스위스나 홍콩, 싱가포르 통화보다 우리 원화가 못할 게 없다. 나름대로 국제통화(global currency)의 역할을 할 수 있도록 진지하게 연구하자.

최근 중소기업들이 KIKO 등 환헤지를 하다가 어려움을 겪고 있다. 중소기업의 대외거래를 원화거래 또는 원화표시로 하고, 이에 따른 환리스크는 국책기관이나 은행들이 인수하면 어떨까. 이번처럼 기업의 환헤지 거래를 사후적으로 전 국민이 부담하게 되면 모럴 해저드가 발생하고, 경쟁력에도 도움이 되지 않는 것 같다.

　새로운 모델을 만들어야 한다. 우리가 맹목적으로 추종한 글로벌 스탠더드(global standard)가 얼마나 위험한지 드러나고 있다. 세계화는 맹목적으로 미국 등 글로벌 스탠더드를 따르는 것이 아니라, 우리 실정에 맞는 이른바 '한국적 국제화 기준(klobal standard)'을 통해 해야 한다. 그 중 조금씩 할 수 있는 분야가 원화 국제화라고 나는 생각한다.

3. 복지생활과

1995년 서기관으로 진급하였다. 이때 나는 어디든지 좋으니 이번에는 다른 곳으로 옮겨 달라고 인사 부서에 요청하여, 드디어 통합 전 경제기획원의 부서인 국민생활국 복지생활과로 옮겼다. 통합 재경원에서 국민생활국은 사람들이 그다지 선호하는 부서는 아니었다. 직제표에서 국민생활국은 끝에 있어 말석국이었고, 국민생활국에서도 복지생활과는 물가정책과, 생활물가과, 소비자정책과, 유통조정과에 이어 맨 마지막에 있는 말석과였다. 우리 과 직원들은 농담 삼아 말석국 말석과에 근무하니 '말말과' 라고 우스갯소리를 하곤 했다.

국민생활국은 종전 경제기획원의 물가국, 물가정책국이 바뀐 부서였다. 그런데 이 명칭에 정부가 물가를 관리, 통제한다는 부정적 인식이 있다 하여 일본이 국민생활국이란 용어를 사용한다는 데 착안하여 이름이 바뀐 것이었다. 국민생활국은 물가뿐 아니라 경제정책국과 유사하게 여러 분야 정책 조정 업무를 수행하고 있었지만, 물가가 우선적인 관심사였다. 각 과는 모두 분야별로 나누어 물가관리 업무를 하는데, 복지생활과는 의료수가, 의료보험료, 개인서비스업, 학원비 등을 담당하였고, 당시 나는 의료관련 업무를 담당하였다.

4. 물가정책과

그 뒤 국민생활국의 주무과인 물가정책과로 옮겼다. 서기관 중 과장 보직을 받지 못한 서기관을 '복수직 서기관(속칭, 앉은뱅이)'이라 불렀다. 복수직 서기관은 과장도 아니고, 사무관도 아닌 애매한 입장일 뿐 아니라 대개 일도 별로 많지 않아 매우 불편한 자리였다.

이 부서에 있던 중 1997년 10월 독일 연방경제부 파견이 내정되었다. 그래서 11월 말부터 다음해 2월 말 독일로 출발할 때까지 청주 집에서 독일 파견을 준비하였고 사무실에는 출근을 거의 하지 않았다.

나의 생각 정부의 물가관리 강화

자유시장경제를 채택한 국가에서 물가관리를 하거나 물가정책을 한다는 표현을 쓰는 것은 좀 어색하다는 느낌이다. 그러나 물가는 전체 국민에게 직접적 영향을 미치는 영역이고, 경제생활의 기초이다. 특히 우리나라의 경우 먹거리에서 원유, 원자재 등 거의 모든 것을 수입에 의존하고, 전 국토가 매우 좁아 농수산물 등이 기후에 크게 영향을 받는다. 이런 기초 생필품을 국내에서 대체할 가능성이 적다는 특수성을 고려하면 어떤 형태로든 물가관리는 필요한 기능이라고 생각한다.

사회주의 국가처럼 정부가 직접 가격관리를 할 수가 없고, 가격 통제를 할 수는 없지만 주요 생필품이나 중요물자 수급 대책, 생활 물가관리를 위해 과거의 국민생활국은 나름의 역할을 하였다고 나는 생각한다.

일본은 우리 대통령실에 해당하는 내각부가 국민생활 전반을 담당한다. 내각부 국민생활국이 물가관리, 소비자정책 등 국민의 생활 전반에 대한 업무를 수행하는 아주 중요한 기능을 하고 있는 것이다. 이것은 우리에게 시사하는 바가 있다. 우리도 대통령실이나 총리실에서 직접 물가문제, 즉 국민생활에 관심을 기울여야 한다.

공직의 여름

공직 생활에서 봄은 매우 길더니, 여름과 가을은 매우 짧은 것 같다. 어쩌다 보니 봄꿈에서 깨어나기도 전에 뜰 앞의 오동나무가 가을소리를 내고 있다(未覺池塘春草夢 階前梧葉已秋聲). 여러 차례 타 기관에 파견을 거쳐 4년이 훨씬 넘어서야 재정경제부로 돌아와 과장 보직을 받았다. 그러다가 과장 보직은 실제 몇 년 해보지도 않은 채 국장이 되어버렸다.

[파견 시절]

1. 독일 연방경제기술부(BMWi)

* 우리나라 공무원이 독일 연방경제기술부에 파견된 것은 아마 나의 경우가 유일했던 것 같다. 그러나 파견근무를 하고 돌아온 뒤 그 경험을 전혀 살리지 못한 것이 아쉽다.

독일 연방경제기술부

독일 연방경제기술부는 독일어로는 BMWi라고 약칭한다. 영어로는 1998년까지는 Federal Ministry of Economics로 쓰다가, 경제기술부로 개칭된 뒤 Federal Ministry of Economics and Technology라고 바꿔 쓰고 있다. 이 부처는 독일 연방정부에서 경제정책, 산업정책, 중소기업 및 기술정책, 동독지역 지원 등을 담당하는 중요한 기관으로 내가 있을 당시 약 1,500명이 근무하고 있었다. 지금 우리와 비교하면 기획재정부의 경제정책 및 경협 업무와 지식경제부 및 노동부가 합쳐진 모습이다.

다음은 독일연방경제기술부 홈페이지에서 찾은 소개 글이다.

Structure and Tasks of the Ministry of Economics and Technology
(www.bmwi.de)

The central priority of economic policy - and therefore of the Federal Ministry of Economics and Technology - is to lay the foundations for economic prosperity in Germany and to ensure that this prosperity is spread broadly throughout the population. This overarching priority gives rise to specific objectives that serve as guideposts for the formulation of economic policy.

These objectives include:
· developing opportunities to ensure sustained economic growth and competitiveness with other economies

- ensuring a high level of employment

- strengthening small and medium-sized enterprises (SMEs)

- promoting new technologies and innovation to maintain economic competitiveness

- linking economic and ecological goals

- expanding the worldwide division of labour and a free system of world trade

- ensuring a secure energy supply at appropriate prices

Given these priorities and objectives, the essential task of the Federal Ministry of Economics and Technology is to shape the conditions that foster successful economic activity on the basis of personal and entrepreneurial freedom, competition and stability. The Ministry's legislative, administrative and coordinating functions in areas such as competition policy, regional policy, SME policy, energy policy, and external economic policy are geared to this task.

Germany's overall economic policy is grounded in the principles of the social market economy, and this approach has proven to be effective, particularly during difficult phases of economic cycles. It is especially important for a forward-looking economic policy to ensure sustained conditions for greater employment in Germany.

Structure

The Ministry's organisation reflects the broad spectrum of its activities. These are divided among eight Directorates-General (DG):

- Central Administration (DG Z)
- European Policy (DG E)
- Economic Policy (DG I)
- SME Policy (DG II)
- Energy Policy (DG III)
- Industrial Policy (DG IV)
- External Economic Policy (DG V)
- Communications and Postal Policy (DG VI)
- Technology Policy (DG VII)

인생의 허무에 젖어

1997년 10월에 독일 파견 근무가 내정되고 나서, 청주 집에서 파견 준비를 하고 있었다. 그 무렵 나는 가정적으로 인생의 가장 힘든 시절을 보낸 것 같다. 4년 이상 중풍으로 고생하시던 어머니는 1996년 5월 28일에 돌아가시고, 홀로 되신 아버지도 여러 지병으로 고생하시다가 어머니가 가신 지 1년도 채 되지 않은 1997년 4월 28일에 돌아가셨다. 그런데 얼마 안 있어 이번에는 누님이 갑자기 말기 위암 진단을 받고, 그로부터 몇 개월 만인 1998년 1월 2일에 세상을 뜨고 말았다.

불과 2년도 되지 않는 시간 동안 부모님과 우리 삼남매인 다섯 식구 중 나와 여동생을 제외한 세 분이 돌아가신 것인데, 이것은 정말 충격적인 일이었다. 그때 나는 계속되는 우환에 정말 하늘을 원망하였다. 연로하신 부모님이 돌아가신 것은 어찌 보면 당연한 일이라고 받아들일 수도 있었지만, 불과 4년 위의 누님이 사십대 중반에 갑자기 돌아간 것은 정말 납득하기 힘들었다. 하늘도 무심하시다고 생각했다. 일생을 그리 곱게 남에게 싫은 소리, 거센 말 한마디 하지 않은 누님이었는 데……. 고등학교 시절에 배운 월명사(月明師)의 「제망매가」가 새삼 생각난다.

제망매가(祭亡妹歌)

생사의 길은 예 있으매 머뭇거리고
나는 간나 말도 못다 이르고 어찌 갔느냐
어느 가을 이른 바람에
여기저기 떨어지는 나뭇잎처럼
같은 나뭇가지에 나고서도
가는 곳 모르겠구나
아! 미타찰에서 만날 나
도 닦아 기다리련다.

독일 파견이 내정된 후에도 1998년 2월말 서울을 출발하기까지 IMF 사태로 인하여 1998년부터 외국 파견자를 감축한다느니, 신규 파견은 불가능하다느니 여러 가지 말들이 있어 마음고생이 심했다. 또한 당시 해외파견 업무를 담당하던 총무처 담당자가 갑자기 독일어 성적을 요구하는데, 독일어는 대학 1학년(1976년) 때 배우고 그 후 22년이나 하지 않아 당장 어떻게 할 수도 없어, 겨우 사정사정하여 영어 TOFEL 성적으로 대체하였다.

라인강가에 집을 얻다

독일 본(Bonn)에 도착한 후 독일연방경제기술부(BMWi)에 신고를 하자, 우선 6개월간 독일어 공부에 전념하고, 6개월 후부터 정식으로 BMWi에 출근하기로 하였다. 시내에 있는 한국 대사관에 인사차 들르니 우리 교민의 집이 비어 있다며 집을 알선해주어, 시내 남부외곽에 위치한 '바뜨 고데스버그(Bad Godesberg)'에 집을 얻었다. 집에서 걸어서 10분 정도 거리에 한국에서 괴테하우스라 부르는 '괴테 인스티투트 (Goethe Institut)'가 있었다. 이곳은 외국인에게 독일어와 독일 문화를 전파하는 기관인데, 학비가 아주 비싸 2개월에 3,000마르크(당시 한화 200만 원)나 하였다. 이에 대해 나는 재경원에 아이들은 정부가 60퍼센트 학비를 부담해주는 국제학교(International School)에 보내는 대신 돈이 전혀 들지 않는 독일 초등학교에 다닐 예정이니, 절감되는 예산을 나의 독일어 연수비용으로 지원해달라고 요청했다. 하지만 관련 규정이 없다며 한마디로 거절당하고 말았다.

우리 가족이 살던 집은 라인강가에 있는 2층집이었는데, 2층은 주인이 살고 우리는 1층 전체를 얻었다. 잔디가 깔린 정원이 앞뒤로 있고, 아이들이 다니는 초등학교가 길 건너 100미터에 있어 편리하였다. 이때 아이들이 외국에서 생활한 경험담들을 모아 나중에 귀국 후『엄마, 나 외국에서도 자신 있어!』라는 책을 발간(2003년, 현암사 간)하였다. 당시 아홉 살이었던 희선, 여덟 살이었던 희윤이가 730일간 독일에서 살면서 직접 겪은 좌충우돌 외국생활 이야기를 적어놓은 책이었다. 아이들의 일기와 편지, 독일에서 있었던 여러 가지 생활이야기를 진솔하게 담아 놓았는데, 지금도 가끔 이 책을 보면 독일에서 살던 시절이 생각난다.

독일연방경제기술부에 출근하다

6개월이 지나 독일연방경제기술부에서 경제협력국 한국담당과 소속의 독일 공무원증을 발급받았다. 이 공무원증에는 연락관 (Austauschbeamter)이라 표기되어 있었다. 여기에는 약 1,500명의 직원이 있는데, 동양인은 나 혼자라 출퇴근하는데 신경이 쓰였고, 매일 점심 식사를 구내식당에서 독일 사람들 사이에서 하는 것도 괴로운 일 중의 하나였다. 구내식당을 가면, 내가 유일한 동양인인데다 우리나라가 IMF 위기를 맞은 때라 그랬는지 나한테 모두 관심이 많았다. 그래서 서투른 독일어로 독일 공무원들과 여러 가지 이야기들을 나누었다. 특히 독일제 209급 잠수함을 우리나라에 판매한 이야기, 우리나라가 고속철도를 시설하며 독일의 ICE 대신 프랑스의 TGV를 구입하여 서운했다는 이야기, 마침 서해에서 벌어진 연평 해전에서 한국 해군이 북한 해군을 격파할 때 사용한 기관포가 독일제라는 이야기 등을 나눴던 게 기억난다.

모든 직원이 사무실 방을 혼자 사용하는데, 나에게도 남쪽에 사무실과 전화가 배정되어 있었다. 나는 매일 이곳에 나가 독일 자료도 보고 개인적으로 공부도 하였다. 이때 나의 주요 관심사는 독일 통일과 동독 지역에 대한 발전 정책, 독일의 중소기업 정책 등이었다.

그러다가 독일 수도가 본에서 베를린으로 옮겨 가면서 경제기술부도 1999년 7월부터 베를린으로 옮겨가게 되었다. 당시 한국담당과도 베를린으로 옮겨 가게 되었다. 그래서 독일에서의 마지막 6개월은 우리나라의 전경련과 상공회의소에 해당하는 기관에 사무실 방을 얻어 출근하였다.

독일 공무원들의 근무 시간은 아침 8시에서 오후 4시 30분까지인데 (금요일은 오후 3시), 퇴근 시간인 4시 30분은 사무실이 아니라 정문을 떠나는 시간이었다. 그래서 그들은 4시 20분경이 되면 사무실 문을 닫고 주차장에 가서 시동을 걸어놓고는 4시 30분이 되면 일제히 정문을 빠져나갔다.

하지만 근무시간만큼은 아주 열심히 근무하는 것 같았다. 만일 회의를 하게 되면 적어도 일주일 전에 공지하는 것 같았다.(나는 한국담당과의 회의에 종종 참석하였다.) 각종 공문, 공람 등 일상적 업무나 서무 업무는 문서 배달을 전담하는 요원이 하루 3회 정도 각 사무실을 순회하면서 전달하였다. 점심시간은 따로 없었고, 일부는 구내식당에서 먹지 않고 집에서 샌드위치 등을 싸와 자기 사무실에서 해결하는 경우가 많았다.

독일 공무원들은 만일 야근이나 휴일근무를 하면, 일을 열심히 하는 것이 아니라 오히려 근무 고과가 나빠질 수 있고, 능력 없는 공무원으로 찍힐 수도 있다 하였다. 만일 사무실 일이 아주 바빠 야근을 하게 되면 사전에 보고하도록 되어 있어, 일거리를 집에 가져가는 경우가 있다 하였다.

독일 공무원들은 월요일 아침과 금요일 아침이 되면, 큰 여행가방을 들고 출근하는 사람이 많았다. 알고 보니, 집이 시골에 있어 평일에는 본의 원룸 아파트 등에 살다가, 주말에 시골집으로 가는 사람이 많다는 것이었다.

독일에서 내가 인상 깊게 본 것은 직무 매뉴얼인데, 이것은 책자로 인쇄되어 있고 모든 부서의 세부 업무까지 기술되어 있었다. 담당자가 기재되어 있는데, 업무의 대부분이 하부 위임되어 있었다. 특히 모든 직원이 담당업무에 대해 전결권이 있는 담당관이므로 그의 서명만으로 독일 내 정부 각 부처는 물론 외국에 보내는 문서까지 완결되게 되어 있었다.

마침 한국담당과의 어느 여직원이 결혼을 하는데, 작년에서 이월된 휴가와 올해 휴가, 결혼 특별휴가 등을 합하여 두 달간 마다가스카르로 결혼여행을 간다고 했다. 그래서 그렇게 긴 기간 자리를 비우면 누가 업무를 대행하느냐고 물어보니, 급하지 않은 일은 모든 업무가 두 달간 올스톱(all stop)된다고 하는 것이었다.

그들의 여유가 부러웠다. 독일 공무원의 휴가는 연 20일이다. 주 5일 근무를 고려하면 4주이고, 그해에 쓰지 못하면, 다음 해로 넘길 수 있지만 금전적 보상은 없다고 했다. 새해가 되면 연중 휴가계획을 짜는데, 20일 휴가 외에 법정 연가 일수에서 제외되는 병가 계획까지 짠다는 우스운 이야기도 들었다. 언제 아파서 병가를 넣을지까지 계획성 있게 미리 고려한다는 이야기이다.

　종전 외국기관 파견은 대개 힘 있는 부처가 조직의 인력관리 차원에서 하는 경우가 많았던 것 같다. 파견자를 기껏 몇 달 전에 내정하기 때문에 파견자가 파견 국가에 대한 연구나 해당 외국어를 습득할 시간적 여유가 없는 채 가야 하는 경우가 적지 않았다.

　외국 파견 중에는 형식적으로 몇 가지 보고서를 주기적으로 요구하는 정도이고, 파견 종료 후에도 보고서를 내게 되어 있다. 하지만 이것이 해당부처 내에서나 범정부적으로 활용되고 있는지는 의문이다. 일정한 분야를 연구해 오더라도 그것이 향후 보직에 반영되지 않는다. 정말 개선이 필요한 부분이다.

　독일 파견 근무시절을 회상하다 보니 그때의 경험을 진작 어떤 식으로든 인쇄물로 발간해 놓아야 했다는 아쉬움을 느끼며, 스스로의 게으름을 책망하게 된다. 독일에서는 통일 후 동독 경제문제, 중소기업시책 등을 고민해보았고, 이중 일부는 중소기업특별위원회에 1년 간 파견 근무하며 정책에 반영하려고 노력해보았다. 그러나, 통일문제나 통일 후 동독지역 재건정책에 대해서는 통일부뿐 아니라 이 분야를 다루는 부서가 재경부에 있었는데도 전혀 활용하지 못했던 것이 매우 아쉽다.

　정부가 많은 돈을 들여 외국에 파견근무를 시켜놓고는 그 후 보직에 전혀 고려하지 않을 뿐 아니라, 어떤 곳에서도 나의 경험에 대한 자문도 없고, 비슷한 업무에도 가보지 못했으니, 당시 많은 자료를 모았던 것이 점점 산일(散逸)되어 가는 것이 안타깝다.

앞으로 정부가 공무원을 외국에 파견한다면 미리 파견 목적과 과제, 확실한 복무 지침을 만들어 두고, 복귀 후 활용계획까지 작성해두었으면 한다. 파견 기간 중에도 자주 일거리를 주고, 철저히 복무관리를 해주는 것이 본인에게 보람이 되고, 정부의 생산성을 높일 수 있다.

독일 공무원에 대해

독일 공무원의 근무 시스템에 대한 시사점을 요약해본다.

가. 회의를 하지 않는다. 회의는 적어도 1주일 전에 고지한다. 문서는 담당관이 서명 후 회람하는데, 다른 사람이나 상급자가 의견이 있는 경우 여백에 기재하거나 부전지에 의견을 달지만, 당초 작성자의 문서를 고치지는 않는다. 일간 신문도 문서와 같이 회람하여 예산을 절감하고 있고, 회람 순서가 개인별 flow chart로 지정되어 있다.

나. 문서수발 등 행정, 서무 업무는 전담요원이 수행한다. 그들이 하루 3회 정도 각 사무실을 순회한다. 개인별 사무실을 쓰는 것에도 영향이 있지만 일과 시간을 소관 업무에 전담하게 하는 것이다. 한국담당과 직원의 경우 1주에 과장을 만나는 경우가 1~2회 정도이고, 국장은 월1회 만나는 정도라고 한다.

다. 부처의 모든 업무가 명세서에 상세하게 기재되어 있다. 모든 업무에 담당관이 지정되어 있고, 업무를 스스로 자기 책임 아래 수행한다. 담당관이 전결한 문서는 과장, 국장에게 보고조차 하지 않는다. 중요도에 따라 어떤 업무는 담당자와 과장 2명이 병렬로, 더욱 중요한 업무는 담당자, 과장, 국장 3명이 병렬로 기재되어 있었다.

라. 문서는 개인 캐비닛에 보관할 수 없고 공동 문서고에 보관해야 한다. 문서고에 전담 사서가 여러 명 있는데, 처리된 문서를 정확하게 분류하여 보관한다. 직원들은 직급, 담당업무에 따라 각종 문서에 대한 접근 여부가 정해져 있고, 문서 접근 자격자는 기간을 정하여 문서를 대출할 수 있다.

마. 야근은 별도로 보고해야 하며, 토요일에는 별도 허가를 얻어 근무할 수 있으나, 일요일, 공휴일에는 법적으로 사무실에 출근할 수 없다. 실제 대부분의 직원은 업무 무능력자로 여겨질 우려가 있어 야근이나 토요일 근무를 기피하고 있다.

바. 공사(公私)의 구분이 매우 엄격하다. 복사기 사용 시 별도로 비치된 장부에 복사내용을 기재한다. 공무로 택시를 타거나 식사를 하면 반드시 카드를 사용하였다. 각층 커피 끓이는 방에 커피포트와 커피가 비치되어 있는데, 마실 때마다 각자 옆에 비치된 장부에 기록해서 나중에 개별적으로 부담한다. 전화는 개인별로 사용하는데, 월간 정해진 통화수를 초과할 때는 모두 개인이 부담한다.

사. 쓸데없는 일은 하지 않는다. 한번은 장관 취임식이 구내식당에서 있었다. 수상인 슈로더(Schroeder)가 오는데도 별도의 경호나 무기탐지기도 설치하지 않고 직원들이 의자도 없이 무질서하게 서 있었다.

아. 민관의 보직 이동이 용이하나. 한국 담당 과장은 그동안 민관(民官)을 옮겨 다녔다는데, 원래 민간에 있다 정부에 왔고, 그 후 다시 민간에 갔다 정부에 다시 돌아오는 등 민관의 교류가 개방되어 있었다. 특히 과장급 이상 고위직은 대개 개방직으로 하여 경쟁력을 높이고 있었다.

<table>
<tr><td>나의 생각</td><td>남북통일을 준비하자</td></tr>
</table>

독일은 갑작스런 통일로 인하여 현재까지 많은 경제적 어려움을 겪고 있다고 한다. 우리의 경우는 어떨까. 이 분야에 많은 전문가가 있고, 시나리오가 있지만 나름대로 간단히 살펴보기로 한다.

통일 전 서독은 동독보다 인구, 면적에서 약 3배였다. 우리의 경우 인구는 우리가 북한의 약 2배지만 면적은 북한이 약간 더 크다. 경제력을 비교하면, 통일 전 동독은 나름대로 동구 유럽에서 상당히 잘 사는 나라였다. 그런데 우리의 경우 북한은 식량마저 자급하지 못하는 세계 최빈국의 하나이다.

나는 항상 독일처럼 우리나라도 어느 날 갑자기 통일이 될 것이라고 믿는다. 또한 우리 민족의 미래를 위해서도 우리 세대에 반드시 통일이 되어야 한다고 생각한다. 통일이 되면 우리는 사회 기반 시설이 제대로 갖추어져 있지 않고, 산에 나무도 없어 비만 오면 전 지역이 모두 휩쓸려 나가는 헐벗은 땅에서 살고 있고, 거의 모두를 우리에게 의존할 북한을 먹여 살려야 한다. 북한사람 1명을 남한사람 2명이 부양해야 하는 것이다.

독일은 통일 전 동독의 각종 경제, 사회통계를 믿고, 통일재원을 아주 쉽게 생각한 것 같다. 우리는 지금부터 북한의 경제재건, 통일재원 등에 대해 준비해두어야 한다. 북한 정권의 붕괴, 그리고 이에 따른 혼란에 대해서도 면밀히 대비해야 한다.

독일의 경험에 비추어볼 때, 북한지역 토지를 원소유자에게 반환하는 것은 위험한 발상이다. 지금 일제 때의 토지공부를 가지고 있거나, 상속받은 사람들에게는 죄송하지만 독일처럼 토지를 원소유자에게 반환하는 원칙을 세우면, 소유권 문제가 완결될 때까지 그 토지나 인접 지역까지도 시장기능에 따른 투자가 불가능하다. 우리나라에서 각종 SOC 사업을 할 때 문제가 되듯이, 몇몇 토지가 전체 계획을 방해할 수 있다. 토지소유자도 토지 자체보다 재산 가치에 관심이 있을 것이므로 전(前) 소유자에게 토지 대신 일정 범위의 금전 보상을 하는 방법이 바람직하다고 본다.

우선 북한 지역에 나무를 심고 환경을 정화하는 작업부터 해야 한다. 언젠가 인공위성에서 찍은 북한 지역 사진을 보니, 나무가 거의 없는 헐벗은 지역이 많았다. 비가 오면 금방 휩쓸려 나갈 우려가 있는 장소에 주택이든 공장이든 투자할 기업은 거의 없을 것이다.

사회간접자본에 대해 독일은 서독의 재원뿐 아니라 전체 유럽의 지원을 받았는데, 우리도 이와 유사한 방법을 동원할 수 있다. 특히 주변국가인 미국, 일본, 러시아, 중국 등이 모두 남북 분단 문제에 책임이 있으므로, 이들이 통일재원의 일부를 분담하도록 국제적 여론을 조성하자. 비무장지대(DMZ)를 조심스럽게 생태공원으로 조성하여 이곳에서 오염되지 않은 생태를 관광하는 자원을 통일재원으로 사용하자.

2. 국무총리실

2000년 2월 말 독일에서 돌아와서 4월부터 국무총리실(국무조정실) 조사심의관실에 파견되었다. 이때 정부합동점검단이 설치되어 있었다. 당시 김대중 정부는 비리척결 의지로 정부 부처의 공무원 감찰업무를 강화하고 있었다.

조사심의관실은 공무원의 복무 기강과 감찰 업무를 담당하지만, 나는 직접 공무원을 감찰하는 업무는 하지 않고, 여러 부처나 기관의 현안을 파악하고 개선 방안을 강구하는 일을 담당하였다. 짧은 기간이지만 여러 가지 현안 업무를 해결하고자 많은 고민을 했다.

강원도의 산불조사

2000년에는 봄 가뭄이 매우 심하였다. 특히 강원도 지역에서 4, 5월에 계속하여 산불이 발생하여 민심이 아주 흉흉하고, 불순분자의 소행이라는 등 여러 가지 유언비어까지 나돌았다. 이때 산불의 원인 및 대책, 현지 공무원들의 대응태세를 점검하기 위해 강원도청을 방문하였다.

[서울신문]영동지역의 높새바람 앞에선 백약이 무효였다

식목일인 5일 강원도 양양에서 발생한 산불이 낙산사 도립공원까지 번지는 등 피해가 확산되고 있다. 지난 2000년 4월 2만 3,448ha의 산림을 산불로 잃는 등 98년 301ha, 96년 3,700ha 등 최근 몇 년 새 강원도 동해안은 봄이면 초대형 산불로 몸서리친다. 강원도 동해안에서 잇따르고 있는 이런 대형 산불은 기상과 지형적인 조건, 산불에 취약한 수종 등 여러 가지 악재가 결합된 결과로 분석되고 있다.

동해안 지역은 건조한 바람이 부는 푄(높새) 현상으로 눈·비가 내려도 대지가 금방 건조해진다. 이에 따라 최근 잇따라 내린 폭설도 별다른 도움이 되지 못했다. 백두대간에서 해안까지 가파른 지형 조건으로 물기를 오래 저장하지 못하기 때문이다. 또 낮엔 해안에서 산으로, 밤이면 육지에서 바닷가로 부는 바람과 계곡의 돌풍이 잦다. 5일에도 순간 최대 풍속은 초속으로 미시령 37m, 양양·대관령 26m, 속초 21m, 진부령 19.5m, 강릉 16.2m 등을 기록했다. 이날 산불이 발생한 양양지역은 사람도 제대로 서 있기 힘들 정도인 초속 26m의 강한 바람이 불었다.

이처럼 양양과 강릉 사이에 부는 강풍을 가리키는 초속 15m 이상의 양강지풍(襄江之風)은 풍향도 수시로 바뀌어 산불진화 작업을 더욱 더디게 하는 등 산불 대형화의 주범이 되고 있다. 2000년 4월 동해안 산불 발생 중에는 최대 순간 풍속이 초속 27m에 이르렀으며, 99년 2월 28일 속초지역에 산불이 발생했을 당시에도 초속 22.4m, 강릉 22.1m, 대관령 18m의 강풍이 몰아치기도 했다.

더군다나 강한 바람과 가파른 지형으로 산불이 발생해도 진화대 접근이 쉽지 않아 초기진화에 어려움을 겪으며 곧바로 대형화된다. 여기에다 송진 등으로 인화력이 강하고 내화성이 약한 소나무 산림이 많은 것도 동해안의 산불 대형화를 부추겼다. 당국은 낙산사 주변에 헬기 10여대를 띄우고 인원도 집중적으로 배치했지만 강풍과 송림에서 번져오는 연기 때문에 제대로 진화할 수 없었다. 결국 송진이 불을 키우고 진화를 막아 낙산사를 휘감은 셈이다.

강원지방기상청 관계자는 "남고북저형의 기압 패턴으로 동해안 지역은 봄철에 강풍이 자주 발생해 산불에 취약할 수밖에 없다."고 말했다.

춘천에 있는 강원도청에 가서 도청 관계자 및 소방 본부의 설명을 들어보았다. 지구 온난화에 따라 건조 기후가 장기화된 데다 산림이 매우 우거져 종전과 같이 인력에 의한 산불 진화를 하는 것은 불가능하였다. 인력으로는 깊은 산속으로 번지는 산불을 끌 수 없고, 진입도로도 없는 곳이 많았다. 소방용수로 쓸 수 있는 소규모 댐이 없어 바닷물까지도 사용하는 경우가 있고, 소방용 헬기도 부족하였다. 군 헬기를 지원받아 보아도 작은 군사작전용 헬기로는 산불에서 발생되는 상승기류에 휩쓸릴 우려가 있어 높은 곳에서 물을 뿌려 큰 도움이 되지 못했다. 결국 산불은 단순한 인재(人災)가 아니라 산림의 성장과 지구 온난화에 따른 기후변화에 대응하지 못한 시스템 에러에 의한 것이었다.

당초 조사 목적은 계속되는 산불의 원인을 알아보고, 책임져야 할 사람을 찾는 것이었다. 그러나 막상 조사를 나가보니 열악한 환경에서 모두 열심히 산불예방과 진화업무에 매진하고 있었다. 또 수십 년 동안 녹화사업을 추진한 결과 숲이 우거지고 가랑잎이 계속 쌓여 있는 상태에서 건조한 기후가 계속되니, 조그만 불도 초기에 끄지 않고 번지면 산불이 대형화되어 인력으로는 불을 끌 수 없었다. 산불 진화용 헬기를 쓰는 것이 유일한 진화 방법이나, 장비부족 등으로 이것도 어려웠다. 그래서 나는 이런 내용을 담아 조사 보고서를 썼다.

당시 우리가 1990년대에 소련과 수교 시 러시아에 빌려준 차관자금의 일부로 들여온 러시아제 산불 진화용 대형 헬기만이 산불 진화에 가용한 장비인데 이 헬기가 몇 대 없다고 들었다. 전국적으로 강원도 외에도 경상북도, 경상남도 등에서도 동시 발생하는 산불 때문에 헬기 운영에도 어려움을 겪고 있었다. 그 후 산림청에는 러시아제 대형 헬기와 미국제 헬기가 보강된 것으로 알고 있다.

현재 소방방재청이 독립되어 재해 예방과 소방 활동을 전담하는 조직으로 활동하고 있다. 앞으로도 산림은 더욱 우거지고 지구 온난화 현상이 계속될 것이다. 대규모 산불에 대한 대책과 민방위훈련 등을 통한 주민대피 훈련이 철저하게 이루어져야 한다고 생각하였다.

당시 현안과 정책 개선 과제로는 어린이 통학 버스 문제, 러시아 여성 문제, 건물 옥상 조경 등을 조사해보았다.

어린이 통학 버스 개선

어린이 통학 버스는 차량 외관을 노란색으로 칠하고, 앞뒤에 경광등을 설치해야 하며, 다른 차량이 앞지르기할 수 없도록 되어 있는 등 특별한 보호를 받게 되어 있다. 그러나 당시 규정은 있으나마나 하였다. 물론 비싼 수업료로 운영되는 사립학교들은 법령에 맞춘 차량을 운영하고 있었다. 하지만 대부분 학교나 사설학원들이 운영하는 버스는 영업용 버스로서 연한이 지난 버스나 일반 봉고차를 노란색으로 칠하고, 어린이가 타고 있으니 주의하라는 표시 정도만 갖춘 채 운행하는 실정이었다. 그래서 이와 관련된 사고가 빈발하고 있었다.

이때 나는 서울에서 통학 버스를 운영하는 초등학교, 중고교, 학원들을 돌아보았는데, 일반 학교나 사설학원이 차량 가격만도 꽤 비싼 통학버스를 구입하여 운영하기는 사실상 어려워 보여, 대안이 별로 없었다. 그래서 정책 대안으로 가시적 효과를 기대하기 어렵다 하더라도, 어린이 교통안전에 대해 가정, 학교에서 철저히 교육하고 언론 홍보를 늘리자는 방안을 제시했다. 또 가능한 대로 학교나 사설학원들도 규격에 맞는 차량을 구입하여 어린이 교통사고가 OECD 국가 중 가장 높다는 현상을 탈피하자는 방안을 제시한 바 있다.

러시아 여성의 인권문제

당시 언론에서 러시아 여성들이 업소에서 잠시 공연을 할 수 있는 연예인 비자나 관광비자로 한국에 와서, 예정된 공연 대신 윤락행위에 종사한다거나, 나쁜 사람의 꼬임에 빠져 인권유린을 당한다는 기사가 자주 보도되면서 사회문제가 되었다.

이를 조사하기 위해 러시아 여성이 일한다는 부산, 경기도 일산 등에 가보았다. 이 문제는 국내의 윤락여성 문제, 러시아와의 외교 관계, 국제 인권문제와도 연결돼 있었다. 당시 러시아 여성은 대체로 러시아 극동지역인 블라디보스톡이나 연해주 지역에서 오며, 한국에서 연예활동을 할 수 있는 연예인 비자를 발급받으려 1, 2달 연수를 받은 뒤 연예활동의 자격이 있는지를 검증받고 있다고 들었다. 또 여기에 러시아 마피아가 관여한다는 이야기도 들었다. 어떤 사례에서는 러시아 여성이 국내에 입국하자마자 한국에서 업자가 여권을 빼앗고, 감금하는 경우까지 있었다.

몇 차례 관계기관 회의도 하고, 한러 관계에 미치는 악영향을 해소하

고 러시아 여성 인권보호조치를 강구하려 하였는데, 결말을 보기 전에
재경부로 복귀하였다.

옥상 조경을 통한 에너지 절감

높은 곳에 올라가 도시 건물 옥상을 보면, 대부분 시멘트로 발라놓은
채 방치하고 있는 것을 볼 수 있다. 이는 도시 미관을 해칠 뿐 아니라,
여름에는 시멘트가 흡수하는 열에 의한 열섬 현상이 발생하여 냉방용
전력이 많이 소모되고, 겨울에는 긴물에 피복이 없어 더욱 차가워져 난
방비가 많이 드는 문제가 발생한다.

이를 조사하고자 서울시청 별관의 옥상 조경 사례, 경기도 고양에 있
는 연구소에 찾아가 도시 옥상 조경의 필요성을 연구하고 정책 건의를
한 바 있다. 이것은 최근 지구 온난화와 이산화탄소 감축을 위한 노력
에도 반영될 수 있다. 아파트나 학교 등 큰 건물부터 옥상은 반드시 푸
른 피복을 입히도록 제도화하는 것이 어떨까. 물론 건물의 하중문제 등
안전 문제가 있고, 현재로는 녹화 비용도 만만치 않다. 새로 건축되거
나 리모델링, 재건축을 하는 건물부터 적용하다 보면 자연스럽게 도시
전체가 녹화되는 초록 효과(green effect)가 생기지 않을까 생각한다.

열섬 현상·생태문제 현실적 대안, '조경·원예·건축·생태공학' 융합기술로 발전

'옥상 녹화'란 건물이나 시설물의 옥상 또는 지붕을 녹화하는 것을 말
한다. 기존 건물 옥상의 일부에 식재기반을 조성하고 원하는 식물을 식
재하는 화단형 녹화에서, 살아 있는 식물과 토양층이 콘크리트 바닥을
대체하는 '녹화 옥상 시스템'까지 다양한 형태의 공법이 적용되고 있다.

옥상 녹화가 우리의 관심사가 되고 보급이 활성화되기 시작한 것은 2000년대 이후의 일이다. 서울시가 한국건설기술연구원의 기술 지원으로 서소문 별관 옥상에 초록 뜰을 조성하고 민간지원 사업을 시작하면서부터 옥상녹화 기술의 개발과 적용이 본격화되었다(『조경신문』에서).

나의 생각   환경문제에 대하여

지구 온난화 등 환경문제가 아주 심각하다. 우리나라는 옛날 금수강산으로 불렸고, 지금도 외국에 비해서 환경문제가 아주 나쁜 편은 아닌 것 같다. 어릴 적에는 시냇물을 그냥 먹어도 아무 탈이 없고, 과일도 씻지 않고 먹었는데 말이다. 환경문제에 대해서는 우리가 세계를 주도하는 선진국이 될 수 있다. 그런 점에서 녹색 성장(Green Growth)은 아주 바람직한 정책이다. 이를 위해 옥상 조경 외에도 몇 가지 방안을 생각해본다.

1. 음식점 반찬수를 줄이고(가격차별), 덜어먹는 그릇이나 작은 용기에 음식을 담도록 하자.
2. 학교 운동장, 도로변, 공터에 나무, 풀을 심어 도시 전체를 녹화하자.
3. 자전거 전용도로를 더욱 늘리고, 자전거 전용 신호등을 만들자. 대중교통수단인 버스, 지하철에는 자전거를 싣는 공간을 만들자.
4. 태양광, 풍력 발전을 값싸게 보급하자.

5. 매달 차 없는 날을 지정하고 시범적으로 범국민 걷기 운동을 해보자.

6. 자동차 보유세는 대폭 낮추고, 유류 소비세는 올리자.

7. 폐가구, 폐가전제품 등의 무료 수거일을 지정하자.

8. 비닐 봉투를 없애고, 쇼핑백을 들고 다니자.

9. 일회용품을 팔지 말자.

10. 대중교통을 더 싸게 하고, 가능하다면 무료화하자.

아태지역 반부패국제회의

2000년 12월 아태지역 반부패(反腐敗) 국제회의가 삼성동 COEX에서 개최되었다. 이때 회의에서 쏟아지는 영문 문건을 요약 번역하는 작업을 맡아 밤늦게까지 일한 기억이 있다.

나는 우리나라의 투명성이 매우 개선되고 있다고 생각한다. 그런데도 가끔 공무원이나 공기업의 비리가 언론에 보도되고 있고, 특히 고위층의 부패 문제가 계속 끊이지 않고 있다. 국제투명성기구(TI)가 발표하는 투명성지수(CPI)가 개선되지 않는 것이 안타깝다.

국제투명성기구

국가활동의 책임성을 확장하고 국제적 · 국가적 부패의 극복을 목표로 하는 공익적인 국제비정부기구(NGO)이다. 1993년에 설립되었으며, 본부는 독일의 베를린에 있다.

설립자이자 집행이사회 의장인 피터 아이겐(Peter Eigen)은 세계은행

(IBRD)의 아프리카—라틴아메리카경제개발프로그램 관리자로 근무하던 중 부패가 후진국의 발전을 가로막고 있다는 점에 주목하고, 퇴직한 뒤 국제투명성기구를 만들었다. 전 세계 82개의 공식 국가지부를 포함하여 100개 이상의 단체가 산하 지부로 활동하고 있으며, 지미 카터 전 미국 대통령도 이 단체의 자문위원으로 참여하고 있다.

이 기구의 가장 큰 사업은 각국의 공무원이나 정치인이 얼마나 부패를 조장하는지에 대한 인식을 나타내는 부패지수(CPI: Corruption Perceptions Index)를 산출하는 것이다. 부패지수는 부패 문제에 대한 관심을 불러일으키기 위해 괴팅겐대학교의 요한 람스도르프 교수와 국제투명성기구가 공동개발하여 1995년부터 매년 발표하고 있다.

부패지수는 기존의 부패 관련 설문조사 결과를 집계해 지수를 산출하는데, 지수의 신뢰성을 위해 한 국가당 3개 이상의 설문조사 결과를 모으고, 각 조사자료별로 지난 3년간의 조사 결과를 취합하며, 매년 조사를 실시하는 기관의 데이터에 높은 가중치를 줄 것 등을 원칙으로 하고 있다.

이 기구가 매년 발표하는 국가별 부패지수에서 투명한 나라 1, 2, 3위는 덴마크·핀란드·스웨덴 등 북유럽 3국이 독차지하고 있다. 이들 국가는 효율적인 행정감시제도 등 투명한 국가경영 시스템을 구축하여 부패를 용납하지 않는 사회구조를 일찍이 정착시켰다. 한국의 부패지수는 1996년 5.02, 1997년 4.29, 1998년 4.2, 1999년 3.8, 2000년 4.0 등으로 가장 깨끗한 나라임을 나타내는 10점 만점에서 계속 멀어지고 있다.

한편, 뇌물을 받는 쪽에 초점을 둔 부패지수를 보완하는 차원에서 1999년부터는 뇌물을 주는 기업을 대상으로 설문조사를 통해 뇌물공여지수(BPI: Bribe Payers Perceptions Index)를 산출해 발표하고 있다(두산백과사전).

공직 생활을 하면서, 그동안 존경하고 믿어 왔던 사람이 부패에 연루되었다는 뉴스를 들으면 먼저 당혹스럽다. 수많은 공무원 중 어찌 모든 사람이 털어도 먼지 하나 나오지 않을 만큼 깨끗할 수 있겠느냐만, 그래도 예전보다는 공직 사회가 많이 투명해졌다고 생각한다.

공무원 법령과 공무원 윤리규정 등에 공무원에게 성실, 청렴의 무를 규정하고 있고, 모든 공무원이 이를 지키는 것이 당연하다. 그러나 법령들은 개념이 포괄적이고 추상적으로 되어 있어, 할 수 있는 것과 해서는 안 될 것이 명확하지 않고, 공무원에게 공사(公私)의 양 측면에서 지나친 의무를 부과하고 있는 것도 있다. 예를 들어 직장에 근무하고, 공적인 일을 할 때에만 공무원이지, 사무실에서 퇴근 후나 휴가 중에는 그를 공무원이라 할 수 없는 것인데 이를 구분하지 않고 있다. 이에 따라 규정과 현실 간 괴리현상이 나타나고 있다.

흔히 공직사회의 부패가 없는 나라로 아시아에서 싱가포르와 홍콩을 들고 있다. 모든 정보가 쉽게 전파되는 도시국가이기 때문인지, 특별히 반부패(反腐敗)활동을 수행하는 조직이 우수하기 때문인지, 공무원 보수가 민간보다 상대적으로 높아 공무원 각자의 인적 자질이 우수하기 때문인지는 모르겠다.

전통적으로도 우리 선조들의 공직 생활을 살펴보면 법령에 근무 시간이나 보수가 명확하게 규정되어 있지 않았던 것 같다. 그래서 지방 관서의 현령이나 현감이 되면 한 밑천 잡거나 적당히 해먹어야 한다든지 하는 이른바 '적당주의'가 있었다. 그래서 이런 부패 관리를 잡기 위해 암행어사가 출두하는 경우가 있었다.

공무원이 아닌 사람들이 예전에는 "공무원이 월급으로 사냐, 월급은 집에 가져다주고 용돈은 적당히 벌어 쓰지." 하는 말을 하곤 했다. 나는 이런 말이야말로 사회가 생계형 부정부패를 용인하면서 값싸게 공무원의 노동력을 이용하는 것에 다름 아니라고 생각한다. 한편, 행정법령이 명확하지 않고, 결재권이 모두 상급자에 있어 하위 공무원에게 아무런 권한도 책임도 없는 것이 문제이다.

우선 법령이나 복무규정의 추상적 표현이나 불합리하고 애매한 규정을 없애고, 공사(公私) 생활을 구분하여 공적 생활만 규제해야 한다. 공적 생활에서 해야 할 것과 하지 말아야 할 것을 명확히 하고, 스스로 지킬 수 있는 규정을 만들자는 제안을 한다.

지금 금융, 외환위기에 따른 어려움이 있어 사회가 다소 어수선해지면서 다시 공무원이나 공기업 직원이 인기를 끌고 있는데, 이것은 일시적 현상이라고 보고 싶다.

그동안 공무원 보수는 많이 현실화된 것이 사실이다. 그럼에도 불구하고 공무원 보수는 올리고, 공무원 수는 줄이는 방안을 생각할 수 있다. 우선 공무원의 업무가 많은지, 생산성이 있는지 의문이다. 앞으로 공무원의 담당 직무를 면밀히 분석하면 공무원 수를 합리적으로 재배치하고 감축할 수 있다. 보수는 대기업 수준으로 인상하여 민간의 우수한 인재들이 본인이 원하면 공무원이 될 수 있도록 개방하고, 공무원도 민간으로 갈 수 있도록 상호 간에 개방

한다면 공직 부패는 자동 해결되지 않을까 생각한다.

옛날의 청백리(淸白吏) 개념을 오늘에도 적용하여 포상하는 제도는 마음에 들지 않는다. 정말 능력 있는 공직자라면 과거 황희 정승처럼 비가 오면 새는 집에서 살면서, 먹을거리가 없어 부인이 삯바느질을 하도록 해서는 안 된다. 그러면 공직에 전념할 수 없어 직무수행의 안정성을 해치기 때문이다.

올해 중앙공무원교육원에서 새로 공직 생활을 시작하는 약 300명의 신임 사무관 중에는 약 반수가 여성이었다. 최근 국가공무원 중 여성비율이 45%이고, 올해 행정고시 합격자의 48.1%가 여성이라고 한다. 법령과 지시에 의거 꼼꼼히 일한다는 점에서 공직은 남성보다 여성에게 적합하다. 선진국으로 갈수록 여성공무원이 많은데 우리 정부에 여성공무원이 많아지고 고위직이 늘어날수록 공직은 더욱 투명해질 것이다.

3. 중소기업특별위원회

2000년 말에 국무총리실 파견을 마치고 돌아오자, 다시 중소기업특
별위원회로 파견되었다. 그래서 2001년 1월부터 1년간 과천 기술표준
원 건물에 있던 중소기업특별위원회에서 근무하였다.

중소기업특별위원회

1998년 4월 1일 정부조직법 개정 공포에 의거하여 발족하였다. 중소
기업 현장의 애로 해소와 규제 완화에 관한 사항, 중소기업 육성 시책의
수립·심의·조정, 관계 기관의 중소기업 시책 추진 상황에 대한 점검
및 평가 업무를 수행한다.

대통령 직속 기관으로서 장관급인 위원장 1인과 11명의 당연직 위원
및 대통령이 지명하는 9명의 위촉위원으로 구성되며, 그 아래 관계부처
파견 공무원들로 구성되는 실무위원회가 설치되어 있다. 분과위원회는
어음제도개선분과위원회, 중소기업정책자금개혁분과위원회, 벤처기업
지원시책평가위원회로 세분된다. 특히 중소기업 정책의 심의·조정, 중
소기업의 현장 애로 해결 및 육성 발전을 위한 주요 정책의 개발에 중점
을 두고 있으며, 업무는 비서실·사무국장실·총괄조정팀·정책1·2팀
에서 주관한다.

당연직 위원은 재정경제부·과학기술부·산업자원부·정보통신부·

노동부 · 건설교통부의 차관 및 예산청장 · 국세청장 · 중소기업청장 · 공정거래위원회 부위원장 · 금융감독위원회 부위원장 등 관계부처 차관급으로 구성되어 있다.

주요사업은 ① 중소기업의 현장애로 해소 및 정책 과제 발굴 ② 중소기업 육성을 위한 시책 수립 및 추진 ③ 관련 부처 중소기업 육성 시책의 심의 · 조정 및 평가 ④ 중소기업 육성을 위하여 대통령이 부의하는 사항 심의 ⑤ 위원회 업무수행에 필요한 중소기업의 경영동향 조사 등이다. 경기도 과천시 중앙동 2번지에 있다.

중소기업특별위원회(이하 '중기특위' 라 함)는 정부조직법에서 여성특별위원회(나중에 여성부로 승격되었다)와 같은 조항에 규정된 위원회이었는데 법률상으로는 조직에 대한 근거가 없는 애매한 위치였다.

그런데 이를 상설기관으로 운영하고 있었는데, 위원회에는 사무국과 3개 팀이 있었고, 중소기업청에서 사무국장과 2명의 팀장이, 재경부에서 1명의 팀장이 파견되었다. 기획예산처, 산업자원부와 중소기업 유관기관인 중소기업협동조합중앙회, 중소기업진흥공단, 국민은행, 중소기업은행, 신용보증기금, 기술신용보증기금, KOTRA 등에서도 직원들이 파견되어 일하고 있었다.

정책 1팀에서

이때 나는 중소기업에 관련된 세제 및 금융관련 업무 등을 담당하는 정책1팀장으로 근무하였다. 팀원들은 기획예산처, 산자부, KOTRA, 국민은행, 신용보증기금에서 파견된 직원이었다.

이때 모신 두 분 위원장은 모두 여당 소속의 국회의원이면서 위원장을 겸직하였고, 대개 국회에서 상주하면서, 일주일에 한두 번 정도 과천 사무실에 출근하였다. 그래서 직원들은 곧잘 국회로 보고하러 가곤 했다. 당시에도 중소기업 지원업무를 전담하는 중소기업청이 있었다. 정부 직제상 중소기업청은 산업자원부 소속이므로 직무상으로는 산자부 장관의 지휘감독을 받고, 대통령 직속으로 장관급 위원장이 있는 중기특위에서도 업무 지시를 받는 경우가 있었다. 그래서 중기특위가 옥상옥이고 업무 프로세스가 복잡하다는 지적이 있었다. 또한 중소기업청은 본부부서 중 중소기업정책국이 기술표준원 건물에 있어, 본청은 대전에 있고, 정책국은 과천에 있는 등 부서 배치도 이상한 구조였다.

중소기업 금융에 대한 문제는 주로 신용대출과 기술에 대한 보증이 대부분이고, 중소기업신용보증기금을 설립하자는 논의가 있었다. 중소기업은 자기가 신용이 있고 기술이 있다고 주장하며 신용보증과 금융 지원을 해달라 요구한다. 그런데 이 업무를 담당하는 신보, 기보 등 보증기관이나 금융회사 쪽의 입장에서는 그렇지 않았다. 객관적 근거가 부족할 뿐 아니라, 만일 관련보증이나 대출이 부실화되면 담당자가 책임져야 하므로 조심스럽게 접근할 수밖에 없었다.

중기특위는 봄가을에 지방을 순회하면서, 중소기업 애로를 현장에서 청취하는 간담회를 가졌다. 이때 부산, 광주, 수원 등 중소기업 현장을 여러 군데 가보았다.

베트남, 중국의 중소기업 현황 시찰

한번은 위원장을 수행하여 베트남과 중국을 방문하였다. 베트남에서는 호치민시티(사이공)를, 중국에서는 베이징과 톈진을 방문하였다. 당시 우리 중소기업들의 해외투자가 갑자기 활성화된 시점이었기 때문에 해외 현지에서 중소기업의 애로사항을 직접 청취하자는 목적이었다.

베트남에서 호치민 시청을 방문, 시장을 면담하고, 현지에 진출한 우리 중소기업으로부터 베트남의 급격한 발전상과 우리 기업의 애로사항을 들었다. 중국에서는 베이징에서 우리 기업들과 간담회를 하였고, 톈진에서 막 운영을 시작한 무역센터를 방문하였다. 톈진 시 정치위원의 초대를 받아 아주 성대한 만찬과 조찬도 하였다. 이때 우리 위원장이 그들에게 한국방문을 초청하여 12월에는 그들이 한국에 온 적이 있었다.

톈진에서는 김일성이 묵는다는 영빈관에서 조찬을 하였다. 이때가 토요일이었던 것으로 기억되는데, 중국 요리가 계속 이어져 왔지만 별로 먹지 못했다. 우리 일행 다섯 명을 위해 요리사, 안내원, 식사 서빙 요원 등 얼핏 보더라도 수십 명이 일하는 것 같아 매우 안쓰러웠다.

톈진에 공장을 지은 우리 기업들을 방문하고, 새로 개관한 무역센터에 들렀을 때는 휴일인데도 중국의 젊은 여인 수십 명이 도열하고 방마다 안내하는 것을 보았다. 중국의 사회주의적 고용제도와 경제 시스템의 일면을 본 것 같았다. 톈진만 하더라도 끝없이 넓은 공장부지, 이쪽 저쪽에서 건설 중인 사회 간접자본, 수많은 인적자원을 보면서 중국의 미래를 보는 듯하였다.

　이번 정부 들어 중기특위가 폐지되었다. 약 10년간 위원회가 중소기업 육성과 발전에 실질적 기여를 했는지 잘 모르겠다. 하지만 적어도 중소기업에게는 장관급 위원회가 있고, 위원회에 중소기업 문제를 직접 호소할 수 있어 그래도 위안이 되지 않았을까 생각한다. 경제문제에는 대기업 고유문제, 중소기업 고유문제가 있지만, 많은 부분은 대기업과 중소기업에 겹치는 문제인데, 양자 관계에서 현실적으로 힘이 부족한 중소기업들에 대한 배려가 좀 더 필요한 것 같다.

　한편 미래 성장 동력은 창의성과 혁신을 기반으로 하는 벤처기업이나 중소기업이 활발하게 활동하면서 새로운 블루 오션(blue ocean)을 개척하고, 수십만 명의 청년 실업 문제도 해결하는 과정에서 비롯된다고 본다. 이런 마당에 종전 정부 각 부처에서 파견받아 불과 20여 명이 중소기업문제를 전담하던 기관을 완전 폐지한 것은 좀 서운하다는 생각이 있다.

　현재 정부조직을 추가로 개편하면서, 중소기업청의 조직인 지방 중소기업청이 각 시도로 통합된다는 이야기가 있다. 지방에서 중소기업 지원 등 현업이 지자체로 넘어가고 나면, 중앙정부 차원에서 중소기업을 위한 정책수립과 조정업무가 더욱 중요해지는데, 차제에 중기특위와 같은 기관을 활용하는 방안이 필요하지 않을까 생각한다.

[재정경제부에 돌아와]

1. 공적자금관리위원회 회수관리과장

처음으로 재경부 본부 과장 보직을 받았다. 재경부(떠날 때는 재정경제원이었다)를 1998년 2월에 떠난 뒤 2002년 4월에 과장 보직을 받았으니 4년 2개월 만이다. 공적자금관리위원회(이하 공자위라 한다) 사무국에는 의사총괄과와 회수관리과가 있었는데, 나는 회수관리과장을 맡게 되었다.

공적자금관리위원회

공적자금관리위원회는 공적자금의 운용 등에 대한 사항을 심의·조정하는 민관합동기구로, 여야 합의로 제정된 공적자금관리특별법에 의해 2001년 2월 발족했다.

민간위원 5인과 정부위원 3인으로 구성된다. 정부위원은 재정경제부 장관, 기획예산처장관, 금융감독위원장이 당연직으로 포함되며, 민간위원은 대통령 위촉 2명, 국회의장 추천 2명, 대법원장 추천 1명이다.

공적자금관리위원회는 공적자금이 제대로 지원되었는지를 철저히 점검하고, 공적자금이 지원된 금융기관의 경영정상화와 공적자금 회수 극대화를 위하여 노력함으로써 공적자금의 운용의 효율성을 도모한다.

즉, 공적자금관리위원회는 공적자금 운용에 대한 총괄·기획을 비롯해 △지원대상 금융기관의 선정원칙 △공적자금의 지원원칙 △지원실적의 정기적 점검 △공적자금이 지원된 금융기관에 대한 사후관리 원칙과 체제 및 이를 통한 점검 △공적자금의 회수 등 공적자금과 관련된 주요사항 전반에 걸쳐 심의 조정하는 역할을 수행한다.

산하에 공적자금 지원으로 보유하게 된 주식, 부실채권 등의 효율적인 매각을 위해 4명의 민간 전문가와 공자위 사무국장이 참여하는 매각심사소위원회를 운영하고 있다.

공적자금은 우리나라가 1997년 말에 겪은 IMF 금융위기를 극복하기 위하여 정부에서 민간부문에 자금을 투입한 것을 말한다. 실제 자금은 예금보험공사와 자산관리공사가 채권을 발행하는 형태로 이루어졌고, 정부 예산으로 해당 비용과 이자를 지급하였다. 이 글을 쓰는 2008년 10월에 접어들며 우리나라에서 다시 공적자금 투입문제가 거론되는 것을 보니, 착잡한 심정이 든다. 지난 9월에는 미국 정부가 부실 금융기관에 7,000억 달러의 공적자금을 투입하기로 결정하였고, 전 세계적으로 공적자금을 투입하는 나라가 계속 늘고 있다는 보도도 보았다. 이를 계기로 우리가 1997년, 98년에 투입하고 그 후 계속 상환을 해오던 공적자금 관리를 돌이켜본다.

금융위원회에 따르면, 우리는 1997년 11월부터 2008년 3월 말까지 약 168조 5,000억 원을 투입하고, 이중 90조 7,000억 원을 회수했다고 한다. 미국은 현재 알려진 대로는 7,000억 달러(환율을 1,200원으로 가정 시 840조 원)를 향후 2년간 투입한다는 것이다. 미국의 공적자금은 주로 국채 발행으로 자금을 조달하고, 부실 금융기관을 정부가 국유화하거나, 부실 금융기관의 예금을 고객에게 대지급하는 데 자금을 사용한다는 것이 우리와 비슷하다. 미국은 하원에서 한차례 부결되면서, 세계 금융시장에 파란을 일으키기도 하였다.

회수관리과는 공적자금 투입으로 정부기업화한 금융기관이나 기업을 매각하거나 부실채권 등을 매각하여 투입된 공적자금을 회수하는 업무를 담당하였다. 그 후 국채 발행을 담당하는 국고과장을 담당한 적이 있어 두 용어를 구분해본다.

공적자금(公的資金)이란 정부가 부실한 금융기관의 구조조정을 위해 투입하는 자금이다. 공적자금관리특별법을 제정하여, 예금보험기금 채권상환기금, 금융기관 부실자산 등의 효율적 처리를 위한 부실채권정리기금 등을 통해 발행한 채권으로 자금을 조성한 비상 상황(非常狀況)에서의 재정자금이다. 한편 공공자금(公共資金)이란 정부 회계나 기금의 여유자금과 국채를 발행하여 조달한 자금으로 정부 회계나 기금의 자금 과부족(過不足) 현상을 조정하고자 운영하는 기금으로서 평상적 자금이다.

사실 두 용어가 비슷한데 이렇게 달리 쓰는 것은 처음에는 조세수입 등으로 조달하는 재정자금만 있다가 정부 내 회계나 여유자금을 합해 운영하는 공공자금이 생기고, 여기에 국채 발행자금을 공공자금에 포함시켰다. 그 다음에 정부가 민간부문에 자금을 투입하는 공적자금이 순차적으로 나타나게 되었다.

최근 세계 금융위기와 관련하여, 조선일보에 한국과 미국의 공적자금을 비교한 표가 있어 인용해본다(2008년 9월 30일자).

* 한국과 미국의 공적자금 처방비교

	한 국	미 국
투입시기	IMF직후인 1998~1999년	금융위기 직후인 2008~2009년
투입규모	168조 5,000억 원(3월 말 현재)	7,000억 달러(840조 원) 계획
투입대상	은행, 증권, 보험, 종금사	은행, 투자은행, 연금펀드, 지방정부, 중소상업은행
자금조달	국채 발행과 국제금융기관차입, 국회의 승인절차	국채 발행, 의회의 승인절차
자금용도	금융기관부실채권매입, 예금대지급	금융기관부실채권매입, 일부 부실채권보증
공적자금회수	부실채권매각, 구조조정대상 금융기관의 보유주식매각	부실채권매각, 금융기관의 주식대신 주식 매입권보유(나중에 주가가 오르면 주식을 사들여 투입자금회수)
관리기구	공적자금관리위원회 신설	공적자금감독위원회 신설
경영진 보수제한	없음	공적자금 받은 금융기관의 CEO가 지나친 퇴직금과 보수 받지 못하도록 제한

우리나라에서 이번에는 국내 여건보다 대외 측면에서 문제가 발생하였지만, 이를 미리 예상하고 사전에 대응하지 못한 것은 관리 시스템이 미흡했던 때문이라는 생각이 든다. 우리가 미국 등의 선진제도라 하여 받아들인 글로벌 스탠더드라는 것이 실정에 맞지 않는 것이 있을 텐데, 미국병이 들어 이를 무비판적으로 받아들인 부분은 없지 않은지 모르겠다. 이번의 예를 타산지석으로 삼아 다시는 공적자금의 불행한 역사가 반복되지 말아야 할 것이다.

회수관리과에 있는 동안 대한생명 매각문제가 중요한 업무였다. 6개월 재임하는 동안 여러 차례 매각심사소위원회와 공적자금관리위원회의 심의를 거쳐 대한생명이 한화 컨소시엄에 매각되었다. 당시에도 몇 가지 문제들이 제기되어 있었지만, 아직까지도 논란이 끊이지 않는 것 같다. 언론에 보도된 기사가 있어 이를 인용한다.

사연 많은 대한생명 매각 스토리

대한생명 매각을 둘러싼 논란의 뿌리는 정확히 10년 전인 1998년으로 거슬러 올라간다. 당시 대생과 외자 유치 협상을 벌이던 미국계 메트라이프 생명이 자산과 부채를 평가한 결과 막대한 규모의 부실을 포착한 것이다. 이를 통보받은 금융감독원이 이듬해 2월 대생에 대해 자산·부채 실사 및 특별검사를 실시한 결과 드러난 부실 규모는 2조 9,080억 원에 달했다. 영업 상태도 불량했고 자금의 부당 집행, 분식 회계 등도 드러났다. 대생 수난사(史)의 시작이었다.

○ 순탄치 않은 매각 과정

당초 금융감독위원회는 대생에 대해 부실 금융기관 지정을 미룬 채 매각을 추진했다. 회사 가치 하락을 막아 정부 부담을 최소화하자는 취지에서였다. 그러나 적절한 투자자를 찾지 못해 공개 매각이 무산됐다. 그러자 직원과 일선 영업 조직이 흔들리면서 부실 규모가 커졌다. 결국 금감위는 99년 9월 대생을 부실 금융기관으로 지정했고 이어 예금보험공사가 2001년 9월까지 세 차례에 걸쳐 모두 3조 5,500억 원을 대생에 지원했다.

정부가 새로 선임한 경영진에 의해 경영 정상화가 진행되던 2001년 3월 공적자금관리위원회(공자위)는 대생에 대한 매각 추진을 다시 결정했다. 경영 정상화 예상 시기가 2006년께로 나오면서 매각을 경영 정상화 이후로 미루면 공적자금 회수에 너무 시간이 걸린다는 판단에서였다. 또 1차 매각 때와 달리 부실 계열사도 정리됐고 영업 기반도 안정을 찾는 중이었다.

매각의 실무는 대주주인 예보가 맡게 됐다. 공자위는 당시 ▲매각 대상 주식 비율은 51% 이상으로 하되 가격이나 협상 조건이 적합할 때는 67% 이상으로 한다. ▲투자자 자격은 국내외 보험사 또는 보험사가 포함된 컨소시엄으로 한다 등을 뼈대로 하는 매각 추진 방안을 마련했다.

그 와중에 2001년 9월 11일 미국 뉴욕에서 9.11 테러가 터졌다. 전 세계 금융사의 투자가 위축되면서 대생 매각에는 악재가 됐다. 다행히 10월 미국 보험사인 메트라이프 생명과 한화그룹 컨소시엄(한화그룹, 일본 오릭스, 호주 맥쿼리생명)이 인수의향서(LOI)를 냈다. 그러나 메트라이프 생명은 이어 진행된 자산, 부채 실사 등의 과정에서 중도 포기했다. 한화 컨소시엄이 단독 인수 희망자가 된 것이다.

하지만 매각심사소위원회는 인수자 및 매각 가격의 적정성 심사 결과 한화가 대생의 인수자 자격을 충분히 갖추지 못했다고 판단했다. 부채 비율이 232.2%로 200%를 초과한데다 계열사에 대한 분식회계도 적발됐다. 또 부실 금융기관이 된 한화종금과 충청은행의 대주주였던 '전과'도 논란이 됐다. 그러나 공자위는 결국 일정한 단서를 달아 한화 컨소시엄을 우선협상 대상자로 지정했다. 3년간 대생이 한화 계열사에 자금 지원을 하지 말아야 하고 한화그룹이 2005년 말까지 부채 비율 200% 이하를 달성한다는 등의 조건이 붙었다.

2002년 10월 예보는 한화 컨소시엄과 본 계약을 체결했다. 지분 51%의 대가로 8,236억 원을 받기로 한 것이다.

○ 매각 이후 더 커진 논란

매각 이후 논란과 의혹은 더 커졌다. 매각 당시부터 가격의 적정성 논란이 불거졌고 인수 로비를 위한 채권 33억 원어치를 매입했다거나 대생 인수를 앞두고 그룹의 부채 비율을 낮추기 위해 계열사 분식회계를 했다는 등의 주장이 나왔다. 정·관계에 대한 로비설은 끊임없이 제기됐다. 대생 인수를 둘러싼 이런 의혹들이 본격적으로 베일을 벗게 된 계기는 검찰 수사였다. 참여연대가 분식회계 의혹을 고발함에 따라 이 사안을 수사하던 검찰은 2005년 1월 입찰 당시 한화그룹 구조조정본부장으로 인수 작업을 총괄한 김연배 한화증권 부회장에 대해 사전 구속영장을 청구했다. 대생 인수를 둘러싼 검은 뒷거래들이 세상에 드러나게 됐다. 검은 뒷거래의 핵심은 이른바 맥쿼리 생명과의 '이면계약'이었다. 공자위가 정한 투자자 요건을 충족시키기 위해 한화와 맥쿼리생명 사이에 비밀 이면계약이 맺어진 것이다. '보험사나 보험사가 포함된 컨소시엄'으로 제한된 투자자 자격을 한화가 독자적으로 충족시킬 수 없게 되자 맥쿼리 생명을 끌어들인 셈이었다.

이면계약은 한화그룹이 맥쿼리 생명의 대생 인수자금 전액과 입찰 참여에 따른 모든 비용을 대신 부담하고 맥쿼리 생명은 지분 인수 1년 뒤 한화가 지정하는 회사에 대생 주식을 모두 판다는 내용이었다. 그 대신 맥쿼리는 대생 운용자산의 3분의 1에 대한 운영권을 보장받았다. 또 입찰 과정에서 예보가 컨소시엄 참여자들의 자금 조달 계획 등에 대한 자료를 요청했지만 한화그룹과 맥쿼리는 이를 허위로 진술한 것으로 밝혀졌다.

매각에 관여한 고위 공직자에게 뇌물을 주려한 사실도 드러났다. 자연히 대생을 제대로 매각했는지에 대한 논란과 책임론이 불거졌다. 그러나 3심까지 가는 법정 공방 끝에 대법원은 결국 "입찰방해죄가 성립하려면 2인 이상의 경쟁이 있어야 하는데 당시 대생 입찰에 한화 컨소시엄만 최종 참여한 만큼 입찰방해죄를 묻기 어렵다"고 최종 결론을 내렸다.

다만 부실 계열사를 인수하도록 해 회사에 손실을 끼치고 전윤철 당시 재정경제부 장관에게 15억 원의 뇌물을 제공하려 한 김연배 부회장의 혐의는 유죄로 인정해 징역 1년 6월을 선고했다. 예보는 그러나 "형사적 판단과 민사적 판단은 다를 수 있다"며 2006년 7월 국제상사중재위원회(ICC)에 국제중재를 신청했다. 반면 한화 측은 "대법원 판결은 한화의 대생 인수 과정이 법률적으로 전혀 하자가 없었다는 점을 입증한 것"이라며 예보의 중재신청에 대응, 맞중재를 냈다. 예보로서는 국제중재 신청이 '이면계약'에 의해 성사된 거래를 뒤집어보려는 마지막 카드였으나 결국 국제상사중재위원회는 1일 한화의 손을 들어주고 분쟁을 종결했다 (연합).

2. 소비자정책과장

소비자정책과

2002년 9월부터 2004년 11월까지 재정경제부 소비자정책과장을 지냈다. 재경부에서 한 부서를 2년 이상 맡는 것은 이례적인 일인데 아마도 소비자정책과기 인기 없는 부서이기 때문인 것 같다. 재임 중 소비자보호법을 전문 개정한 소비자기본법을 성안하고, 한국소비자보호원(소보원)을 한국소비자원으로 개편하는 방안을 마련하였으며, 소비자 안전 강화, 소비자 방송 및 소비자 교육 강화, 소비자 단체소송 도입, 소비자 관련 국제회의 유치 등 나름대로 많은 일을 하였다고 자부한다.

소비자 주권으로 정책 전환

우리나라 소비자운동은 초창기에는 여성, 소비자 단체 등 민간 영역이 주도하다가, 정부출연기관인 한국소비자보호원이 생기면서 정부가 본격적으로 개입하게 되었다. 또 공정거래위원회에 소비자보호국이 있어 전자상거래 및 약관규제 등 소비자문제를 담당하였다. 그 외에도 정부 내 모든 기관이 소비자 관련사항을 다루고 있다.

종전 소비자정책은 소비자가 사업자보다 상대적으로 약하다는 전제 아래 소비자 보호라는 개념을 계속 사용해왔다.

소비자의 의식 수준과 권익에 대한 요구가 커지면서, 소비자문제를 전공하는 학자들은 일찍부터 소비자 주권을 주장하였다. 그런데 그때까지 법령은 소비자보호법이었고, 기관 이름도 한국소비자보호원, 공정위 소비자보호국, 소비자보호단체 등으로 되어 있었다. 재경부에서 정책 기조를 종전 소비자 보호에서 소비자 주권으로 전환하려는 시도에 대해 처음에는 관련 기관들이 별로 좋아하지 않았던 듯하다. 만일 '소비자 보호'에서 '보호'라는 말이 빠지면 기관의 위상 약화가 우려된다는 고민이 있었는지 모르겠다. 이제는 법령이 모두 바뀌고, 관련 기관 모두 소비자 보호라는 말을 쓰지 않게 되었으니 금석지감(今昔之感)이 있다.

『소비자피해보상규정』에 관한 일화

소비자정책과는 연 한두 차례 소비자피해보상규정(현재의 소비자분쟁해결기준)을 개정하였다. 새로운 품목, 업종이 나타나거나, 소보원(현재 한국소비자원으로 개편)이나 소비자단체에서 발생한 상담 건수나 민원이 많은 사항을 개정 대상으로 하였다. 다음은 최근에 있었던 소비자분쟁해결기준 변경 내용이다.

재정경제부는 2007년도 제2차 소비자정책위원회의 심의, 의결을 거쳐 소비자분쟁해결기준(구 소비자피해보상규정) 개정안을 확정하고 2007년 10월 17일부터 시행한다고 밝혔다.

• 소비자분쟁해결기준은 소비자기본법 제16조 2항과 동법 시행령 제8조 3항에 따른 고시로서, 소비자와 사업자 간 분쟁 발생시 원활한 해결을 유도하기 위한 가이드라인 역할을 함.

• 주요 내용은 상조업, 결혼준비대행업 등 신규 서비스업과 PDP TV 패널, 공산품, 생산품 가방류의 5개 품목 분쟁 해결기준을 신설하였음.

• 초고속인터넷 통신망 서비스업, 위성방송 및 유선방송업, 이동통신 서비스업, 택배 및 퀵서비스업, 중고자동차매매업, 신용카드업, 애완동물 판매업, 의약품 및 화학제품에 대한 분쟁 유형 및 보상기준을 추가하였음.

• 운수업 철도(여객), 공연업, 세탁업, 고시원 운영업, 학원 운영업 및 평생교육시설 운영업, 자동차 정비업, 농업용 기기의 보상기준을 변경하였음.

동 기준을 개정하려면 소비자문제가 많은 품목과 업종을 조사하여 관련 부처 및 이해관계자(생산자, 소비자)와 여러 차례 의견 조율을 거쳐야 했다. 그리고 최종적으로 당시 경제부총리가 위원장이고 각부 장관과 민간인으로 구성된 소비자정책위원회의 심의를 거치는 순서를 밟았다. 당시 사진 원판(사진 파일)과 애완견에 대한 기준을 바꾸면서 어려움을 겪은 적이 있어 이를 소개하려 한다.

사진 원판 및 사진 파일

사진관에서 사진을 찍으면, 필름 카메라에는 원판 필름이, 디카에는 사진 파일이 남는다. 이때 소비자는 필름이나 사진 파일에 자신의 모습이 담겨 있고 나중에 재인화가 필요할 때에 대비하여 원판 필름이나 사진 파일을 자기가 보관하고 싶어 한다. 그런데 대부분 사진관에서 이를 주지 않으며, 심지어 잘 보관도 하지 않아 없어진다는 민원이 자주 제기되고 있었다. 실제로 나중에 추가 인화가 필요해서 사진관에 가면 사진관에서는 비싼 인화료를 요구하는 경우가 있고, 심지어 필름이나 사진 파일을 잘 간수하지 않아 변질되거나 분실하는 경우도 생긴다.

이 문제는 개인의 행복추구권 중 일부라는 초상권 및 프라이버시 보호문제와 사진작가나 사진관의 저작권이 충돌하는 사항이었다. 각자의 주장을 보면, 사진관의 입장은 필름, 사진 파일은 지식재산권이 있는 저작물로서 저작권법으로 보호받고 있어 이를 줄 수 없고, 만일 필요하다면 별도 비용을 내거나, 사진관에서 오랫동안 잘 보관하고 있으니 추가로 인화가 필요하면 다시 찾으면 된다는 것이었다. 이에 대해 소비자의 입장은 필름, 사진 파일은 소비자의 의뢰로 제작되고 자기가 비용을 부담하였으니 소비자의 것이라는 주장이었다. 더구나 사진관이 보관도 잘 하지 않아 없어질 우려가 있으니, 자신의 얼굴이나 결혼식 등 중요한 자료가 들어있는 필름이나 파일을 스스로 보관하는 것이 좋다고 주장하였다.

정부는 사진원판(사진 파일 포함)에 대해서는 사진관에서 사진을 찍기 전에 미리 의논하여 정하되, 만일 정하지 않았다가 나중에 소비자가 원하면 사진관이 필름 또는 사진 파일을 주도록 규정을 개정하려 하였다. 이에 대해, 사진인들이 사진관의 생존권이 걸린 문제이고, 예술인의 창작정신을 훼손하는 것이라는 등의 글을 재경부 홈페이지에 하루 수십 건씩 글을 올리고, 교대로 우리 과에 전화를 걸어 전 직원이 곤욕을 치렀다. 심지어 국회 앞에서 '소비자정책과장 신윤수 화형식'을 개최한다는 계획을 발표하기도 하였다.

결국 당초 생각대로 기준을 개정하기는 했지만, 직접 이해관계가 있는 국민의 설득이 매우 중요하다는 것을 알게 된 사안이었다.

애완견

가정에서 애완견을 기르는 집이 아주 많아졌다. 현재 우리 집도 약 8년째 강아지를 키우고 있다. 이제 강아지는 단순한 애완동물이 아니라 우리와 같이 생활하는 반려동물이다. 그런데 상인들이 애완견을 팔면서 너무 어리거나 약한 강아지를 파는 바람에, 살 때 아주 활발하고 건강하게 보이는 멀쩡한 강아지가 집에 오면 바로 폐사하거나 동물병원에서 치료받아야 한다는 민원이 자주 발생하였다. 이것은 동물의 생명권 문제이기도 하지만, 어린이의 정서 발달에도 좋지 않은 영향을 미치는 문제였다. 가정에서 주로 어린이가 부모를 졸라 강아지를 구입하게 되므로, 강아지를 산지 얼마 되지 않아 바로 죽거나 아프면 어린이들이 무척 힘들어하기 때문이다.

그래서 생후 30일 이전인 강아지는 매매하지 못하게 하고, 판매 전에 수의사의 진단서를 첨부하도록 하는 등 소비자피해보상규정을 개정하려 하였다. 이에 대해 애완견 사업자들이 거세게 항의하였다. 이것도 당시 재경부 홈페이지에 등장하는 이슈가 되어, 당시 우리 과 직원들은 위 두 사건을 두고 우스갯소리로 '원판, 개판사건' 이라 하였다.

국제 소비자협력 증진

프랑스 파리에 있는 OECD본부 소비자위원회의 부의장이 된 적이 있었다. 1년 임기의 부의장에게 구체적 역할은 없었지만 우리나라 공무원이 OECD 산하 위원회의 부의장이 된 것이 드물어 당시 나에 대한 기사가 신문에 난 적이 있었다.

2004년 5월 'OECD 소비자위원회 및 국제소비자보호기관협의체(ICPEN) 회의' 참석차 핀란드의 북쪽 지방인 이발로(Ivalo)에 갈 기회가 있었다. 이곳은 세계에서 민간 항공기가 취항하는 공항 중 북극에 가장 가까운 공항이고, 산타크로스 마을로도 유명한 곳이었다. 5월인데도 아직도 잔설이 두텁게 남아 있었고, 비행기가 착륙 전 저공 비행을 한참 하는 바람에 툰드라 지역의 무성한 전나무 숲도 보았다. 밤에 야외에서 훈제 연어와 순록 바비큐를 먹는데, 북극성을 중심으로 도는 북두칠성의 각도가 금방 금방 달라지는 모습에 놀랐다. 밤하늘에는 오로라(aurora)도 장엄하게 펼쳐져 있었다. 「핀란디아」라는 핀란드 민요가 생각났다. 이곳 사람들에게는 기후 때문인지 정신병자가 많다고 한다.

한중일 3국의 소비자정책기구 모임을 제안하여 성취한 바 있다. 한중일 삼국은 소비 성향이 비슷하고, 서로 여행자도 많아 여러 가지 소비자문제가 발생하므로, 이를 공동으로 해결할 필요가 있는데도 그때까지 연결 통로가 부족했다. 재임 중 중국과 일본의 소비자 당국과 여러 차례 접촉하여 제1회 모임은 우리가 한국소비자보호원에서 개최하였다. 그 후 동북아 3국의 소비자 당국의 협력체제가 마련되어, 소비자가 상품, 서비스에 대한 불만이나 분쟁을 해결할 공식 통로를 갖게 된 것이다. 재임 중 OECD 소비자위원회의 한국 개최를 결정한 것도 무척 보람 있는 일이었다.

인간의 생활에는 반드시 소비가 수반된다. 그런데 소비자문제는 단순한 경제 문제가 아니라 사회, 문화, 환경 등 생활 전반에서 발생하는 문제이다. 그러므로 소비자문제를 기업정책이나 산업정책의 일부로 보거나, 단순한 경제정책으로 취급하거나, 단순히 소비자를 보호하는 정책으로 간주해서는 안 된다. 한편, 개별 소비자문제에 대해서는 정부가 관여할 수 없고, 비용과 효과 면에서도 관여하기 곤란한 부문이다.

생활을 풍요롭게 하기 위해 합리적 소비가 필요하고, 인간의 생리적 욕구를 뛰어넘는 안전의 욕구, 자아실현의 욕구 충족을 위해서는 건전한 소비문화가 조성되어야 한다. 지구촌 시대인 만큼 소비 문제는 전 세계에 영향을 미친다. 소비자는 전 세계에서 상품과 서비스를 구매한다. 소비자문제가 국내에 한정된 문제라면 국내에서 기업 규제나 감독, 법령으로 해결할 수 있을지 모르지만 외국에서 밀려드는 수입품에 대해서는 소비자가 필요 정보를 잘 알고, 사용법을 잘 교육받아야 하며 소비자문제가 발생하면 해결 수단을 가져야 한다.

이 부문에는 민간 소비자단체나 여성단체들이 활발히 활동하고 있다. 우리 헌법도 소비자의 단결권과 소비자보호운동에 대한 근거를 두고 있다.

헌법 제124조(소비자보호) 국가는 건전한 소비행위를 계도하고 생산품의 품질향상을 촉구하기 위한 소비자보호운동을 법률이 정하는 바에 의하여 보장한다.

소비자문제에는 잘 조직된 민간 부문의 역할이 중요하다. 개인의 하나하나의 행위가 소비 행동인데 여기에 대해 국가가 보호하거나 후견할 수는 없기 때문이다. 외국에 개방된 분야에 대해 민간의 자율 감시 기능이 작동하도록 하는 것이 바람직하다. 최근 문제된 미국산 쇠고기, 중국산 멜라민 등 먹거리 문제를 정부 규제로할 경우 통상마찰 우려도 있다.

이처럼 소비자문제는 국민생활 전반에 걸친 문제이므로, 일본의 소비자정책회의(총리가 위원장)처럼 우리나라 소비자정책위원회도 대통령이나 총리가 주재하는 회의로 격상되면 좋을 듯하다. 또한 현재 공정거래위원회의 소속기관인 한국소비자원도 일본과같이 성격상 대통령이나 총리 소속기관으로 격상하는 방안도 검토해볼 필요가 있다.

3. 새만금, 한탄강 댐의 프로젝트 매니저(PM)

내가 소비자정책과장으로 재임하던 중 소비자정책과장이 개방직으로 지정되었다. 그 바람에 혹시 내가 다른 부서로 옮기면 외부 인사로 개방직을 뽑아야 한다는 이유 등으로 다른 자리로 갈 수 없었다. 그러다가 중앙인사위원회가 각 부처에 개방직을 뽑도록 독려하면서 과장직을 공모하였으나 몇 차례 적임자가 나타나지 않다가, 당시 재경부에서 보기 드물게 민간 여성 소비자 전문가를 과장으로 뽑았다.

그 후 나는 보직이 없어 2004년 11월부터 2005년 7월까지 약 8개월간 본의 아닌 낭인 생활을 하게 되었다. 나의 인생과 그동안의 공직 생활을 되돌아보는 시절이었다. 이때 나는 아침에 배낭을 메고 우면산이나 청계산 등에 등산을 갔다가 점심을 사먹고 들어오거나, 집에서 나가지 않고 책을 보거나 하였다. 산에 가면 은퇴한 중년 신사나 가정주부들이 많았고, 나와 비슷한 처지로 짐작되는 사람도 있어 동병상련(同病相憐)을 느꼈다.

2005년 4월이 되자, 본부에 대기 중이던 몇 명의 국과장들에게 국책 과제를 담당하도록 한다며, 국가적 사업 중 정책 추진이 잘 되지 않는 과제를 맡기면서 프로젝트 담당자(PM, Project Manager)라는 임시 보직을 주었다. 이때 나는 한탄강 댐과 새만금 방조제에 관한 업무를 맡게 되었다.

한탄강 댐과 새만금 방조제는 이해 관계자의 입장이 엇갈려 제대로 추진이 안 되는 과제였다. 한탄강 댐은 임진강 홍수 조절을 위해 댐을 쌓아야 한다는 논리와 댐을 쌓으면 상류에 있는 철원 지역이 잠기고, 역사적 문화재와 환경이 훼손된다는 반대 논리가 서로 맞서고 있었다. 홍수 조절을 위해서는 둑방을 높여야 한다든지, 다른 곳에 소규모 댐을 만들자는 등 여러 가지 대안들도 있었다. 한참동안 국무총리실에서 해결하려 하였지만 제대로 해결되지 않은 과제였다.

새만금 방조제는 상당 부분 사업이 진척되어 물막이 공사만 남겨 놓은 상태에서, 공사가 중지된 채 세월만 흘려보내고 있는 과제였다. 법원에는 공사 중지 가처분 신청이 판결을 기다리고 있었다.

짧은 기간이지만 관련 자료를 조사해보고, 현지답사도 해보았지만 결국 해결책을 완성하지 못하였다. 그 이유는 이미 주무부처가 있거나, 총리실 등의 TF에서도 해결하지 못한 문제라서 짧은 시간 내 성과를 내기가 쉽지 않고, 직원도 없이 혼자만으로 일하기도 어려웠기 때문이라고 변명을 하고 싶다.

어쨌든 두 가지 문제 모두 최초부터 의사결정이 너무 조급하게 이루어진 것에 기인한 것으로 보인다. 무릇 이해 관계자가 많고, 막대한 재원이 소요되는 국책 과제나 중요 사업은 아이디어를 발제하는 것부터 신중하게 해야 하며, 해당 지역뿐 아니라 그 사업이 영향을 미치는 분야에 대해 폭넓은 의견을 수렴한 후에 결정해야 한다. 국책과제가 선거 전략이나 정치적 논리로 결정되어 나중에 일이 잘 진척되지도 않고 전 국민에게 천문학적 부담으로 돌아온 사례들이 몇 번 있었다고 본다.

4. 대외경제위원회 실무기획단 총괄팀장 및 DDA대책반장

8개월을 정식 보직 없이 지내다가 2005년 7월 다시 보직을 받게 되었는데 이번에는 겸직 발령이었다. 하나는 국민경제자문회의 산하에 설치된 '대외경제위원회 실무기획단 총괄팀장'이고, 하나는 재정경제부 경제협력국 T.F인 'DDA대책반장'이었다.

뒤돌아보면, 나는 참 위원회와 인연이 많았다. 중소기업특별위원회, 공적자금관리위원회를 거쳤는데 이번에는 대외경제위원회를 담당하게 된 것이다. 대외경제위원회(대경위)는 경제부총리를 위원장으로, 각 부처 장관과 민간인이 위원인 우리나라 대외경제에 대한 자문기구이다. 당시 대경위는 주로 FTA를 담당하였고, DDA대책반은 도하개발 아젠다 처리를 위해 재경부에 설치된 임시 조직이었다.

재경부 보도자료

2004년10월19일 대외경제위원회 실무기획단이 대외경제정책에 대한 대통령 자문을 위해 국민경제자문회의 산하에 설치된 대외경제위원회(위원장 : 경제부총리)를 실무적으로 뒷받침하기 위해 재경부에 설치되었다.

대외경제위원회 실무기획단의 주요 임무는 대외경제위원회 상정안건 작성과 회의 운영, 대외경제위원회의 기능과 관련된 전문적인 조사 · 연구, 기타 대외경제위원장(경제부총리)이 대외 경제정책과 관련하여 필요하다고 인정하는 사항에 대한 정책방향 마련 등이 주요 임무이다.

이때 사무실은 각각 재경부 건물 8층과 4층에 있었다. 나의 하루 일과는 아침에 대경위 사무실(8층)에 가서 오전을 보내고, 점심식사 후 오후에는 4층 DDA 대책반에서 근무하였다. 하나는 FTA이고, 다른 하나는 DDA라는 참으로 엄청난 영역이었고, 보고 라인도 달랐다. 두 부서에 관련된 문서와 영어 전문만도 수북이 쌓이는 상황이었다. 두 달이 채 안 되는 기간이라 구체적 업무를 완결하지 못했지만 항상 바쁘기만 했다는 기억이 있다. 8월에는 1주일 간 일본 오사카에서 있었던 DDA 관련 세미나에 참석하였다.

그러다가 9월 1일자로 재경부에서 가장 보직명이 짧은 국고과장을 맡게 되었다. 명함에 써 있는 보직명이 17자에서 무려 4자로 줄어들었다.

나의 생각   국회의 생산성 증진

중앙부처와 국회는 업무관련성이 매우 높다. 국정감사 때 국회의원이 각 기관을 방문하기도 하지만, 대개 공무원들이 상임위, 예결위, 본회의 등에 맞추어 국회에 가야 한다. 국회에 업무차 간다면 고상하고 차원 높은 일이어야 하는데, 실상 무작정 기다리는 일이 더 많았다.

국회가 열리면, 우선 질의답변 자료부터 챙겨본다. 그동안 보도된 기사도 챙기고, 국회에서 요구한 자료도 챙겨보며 그 뜻이 무엇일까 추측해본다. 그간 업무를 반성하고 새로운 방향성도 모색하는 중요한 계기이다. 그러나 국회에 출석하거나 국회에 대비하는 업무는 생산성이 매우 떨어진다는 것이 문제이다.

국회가 있으면 직원들은 비상 대기하고, 어떤 경우에는 휴일에도 근무하러 나온다. 기관장 취향에 따라서는 예상 시나리오에 따라 요약자료와 요약 질의답변을 준비한다. 국회 담당직원은 국회에 상주하여, 위원회와 각 의원사무실을 돌면서, 국회법에서 적어도 24시간 이전에 정부에 보내도록 규정된 질의서를 제발 달라고 사정하며, 국회가 있는 날 자정이나 새벽까지 기다리고, 각 부서에서도 사무실에서 대기하고 있다.

여기에 대해 평소에 생각한 바를 정리해본다. 국회의원이 세부사항을 질문할 때는 담당 실국장이 답변하는 것이 필요하다. 이 경우 즉각 답변이 가능하고 국회와 정부가 서로가 편해진다. 미국 의회에서는 담당 실국장이 답변하는 경우가 많다고 한다. 장관이나 기관장이 정책방향이나 업무의 대강은 알겠지만 세부적 사항은 잘 모르는데, 이를 장관이나 기관장에게 묻고 나서 모른다고 호통 치는 경우가 있다. 질의도 전체 흐름이나 정책 방향 보다 지엽적인 사항에 그치는 경우가 많다. 아마 이것은 의원들이 권위나 체면을 내세우기 때문인 것 같다.

질의서가 논리정연하고 상세하게 작성된 경우가 있지만, 여기저기서 짜깁기하거나, 방금 언론에서 보도된 내용을 묻는 경우도 보았다. 우리나라 장관들은 숫자나 통계를 잘 기억하고 있고, 시사에도 강해야 되는 모양이다.

국회에서 보면, 국장까지는 회의실 주변에 의자라도 있지만, 과장 이하 직원들은 회의실 뒤에 있는 좁은 대기석에 앉거나, 이 자리도 부족하여 종일 복도에서 서성이며 대기하곤 한다.

국회 질의답변과 회의의 효율성을 높이려면, 소위원회를 활성화하고, 실국장을 상대로 질의답변을 하도록 법제화하는 방안이 필요할 것 같다. 각 부처 공무원이 국회에 체재하는 시간을 줄여야 정부의 경쟁력이 올라간다.

지금도 종종 듣는 이상한 질의 중 하나는 국회의원이 정부에 대고 이러이러한 법을 제정할 용의나, 개정할 용의가 있는지 묻는 것이다. 물론 정부도 법률안을 제안할 수 있지만, 기본적으로 입법부인 국회가 법률을 제정하거나 개정하는 기관인데, 국회의원이 스스로 법률안을 내지 않고 정부에 대고 묻는 것은 정말 넌센스가 아닌가 싶다.

5. 국고과장

국고과에서

당시 국고과는 정부의 국고자금 배정과 함께 국채 관련 업무, 국가채무 관리를 담당하였다. 국고과에서 국고자금을 헌법기관과 중앙행정기관 단위로 배분하면, 이를 각 부처가 소속기관에 재배정하고, 결국 가장 기초단위에까지 국고금이 배분된다. 이 자금으로 각 기관이 정부사업을 하거나 공무원의 봉급을 주게 된다.

당시 국고과의 현안은 연간 60조 원 수준인 국채업무와 국가채무관리였다. 재정은 기본적으로 세입 범위 내에서 세출이 일어나는 원칙, 즉 양입제출(量入制出)원칙이 바람직하다. 세금과 국고 수입의 범위 내에서 정부 지출이 일어나면 균형재정으로서 국채를 발행할 필요가 없지만, 세수가 부족하거나 다른 재정사업을 하려는데, 세입이 부족하면 적자재정(赤字財政)이 되어 국채를 발행하게 된다.

당시에도 국회나 언론에서 재정의 건전성 논란이 있었다. 당시 정부 입장은 우리나라의 재정 건전성이 OECD국가 중 가장 양호하고, 이웃 나라인 일본이나 미국보다 건전하다는 입장이었다. 그런데 현재까지 세입보다 세출이 많은 적자재정이 지속되고 있다.

당시 정부가 발행하는 모든 국채는 국고채로 통합하여 3, 5, 10년 물을 발행하고 있었다. 매월 국고채의 발행시기와 규모를 공지하는데, 금융시장에 미치는 영향이 아주 크므로 언론이 많이 관심을 갖는 주제였다.

국고채란

국고채권은 세입보전공채(歲入補塡公債)의 성격을 가지며, 부득이한 경우에는 국가의 세출(歲出)을 국회의 의결을 얻은 금액의 범위 안에서 국채(國債)로써 충당할 수 있다는 국가재정법의 규정을 근거로 한다(국가재정법 제18조).

국채 발행 및 관리에 대해서는 국채법이 있고, 여러 차례 관련 규정이 변경되어 왔다.

1990년의 국채 발행규칙은 국고채권의 종류별 권종(券種)은 국채를 발행할 때마다 재무부장관이 정하고(동규칙 제3조), 액면금액 또는 할인의 방법으로 발행하며(동규칙 제4조), 발행일은 별도의 기재가 없는 한 당해 증권의 매출일 또는 교부일로 하였다(동규칙 제5조). 그리고 철도채권·재정융자채권·외국환평형기금채권·대외경제협력기금채권·농지채권·농어촌발전채권·양곡기금증권·토지국채·국민주택기금채권·도로국채·보훈기금채권 등과 같이 이자율과 그 지급방법은 공채(公債)와 보증사채(保證社債)의 금리수준을 고려한 시장실세금리를 참작하여 국채를 발행할 때마다 재무부장관이 관계 중앙관서의 장과 협의하여 정하며(동규칙 제6조, 동규칙 제8조), 상환은 발행일로부터 2년 내지 5년간 거치한 후 일시에 하도록 하였다(동규칙 제7조).

1993년에 국채법(國債法)을 개정하여 단일화·표준화된 국채를 발행하여 재정자금(財政資金)을 효율적으로 조달하고 시장상황에 따른 신축적인 국채 발행이 가능하도록 하기 위하여 국채의 발행 및 상환을 종합하여 관리하는 국채관리기금을 설치함에 따라 농지채권 · 농어촌발전기금채권 · 철도채권 등의 국채를 통합하여 국채관리기금채권이라고 하였으며, 이를 1998년부터 국고채권으로 부르게 되었다.

그러다가 1999년에 기금운용체계를 간소화하고 효율성을 높이기 위하여 국채관리기금을 폐지하여 공공자금관리기금법에 의한 공공자금관리기금에 통합함에 따라 국고채권은 공공자금관리기금의 부담으로 발행하게 되었다. 국고채권에 관하여는 국채법 · 동시행령 및 시행규칙과 한국은행총재의 국채사무처리세칙이 정하는 바에 의한다. 1년 · 3년 · 5년 · 10년의 만기로 발행되며, 3년 만기가 주류를 이룬다.

국고채권은 가장 거래가 활발하고 실세금리를 민감하게 반영하는 채권의 하나로서 장외시장(場外市場)의 대표수익률(代表收益率)과 시중자금사정을 나타내는 기준금리(基準金利)를 파악하는 지표가 되고 있다.

20년물 국고채 발행

현재 국채는 우리나라 채권시장에서의 비중이 거의 30%에 이르고 있고, 금융시장에 미치는 영향이 급격히 커지는 분야이다. 국고과장으로 부임해 보니 정부가 발행하는 국고채가 3년, 5년, 10년 만기의 3종류이었고, 대부분은 3년 만기로 발행되었다. 이렇게 단기로 국채를 발행하면, 만기에 정부재정이 흑자가 되어 국채를 상환하면 좋지만, 재정적자가 계속되고 있어 3년 후 다시 발행(차환 발행이라고 한다)해야 되므로 발행 비용 등이 다시 드는 문제가 있었다.

이때 정부에서는 앞으로도 상당기간 국채 발행이 불가피한 점을 감안하여 만기가 장기인 국채를 발행하는 방안을 검토하고 있었다. 또한 국채는 그 나라의 기준 금리를 나타내주므로, 국책은행이나 민간기관들의 채권 발행을 원활하게 하기 위해서도 기준물로서의 장기 국고채 발행이 필요한 시점이었다.

이때 장기물 발행을 고민하면서 어려운 의사결정을 한 적이 있다. 장기 국고채는 발행에 성공하면 국가재정이 절약되고, 우리나라 금융시장과 국가 신인도에도 긍정적 영향을 주지만, 만일이라도 실패하면 여러 면에 악영향을 미치는 위험한 과제였다. 여러 전문가들과 논의해보니, 외국처럼 20년 만기, 30년 만기 장기채는 여건상 곤란하다는 의견이 있고, 10년 만기물이 있으니 시험 삼아 15년 만기물을 발행하자는 의견도 있었다.

이때 20년 만기 국고채 발행을 하기로 결재를 받고, 투자자 설명회(IR)을 거쳐 2006년 초에 국내 최초로 20년물 국고채를 성공적으로 발행하였다. 이 업무는 상당한 위험 부담을 잘 극복하여 예산 절약과 재정의 안정성을 높이고 국가 신인도를 제고한 사례라고 생각한다.

그 후 국고채는 종전의 확정 금리부 채권뿐 아니라 물가연동 국채도 발행되고 있다. 물가연동국채는 10년 만기로서 원금 및 이자지급액을 물가에 연동하여 지급하는데, 3개월 시차를 두고 소비자물가지수(CPI)가 이자에 반영되는 채권이라고 한다.

　최근 몇 년 세출예산이 계속 확대되면서 이에 상응하는 세입이 부족하여 적자국채를 발행하는 상황이 계속되고 있다. 우리나라 국가채무에 대해서 규모, 평가 기준 등에 대해 논란이 있지만, 대개 전문가들은 우리나라의 재정 건전성은 미국이나 일본에 비해 문제가 적다고 보는 것 같다.

　재정은 균형예산으로 우선 세입부터 따져보고 세입 범위 내에서 세출 예산을 편성하는 것이 원칙이다. 그런데 예산편성 과정을 보면, 국회에서 예산을 확정하기 한참 전에 세입을 추계하는데, 조세 수입은 경제 여건에 따라 좌우되어, 미리 정확하게 파악하기가 어렵고, 세출은 12월에 가서 국회에서 확정된다. 사실 모든 기관이 항상 전년보다 대폭 예산 증가를 요구하고, 국회 심의과정에서도 여러 가지 필요에 따라 세출이 조정되고 나면 마지막으로 부족분만큼 국채 발행 한도가 정해진다.

　미국도 2008년 9월 현재 파산한 금융회사에 대해 7,000억 달러의 공적자금을 투입하고, 다른 분야에도 공적자금을 투입하는 문제로 시끄럽다. 미국의 재정이 만성적 적자이므로 공적자금 조성을 위해 미국시민이 세금을 더 내거나, 아니면 추가로 재무성 증권(TB)을 추가 발행하여 조달하는 수밖에 없는데, 미국에서도 이에 대해 국민적 공감대가 약한 것 같다.

　모든 국채는 우리 세대나 아들딸 세대에서 결국 세금으로 갚아야 하는 문제이므로 발행 계획뿐 아니라 상환 계획을 현실성 있게 수립해두어야 한다. 이번 정부 전에 재정경제부와 기획예산처가 나뉘어 있어, 예산은 기획예산처가 편성하고 세수확보와 국채 발행 부담을 재경부가 지는 것이 어색하기도 하고, 부처 협조에도 어려움이 있었다. 이제 두 부처가 합쳐진 기획재정부는 부처 내에서 원활한 커뮤니케이션과 토론을 통해 국가재정 관리의 시너지 (synergy) 효과가 발생할 것이라고 기대해본다.

공직의 가을

[통계교육원장으로 근무하며]

대전에서 객지 생활을 시작하다

2006년 4월부터 2007년 12월까지 대전 유성구 가정동(대덕연구단지)에 있는 통계청 소속의 통계교육원에서 원장으로 일하게 되었다. 오랫동안 공직 생활을 중앙부처에서만 하다 보니, 기관장을 할 기회가 없었는데, 처음으로 기관장이 되니 여러 가지 기대와 긴장이 교차하였다. 한편 가족과 떨어져 혼자 생활하는 것이 처음이다 보니, 한국말을 하는 곳이지만, 마치 외국에 나와 있는 기분이 들기도 하였다.

교육기관은 연구하고 공부도 할 수 있는 분위기이므로 나는 이 기간을 전에 시작해둔 한국방송통신대학교 중문과 수업을 수강하는 기회로 삼았다. 한편 정부 내에서 가장 조용한 기관이 통계청이고, 통계청에서도 직원들이 발령마저 기피하는 교육원에 왔으니, 조용하게 스스로를 다스려보자는 생각을 하였다.

모름지기 기관장은 처신이 분명하고, 출퇴근시간을 정확히 지키며, 특히 퇴근을 정시에 하여야 다른 사람이 편하다는 것이 지론이다. 나는 이것을 교육원장으로 부임하면서 지키려 애썼다. 관사는 정부대전청사

옆 씨그마빌(Sigma Ville)에 있었다. 거기서 대덕연구단지에 있는 교육원까지는 거리가 약 4킬로미터로, 도보로는 약 40분이 걸리고 자동차로는 출퇴근 시간의 경우 약 20분 내지 30분이 걸렸다. 처음 며칠은 차를 운전하여 출퇴근하다가, 그 후에는 걸어 다녔고 약 두 달 후에는 자전거를 구입하여 자전거로 출퇴근하였다.

교육원으로 가려면 대전을 흐르는 하천 중의 하나인 갑천을 가로지르는 대덕대교를 건너 국립중앙과학관 옆을 지나가야 했다. 그곳엔 조그만 냇가가 있고 뚝방길도 나 있어, 운치 있는 산책로로서 정말 손색이 없었다. 냇물에는 사시사철 맑은 물이 흐르고, 이미 갈 길을 잃어 텃새가 되어 버린 백로나 오리도 떠다니는 정말 아름다운 곳이었다. 자전거가 다닐 수 있는 산책로에는 계절마다 들꽃이 피었다. 그 길을 다닐 때면 마치 어린 시절 청주 무심천 뚝방길을 걷던 때처럼 마음이 아주 평온해지곤 했다.

대전에 있는 동안 매일 아침과 저녁 7시에 서울 집에 전화를 하였다. 그리고 매주 거의 빠짐없이 서울 집에 돌아와서 주말을 보냈다. 대전은 우리나라의 중앙에 있고 교통이 편리해서 우리나라 방방곡곡을 여행하기 좋은 곳인데, 매주 서울에 오는 바람에 좋은 기회를 잘 활용하지 못한 것 같다.

셋방살이 설움

통계교육원은 특허청 산하 국제지식재산연수원 건물을 빌려 쓰고 있다. 청사가 특허청 소유 재산이다 보니, 대전 시내 도로 이정표에도 통계교육원은 나타나 있지 않고 국제지식재산연수원이라는 팻말만 있다.

교육원은 건물 3층을 쓰고 있다. 현관에 건물 안내판이 있는데, 안내판에는 국제지식재산연수원 원장실은 2층, '원장실'로, 통계교육원의 원장실은 3층, '통계교육원장실'로 표기해놓았다. 외부 인사가 보면 '아, 통계교육원이 국제지식재산연수원 산하기관이구나'라고 오해하게 되어 있었다.

세상살이가 그렇듯이 정부기관 간에도 셋방살이를 하다 보면 설움이 많은 모양이다. 갑자기 특허청 행사가 있는데, 우리에게 연락조차 해주지 않으면, 통계교육원 직원들은 교직원 식당 대신 교육생과 함께 연수생 식당에서 점심을 먹어야 한다. 옛날의 셋방살이 설움을 들어 보니, 특허청의 조직, 인원이 늘면서, 특허청에서 통계청에 통계교육원을 다른 곳으로 옮겨 가라는 공문을 보냈다 한다. 그때부터 옮겨갈 부지를 알아보고 있는데, 언젠가 특허청 쪽에서 통계교육원이 사용하는 건물 3층은 청소를 해주지 않았다 한다. 그래서 할 수 없이 직원들이 일찍 나와 강의장과 복도를 청소했는데, 3층 전체 물청소를 한다고 물을 흠뻑 뿌려 물이 3층부터 아래로 흥건하게 내려오게 하였더니, 다시 청소를 해주더라는 웃지 못할 이야기를 들었다.

통계교육원 경영 개선, 평가결과 4위로 약진

정부에는 중앙공무원교육원을 비롯하여 많은 교육기관이 있다. 이에 대해서 중앙인사위원회가 매년 경영실적을 평가한다. 통계교육원장으로 부임해 보니, 통계교육원은 2005년 평가에서 총점 110점 만점에 70점도 안 되는 점수를 받았다. 점수가 좋은 기관만 등수를 발표하고 나머지는 발표하지 않아 자세한 것은 알 수 없지만 100점 만점으로 볼 때

60점이 안 되는 점수이므로, 전체 교육기관 중 거의 최하위로 평가를 받은 것이다.

업무파악을 하면서, 여러 각도에서 원인을 살펴보니, 우선 기본 운영 시스템이 정비되어 있지 못했다. 통계교육원은 정부교육훈련기관 통폐합 조치에 따라 2004년까지는 행정자치부(지금의 행정안전부) 소속 교육기관인 국가전문행정연수원 통계연수부로 되어 있었다. 그래서 당시 통계연수부장은 거의 재정경제부 국장급이 교대로 내려와 1년 정도 있다가 재경부로 돌아가곤 했고, 다른 직원들도 통계청에서 행정자치부로 파견된 상태였다. 그러다 보니 기관 운영 시스템을 제대로 갖추지 못한 실정이었던 것이다.

나는 원장 부임 후 우선 약 3개월간 기본 운영 시스템을 정비하는 데 치중했다. 중앙공무원교육원이나 다른 교육훈련 기관을 벤치마킹하여, 우선 각종 규정부터 정비하였다. 교육원에 자문교수단을 구성하고, 교육과정도 최신 교육 트렌드에 맞추어 정리하였다. 교육 혁신을 위한 세미나와 워크숍도 개최하는 등 경영을 일신하는 데 힘을 기울였다.

특히, 교육과정은 수강생의 니드(needs)와 교육 여건 변화에 맞추어 사이버 교육을 강화하였다. 교육원에 e-Learning센터를 개설하고, 지방통계청을 상대로 순회 교육을 실시하는 등 새로운 교육기법도 적용하였다. 그 결과 2006년도 평가에서는 전국 27개 기관 중 4위를 얻어 통계교육원의 면모를 일신하고 중앙인사위원회 포상금도 받았다.

재임하는 동안 통계청에서 교육원 근무를 희망하는 직원이 생겨나기 시작하였다. 교육원의 계약직 교수요원을 일반직으로 바꾸고, 직원 2명이 동시에 주사에서 사무관으로 승진하는 경사도 맞이하였다.

통계교육원 청사 신축 추진

통계교육원 청사를 대전시 서구 월평동 소재 국유재산 6,000평 부지로 이전한다는 플랜이 있었다. 그러나 세부사항이 준비되어 있지 않았고, 재정경제부나 기획예산처와 조율도 잘 되어 있지 않았다. 청 단위로 내려 와서 보니, 상급기관에 대해서 저자세가 될 수밖에 없었다. 전화도 자주 하기 어렵고 찾아가려 해도 대전에서 서울에 가는 것이 쉬운 일이 아니었다.

재임 중 교육원 청사 신축 계획을 수립하고, 청내 태스크 포스(Task Force)를 구성하여 여러 차례 회의를 가졌다. 재정경제부, 기획예산처 등 관련 기관과 어려운 협의를 거쳐 2007년 9월 교육원 청사 신축을 개시하였고 2009년 9월 완공을 목표로 공사가 진행되고 있다.

한편 새로운 청사에 맞추어, 새로운 교육과정을 적용하기 위한 여러 연구사업도 추진하였다.

개도국 공무원 연수

통계교육원은 매년 UNESCAP 산하 통계연구소(SIAP)과 공동으로 아시아 태평양 지역 약 20개 개도국 공무원에 대해 6주간 통계 교육을 시키는 프로그램을 운영하고 있다. 이 과정은 국내의 교육과정이 뜸해지는 여름 휴가철을 이용해서 운영된다.

수강생들은 각국 통계청 직원 중에서 오는데, 개도국 공무원이 한국에서 연수받는 데는 경쟁이 치열하다고 들었다. 그런데 외국인 연수를 하는 데 어려운 것은 외국인 식당이 따로 없다는 것이었다. 할 수 없이 평일에는 기숙사 휴게실로 음식 출장서비스(catering service)를 불러 해결하였다. 주말에는 그들의 일비로 해결하도록 되어 있는데, 아마 그들이 돈을 절약하려 그랬는지, 공휴일에도 운영되는 근처 KAIST 식당에도 가지 않고 굶는 것 같다는 이야기를 들었다.

그래서 그 다음 주부터는, 주말에 외국인들의 전용 냉장고에 빵이나 라면, 간편 조리식품을 가득 채워두고 필요시 자유롭게 꺼내 먹게 하였다. 6주 동안 외국인들과 부딪히다가 헤어질 때면, 그들과 우리가 진정한 친구가 되고, 그들이 모두 친한(親韓) 인사가 되었음을 느낄 수 있었다. 외국인 연수를 하는 동안은 교육원 전 직원에게 외국인의 연수와 편의 제공을 최우선적으로 하도록 하였다.

나의 생각 　공무원 교육기관의 운영 개선

정부 산하의 교육기관을 살펴보자. 모두가 겉으로는 공무원 교육이 중요하고 교육기관 업무가 중요하다 하지만, 실제로는 대개의 교육기관이 모두 업무가 느슨하고, 근무하는 인력도 인사에 밀렸거나 건강 등 문제가 있어 좀 쉬러 왔다고 하는 등 한직(閑職)이라는 인식이 지배적이다.

어느 교육기관이든 교육계획은 대개 1년 주기로 이루어진다. 전체 교육계획을 확정하고, 교육과정을 설계하여 운영하고 나서 다음 교육에 피드백하기까지 많은 프로세스를 거친다. 그런데 교육기관의 원장이나 직원들이 수시로 바뀌다 보니 업무의 일관성이 없고, 자주 보직이 변경되니 어떤 사람은 시간만 때우거나, 중간에도 떠날 기회만 있으면 떠나려 하는 경향이 있다.

이에 따라 중앙인사위원회 평가 기준 중 하나로 이직한 교직원의 평균 근무시간이 포함되어 있었다. 교육기관 인력이 자주 바뀌는 것은 기관뿐 아니라 개인의 입장에서도 불행하다. 이제 공무원 사회에 평생학습제도가 도입되고 있고, 교육방법도 교육기관에 직접 와서 교육을 받는 교육(off-line)이 줄어들면서 점차 인터넷, e-Learning 등의 원격교육(on-line)으로 전환되고 있다.

종전과 같은 off-line 교육방식은 강사와 강의실만 있으면 그럭저럭 대응할 수 있지만, 새로운 교육방식인 on-line 교육은 교재를 개발하여 실제로 운용하기까지 많은 시간과 비용이 소요된다. 한편 이를 개발하고 운영하는 요원도 숙달된 경험이 필요하다.

교육기관은 최고경영자(CEO)의 전략적 파트너이다. 정부기관도 기업의 CEO와 같이 교육 훈련을 통해 부처의 비전(vision)과 미션(mission)을 달성하는 것이 바람직한데, 교육기관을 한직으로 운영하는 것은 이해하기 어렵다.

앞으로 교육기관장은 모두 개방직이나 공모직으로 하고, 장기간 근무를 원하는 적임자를 임명하고 임기를 보장해주었으면 한다. 교육기관 근무인력에 대해서도 인사상 메리트가 있어야 한다. 공무원 관계법령에 교육기관 종사자 우대조항이 있지만, 제대로 운영되지 않는 실정이다. 오죽하면 중앙인사위원회 평가 항목에 이직 교직원의 재직기간이 평가 척도에 포함되어 있겠는가.

모든 교육기관을 책임 운영기관으로 하여 자율적이고 탄력적인

운영을 하도록 유도하고, 교육기관의 고유성을 살린 권한과 책임
을 부여해야 한다.

통계 자료를 작성하는 데는 많은 비용과 전문가가 필요하지만,
이미 있는 통계를 정확하게 해석하고 활용하는 것은 그리 어렵지
않은 것 같다. 그런데도 자연, 사회 현상에 대한 수치를 모르거나,
통계 수치를 잘못 해석한 의사결정을 하는 경우가 있다.

통계는 정부뿐 아니라 개인, 기업이 올바른 의사결정을 하는 데
기초가 되는 중요한 자원이다. 통계는 자연, 사회 현상을 숫자와 도
표로 파악하여 추세와 법칙성을 찾아내고, 과거를 바탕으로 미래를
예측하고 시행착오나 위험성이 가장 적은 의사 결정을 하거나 계획
을 수립하는 데 쓰인다. 통계청에서는 지역별 통계지리 정보 이용
이 가능한 통계 내비게이터(Navigater)를 제공하고 있다. 이 자료는
기업을 창업하거나, 이전하는 데에도 잘 활용할 수 있을 것이다.

정부는 물가 안정, 경제 성장, 국제수지 균형, 완전 고용 등을 추
진하고 있는데, 여기에는 모두 정책의 기초 자료인 통계가 중요하
다. 정책 결정을 올바로 하려면 우선 믿을 수 있는 통계 수치가 있
어야 하고, 있는 통계를 잘 읽어 내야 한다. 우리나라에서 통계 자
료 부족이나 통계 수치의 부정확으로 인하여 정책 결정이 잘못된

경우가 있었고, 통계 자료를 제대로 해석하지 못하여 낭패 보는 경우도 있었다.

국민에게 통계 자료를 잘 활용하는 교육을 시켜야 할 것 같다.

지금도 사회주의 국가나, 개발도상국 통계를 외국이나 국제기구에서는 잘 믿지 않는데, 이는 원시 데이터가 정확치 않고, 통계 수치를 왜곡하는 경우도 있으며, 통계가 지속적이지 않아 신뢰도가 떨어지기 때문인 것 같다. 한편 선진국은 모두 통계 분야도 발전된 통계 신진국이다. 우리가 선진국으로 진입하는 데 가장 중요한 분야의 하나가 통계 분야인 것 같다. 그런 점에서 통계청장이 1급 기관장에서 차관급 청장이 된 것이 불과 3년 전인 것은 만시지탄(晩時之歎)이라는 생각이 든다.

통계청의 역할 중 국가 통계를 작성하는 것 외에도, 다른 기관이나 공공기관에 대해 올바른 통계 작성과 활용을 지도하고, 국민에게 올바른 통계자료 이용과 통계 정보 활용을 교육하는 일은 점점 중요해지고 있다. 예전에 우리나라에서는 인구 감소가 예상되는데도, 정부와 가족계획협회가 계속 가족계획 권장정책을 폈다. 그 결과 여성들이 결혼을 늦게 하거나 결혼을 아예 하지 않고, 아이를 낳더라도 아주 적게 낳는 현상이 빚어졌다. 그래서 최근에는 미래 우리 사회에는 아예 아이들이 없지 않을까 우려하는 이야기까지 나오고 있다. 아마 요즘 사람들이 아이를 낳지 않는 이유는 양육 그 자체 보다 교육이 너무 힘들고, 사교육비가 너무 많이 들기 때문이 아닌가 한다.

인구 문제를 교육과 연관 지어본다면, 우리나라도 독일, 프랑스처럼 국가가 모든 교육비를 부담하거나, 적어도 고등학교까지 무상으로 교육하고, 초중고생에 대해 학교의 교육 과정과 유사한 사교육은 금지시켜 교육비 부담을 줄여야 하지 않을까 하는 생각이 든다. 또 대학입학 자격시험을 강화해 이 시험에 패스하면 일단 어느 대학이든지 대학 수업을 받을 수 있게 하되, 졸업하는 것을 어렵게 하는 것이 어떨까 하는 생각도 든다. 아울러 대학에서는 기여입학 등으로 장학 재원을 조성해두었다가, 돈이 없는 학생에게 장학금을 주면 좋겠다고 생각한다.

[관악의 단상(斷想), 중앙공무원교육원에서]

■ 황야에 서다

20여 년 공직 생활에서 이번에 마지막 교육을 받게 되었다. 부담 없이 그동안을 정리하고 새 출발을 다짐하는 교육이 되길 기원해본다. 이렇게 생각하니 문득 마음이 저절로 한가하고, 한편 행복하다.

대전에 약 1년 9개월 혼자 살다가, 가족들과 다시 지내게 되니 딸들은 담배 냄새 난다고 야단이고, 누가 옆에 있으니 나 역시 잠도 잘 안온다.

이번 교육은 재충전의 의미가 있지만, 한편으론 공직 은퇴를 미리 준비하고 제2의 인생인 미래를 준비하라는 취지도 담겨있다고 생각해본다. 그러나 어쩐지 정부 교체기에 들어 공직자로서 해야 할, 맡아야 할일을 하지 않고, 현업에서 도피하고 있다는 기분이 들어 마음이 아주편하지만은 않다.

다시 황야에 선 것이다. 나는 『폭풍의 언덕(wuthering heights)』의 히스(heath)가 피는 벌판에 나와 있는 것이다.

마음을 비우자. 그러고 나면, 다시 어디론가 새로운 폭풍이 치는 언덕에 가겠지. 거친 황야(moor)도 좋다. 폭풍의 언덕에서 모진 바람을 맞고도 싶다. 공직 생활 중 내 마음먹은 대로 되는 인사는 없었다.

내가 먼저 인사(人事)를 잘해야 하는데, 나는 천성적으로 인사를 잘

못한다. 그러다 보니, 공직(公職) 생활에서 길게는 8개월까지 공직(空職)해보기도 했다.

■ 인생의 계절들

우리 인생에는 계절이 있다. 봄, 여름, 가을 그리고 겨울…….

『인생의 계절들(The Seasons of Life)』이란 책을 읽었다. 이 책은 스위스 출생의 의사인 폴 투르니에(Paul Tournier)가 1959년 독일에서 강연한 내용을 『인생의 발전과 성숙(Lebensenthaltung und Lebenserfüllung)』이라는 이름으로 출판했다가, 나중에 증보하여 다시 발행한 것이라고 한다.

이 책은 1. 봄, 2. 아이가 성장하여 어른으로, 3. 종교는 인간을 억압하는가, 4. 여름, 5. 인생, 제2의 전환점, 6. 가을, 7. 인생의 의미, 그리고 겨울, 8. 에필로그의 순서로 되어 있다.

이 책에서 저자는 인생의 계절을 다음과 같이 묘사하고 있다.

봄. 인생의 유년기로서, 인생의 봄이다. 연한 눈이 싹트고, 태양을 향해 꽃피기 시작하는 시기이다. 여린 싹은 온갖 향기로운 보물들을 그 몸안에 지니고 있다.

여름. 인생은 항상 살아 움직이는 것이며, 정지는 곧 죽음이다. 어두운 부분을 포함한 자기 전체를 받아들임으로 성장하고 개화하는 시기이다.

사랑, 고뇌, 동화, 순응이라는 네 가지 요소를 통해서 삶을 견고하게 만드는 것, 이것은 바로 결실의 계절인 한여름에 완성된다.

봄에는 그토록 아름다운 꽃이 피고, 여름에는 맛있는 열매가 열리지만 꽃의 아름다움도 열매의 수량도 열매 맺는 시기도 한계가 있다. 그렇게 갑자기 가을은 찾아든다. 마침내 '단념'이라는 어려운 '긍정'을 선택할 시기가 된다.

주사위는 이미 던져졌다. 배우고 일하면서 얻을 수 있었던 것들은 점점 그 가치를 잃어간다. 행동이나 소유가 인생에서 얻었던 것들은 점점 그 가치를 잃어간다. 인생의 절반에서 가졌던 인생관에서 깨끗이 자유로워져야 하는 시기가 온 것이다.

그리고…… 겨울

지금 나는 인생의 어느 계절에 와 있는가. 분명히 봄이라고 말할 수는 없는 것 같고, 그렇다면 여름인가 가을인가. 나의 마음은 아직도 진정 봄이고 싶은데.
아니면 늦봄이고 싶고, 여름이라면 초여름이고 싶은데, 솔직히 더운 삼복이거나 늦여름이 아닌가 한다. 아니면, 벌써 초가을에 들어선 것은 아닌지.
나는 단념이라는 말을 싫어한다. 하지만 한편 생각해보면 차근차근 단념을 배우는 것이 인생이 아닌가 싶기도 하다.

어린 시절 품었던 울분, 흥분, 분노가 아직도 가끔씩 마음을 괴롭힌다. 나이가 늘어가도 마음은 이팔청춘이라 했던가. 이제는 스스로 포기하거나, 체념하거나, 겉으로는 달관한 척 하면서, 못 본 척해야 하는 것인가.

이러한 인생의 흐름, 계절의 흐름이 가슴을 아리게 한다.

■ 법치주의란 무엇인가

우리는 지금 수많은 법과 규정의 홍수에 싸여 있다. 헌법, 국제법, 각종 행정법, 규칙 등 문자화된 많은 것에 억매여 있는데, 과연 법이란 무엇이고, 법치주의란 무엇인가

법이란 사회생활을 편리하게 하기 위한 필요악인가, 강자의 이익인가, 권세 있고 돈 많은 사람들의 이익을 대변하는 도구인가. 한때 유행어로 '유전무죄, 무전유죄(有錢無罪, 無錢有罪)'라는 말이 있었는데, 근래에 들어 서슬 푸른 전직 대통령도 구속되고, 우리나라 굴지의 재벌 회장도 법의 심판을 받기는 한다. 그래도 힘 있고 돈 많은 사람에 대해서는 법은 아주 약하고, 돈 없고 권력 없는 사람에 대해서는 법이 아주 강한 것 같다.

최근 로스쿨(law school)이 생긴다기에 대전에 있는 동안 한국방송통신대학교 중문과를 다니면서 법률과목을 몇 과목 다시 공부해보았다. 특히 법철학, 법사회학 등에 대해 흥미가 생겨 있는데, 공무원을 그만두면 이 부분 법률공부를 해볼까 생각 중이다.

현대 사회에서 과연 법이란 무엇인가. 전문가가 아니면 알기 어려운 수많은 법과 규정을 왜 만들었을까. 나는 지키고 있는가, 어디까지 지킬 수 있는가. 잘 알 수 없고, 지킬 수 없는 법을 만들고 단속하는 것이 정당한가. 잘난 사람들은 어째서 그리 위법과 탈법을 잘 구분하고, 위법은 안 되지만 탈법은 무방하다고 하는가. 규정에 어긋나지 않으면 사회적으로 비난을 하면 안 되나, 유해하여도 괜찮은가.

가령 교통위반으로 교통경찰에게 딱지를 끊길 때 옛날에는 교통경찰에게 약간의 돈을 주면 딱지를 발부하지 않거나, 범칙금이 낮은 딱지로 바꿔주고는 했다고 한다. 그러나 이제는 교통경찰에게 돈을 주는 게 전혀 먹히지 않을 것이다. 과거에 비해 지금은 그만큼 경찰이 투명해지고, 모든 분야에서 법치주의가 발전했기 때문일 것이다.

앞으로 좀 알기 쉽게 법을 고쳤으면 한다. 지킬 수 있는 법을 만들고 법을 지키는 사람이 존경받는 사회가 되었으면 좋겠다. 한편으로는 법이 필요없는 사회가 되는 것이 더 바람직할지도 모르겠다.

■ 골맹(骨盲)과 골프 디바이드(Golf Divide)

2008년 2월말 골프 연습장에 등록하였다. 이제는 어디든지 가보면 주변의 화제가 모두 골프 얘기뿐이다. 옛날에는 남자들은 모이기만 하면 여자, 군대, 축구 이야기를 하는데, 여자들이 가장 싫어하는 얘기는 남자들이 군대에서 축구한 얘기라고 했었다. 그런데 요즘은 누구나 서넛 모이기만 하면 골프 없이는 대화가 안 된다.

우리 사회는 영호남, '가진 자와 못가진 자'로만 구분되는 게 아니었다. 아마도 내가 모르는 사이에 사회가 '골프 치는 사람', '골프 못 치는 사람', '골프 안 치는 사람'으로 구분되고 있었다.

그래서 골프를 못 치는 사람을 이름 하여 '골맹(骨盲)'이라 하고, 이처럼 골프를 기준으로 사람을 나누는 것을 '골프 디바이드(golf divide)'라고 하는 모양이다.

그런데 우리나라에 골프장이 부족해서 외국에 나가 골프 치는 사람이 많다고 한다. 그곳이 더 싸고, 시설도 더 좋고, 여러 가지로 놀기도 좋단다. 하지만 이로 인해 여행 수지 적자가 생기고 국가 경제에도 악영향을 미치니 문제가 아닐 수 없다.

우리 낭자군이 골프에서 세계를 제패하고 있다고 한다. 전 세계에 직업적으로 골프치는 여자가 얼마나 되는지 모르지만, 국제 스포츠에서는 우리나라 남자보다는 항상 여자가 더 잘 한다. 우리는 여성이 우수한 민족인 모양이다. 이런 점에서 두 딸을 둔 나는 기분이 좋다.

하지만 골프 연습을 해보니 생각보다 잘 안 된다. 그리고 사실 골프는 너무 비싸다. 들어가는 시간도 아깝다. 골프를 못 치는 나는 어느새 골맹(骨盲), 바보가 되어 있었다.

우리 사회에서 골프는 사회 문제인 것 같다. 소득 계층 간 문제를 일으키기도 하고, 공무원 사회에서는 늘 골프를 허용하느니, 금지하느니 하며 논쟁을 하고…….

Digital Divide, English Divide……도 문제라고 하지만, Golf Divide도 알고 보니 사회에 드러나 있는 문제였다.

■ 시대정신(Zeitgeist)

정부가 5년 만에 바뀌었다. 어떤 언론은 5년이 아니라 10년 만의 정권교체라고도 한다. 매번 그렇지만 우리 시대의 화두, 시대정신(Zeitgeist)이 무엇인가에 대해 지난 대통령 선거에서 많은 말씨름들을 하였다. 경제 살리기가 우리의 시대정신이라고 한다.

최근 『시대정신 대논쟁』이란 책을 읽었다. 이 책은 부제로 '87년 체제에서 08년 체제로'가 붙어 있고, 지난 2007년 10월 19일부터 11월 26일까지 대통령 선거에 앞서 한국일보에 실린 '선택 2007, 시대정신 대기획'을 정리하여, '도서출판 아르케'에서 발간한 것이다. 발행일을 보니 대통령 선거가 끝난 직후인 12월 20일이었다.

이 기획물은 시대정신이라는 주제의 여론 조사 후 중도보수와 중도진보 담론을 주도하는 각 분야 전문가를 대담자로 초청하여 대담하는 형식으로 편집되었고, 이영성과 김호기가 엮었다. 지난 대통령 선거를 앞두고 우리 사회가 건국, 산업화, 민주화를 거쳐 새로운 시대정신, 즉 국가가 나아가야 할 거시적 방향을 요구하고 있다는 점에 착안한 것으로 보인다.

주요 이슈로서 '시대정신 여론조사 분석'과 '우리 사회 어디에 있나'가 있고, 우리의 2008년이 1987년의 '민주화를 넘어 어디로' 가야 하는지에 대하여 1. 선진화냐, 제3의 길이냐, 2. 세계화와 대외개방을 어떻게 할 것인가, 3. 사회복지와 양극화해소를 어떻게 이룰 것인가, 4. 어떤 국토개발이 바람직한가, 5. 교육개혁의 과제는 무엇인가, 6. 한반도 평화정착은 어떻게 가능한가, 7. 정치개혁의 쟁점은 무엇인가, 8. 노사관계는 어떻게 개혁할 것인가 등을 다루었다.

시기를 10년 주기, '87년 체제', '97년 체제', '08년 체제'로 구분하고 먼저 여론조사 결과를 실었다.

이 책에서 대담 진행에 앞서, 한국일보가 『우리 사회 어디에 있나』는 제목의 여론조사를 한 결과는 다음과 같았다.

1. 우리사회 시대정신은 경제성장(54%), 일자리 창출(42%)

2. 새 대통령의 최우선 과제는 '먹고사는 문제'

3. 미래를 가로막는 장애요인은 '정치권의 무능과 대립'

4. 20·30대 '복지', 40대 이상은 '성장'

5. 김대중 정부, 발전 기여도 1위

6. IMF 이후 삶의 질 '향상됐다' 35%, '더 나빠졌다' 32%

7. 민주화 세력 '위기다' 48%, '아니다' 45%

8. 20년간 가장 큰 성과는 '남북 화해·협력'

9. 논평 "어떤 성장을 해야 할까" 제시해야

이 책에서 말하는 '시대정신(Zeitgeist)'란 독일어이다. '한 시대의 문화적 소산에 공통된 인간의 정신적 태도, 양식 또는 이념'으로 '과거를 성찰하며, 현재를 진단하고 미래를 전망하는 가치의 집약'이라 정의하고 있다.

그동안 우리사회의 시대정신은 건국(1945~60년), 산업화(1960~87년), 민주화(1987~2007년)였다. 그러다가 민주화가 시작된 지 20년이자 대통령 선거를 앞둔 작년 11월 우리 사회가 가져야 할 시대정신으로 여론조사에서 나타난 것이 경제문제였다. 대선 당시 각 후보들이 중점 제시한 우선적 공약도 경제 분야였다.

주요 후보의 경제관련 공약은 다음과 같았다.

이명박 후보: 경제 살리기
정동영 후보: 차별 없는 성장
문국현 후보: 사람 중심 진짜 경제

각 대담자들은 현 시점을 중대한 전환기로 인식하고, 새로운 시대정신과 체제로 대내외적 도전을 극복해야 한다는 데 인식을 같이 하였다. 1987년 체제는 민주화를 사회 보편적 원리로 정착시키고, 돈 안 드는 정치구현, 남북관계의 틀을 정립하는 등 역사발전에 크게 공헌하였다고 한다. 그러나 1997년 외환위기를 겪으면서, 사회적 양극화, 성장 동력 소진, 고용문제, 노동시장 불안 등 새로운 과제가 등장하고 있다고 한다.

그러나 1987년 체제를 대체한 새로운 시대정신으로 한 사람은 성장과 도약을 통해 나라의 품격이 올라가고 국민의 자유가 확대되는 '선진화 체제'를, 한 사람은 성장과 분배, 대외 개방과 대내 복지의 선순환을 통해 낙오자가 없도록 하는 '지속 가능한 세계화 체제'를 제시하였다.

정부 수립 후 60년인 지금까지 우리는 6·25, 민주화를 위한 갈등 등 많은 시련을 겪어오면서도, '한강의 기적'이라는 경제발전과 정치, 사회, 문화 모든 면에서 선진국 수준에 도달한 것이 틀림없다.

　10년 전인 1997년 IMF 사태를 맞았을 때, 우리는 온 국민이 일치단결하여, 세계가 놀라는 짧은 시일 내에 위기를 극복하였다. 그러나 그 후 10년간 경제성장이 둔화되면서, 우리 사회에 지역, 세대, 계층 간 양극화 등의 문제점이 새로 등장하였다. 이제는 새로운 개념의 시대정신이 필요한 시기인 것 같다.

　한국일보의 여론조사는, 다른 분야에 앞서 특히 경제 분야에 대한 새로운 시대정신이 필요하다고 주장하였다. 이명박 정부가 실용정부, 선진화를 국정지표로 한 것도 이러한 새로운 시대정신을 국정에 반영한 것으로 보인다.

　그러나 문제는 무엇부터 해결해야 하는가, 하는 문제이다. 공무원 시험을 준비하는 젊은이가 수십 만 명인 사회는 정상이 아니다. 먼저 일자리와 새로운 성장 동력을 창출하여 청년 실업부터 해결해야 한다.

　그리고 사회를 해치는 집단이기주의에 대해 단호하게 대처해야 한다.

　우리는 이 시대에 무엇을 해결해야 하는가. 나는 다음과 같은 것들이 우선 해결되어야 한다고 생각한다.

동서문제 - 지역차별 극복, 지역 균형개발
남북문제 - 북한 핵문제, 남북한의 통일
남녀문제 - 양성 평등과 기회균등, 병역문제
노소문제 - 저출산, 고령화사회, 청년실업자 해결
상하문제 - 부의 재분배, 종부세
좌우문제 - 진보와 보수, 중도세력의 조화
완급문제 - 천천히 할 것과 급히 할 것을 구분

이 시점에서 우려되는 것은 너무 자주 바꾼다는 것이다. 사람을 자주 바꾼다. 법령과 제도도 역시 너무 자주 바꾼다.

제발 자주 바꾸지 말자.

헌법, 법률, 조직, 제도 모두 좀 차근차근히 고민해보자.

그리고 웬만하면 내버려두자.

좀 천천히 하자.

■ 이슬람, 이스라엘과 미국

중앙공무원교육원에서 교육을 받던 중 『전쟁국가 이스라엘과 미국의 중동정책』이라는 책을 읽었다. 이 책은 2007년 문화과학사에서 엮은 것으로, 목차가 이렇게 되어 있었다.

1. 전쟁국가 이스라엘의 역사와 현실, 2. 팔레스타인 영토 분쟁의 역사, 3. 이스라엘의 레바논 침공과 미국의 중동정책 비판, 4. 한국군 레바논 파병과 정의의 중동, 5. 우리는 모두 지구별 아이들입니다, 6. 중동의 평화와 한국의 평화운동, 7. 홀로코스트와 기억의 정치적 이용, 그리고 유럽중심주의

이 책을 읽으면서, 몇 년 전 발간된 창작과비평사의 『이슬람 문명』(정수일 지음)이 생각나서 다시 그 책을 꺼냈다. 2002년에 내가 이 책을 찾은 것은 전해 9월 11일 미국에서 발생한 사건 이후 신문에 이슬람 문명

에 대해 많은 글이 나오는데, 모두 '문명의 충돌'이니, 기독교와 이슬람교의 종교분쟁이니 하므로, 너무나 생소한 이슬람 문명을 한번 알고자 하였기 때문이다.

이슬람은 1,400년 전에 시작되어 유구한 전통을 가지고 있고, 전 세계에서 13억 명이 신봉하는 종교이자 생활방식이고 우수한 문화라고 한다. 우리나라와 이슬람은 신라와 고구려 시대부터 접촉이 있었고, 한국전쟁 때 터키 군이 참전하여 우리와 현재 각별한 관계에 있다고 한다.

책을 읽기 전만 해도 나는 이슬람에 대해 막연히 '한 손에 코란을 한 손에 칼을' 들고 있다는 호전적 이미지를 갖고 있었다. 그런데 원래 아랍어로 이슬람(Islam)이란 '순종'과 '평화'라는 뜻이고, 알라에게 절대 복종하는 사람을 복종자 즉, 무슬림이라고 한다. 인간이 유일신인 알라에게 절대적으로 순종함으로써 몸과 마음이 진정한 평화에 도달할 수 있다는 것이라 한다.

『이슬람 문명』의 저자는 중국 연변에서 출생하여 북경대학, 카이로 대학에서 수학한 분이었다. 그 뒤 평양에서 교수생활을 하다, 우리나라 단국대에서 공부한 뒤 그 대학 사학과 교수로 재직하였고, 국가보안법 혐의로 복역하기도 한 특이한 이력의 소유자였다.

이번에 읽은 『전쟁국가, 이스라엘과 미국의 중동정책』이라는 책은 그동안 막연히 이해해왔던 이스라엘, 팔레스타인 문제, 중동문제에 대한 지평을 새롭게 넓힌 계기가 된 것 같다.

이 책의 주요 내용은 다음과 같다.

1947년 유엔총회에서 팔레스타인 땅을 분할하여, 유대 국가와 아랍 국가를 각각 건설토록 결의하였다. 제2차 세계대전 후 세계 여러 곳에서 이주한 유대인이 1948년 5월 이스라엘 국가를 창설하자 미국과 소련을 비롯한 열강들이 즉시 승인하였다. 그러나 같은 해 10월 팔레스타인인들 이 팔레스타인 국가 창설을 선언하였지만, 유엔과 미국을 비롯한 열강들 이 이 사실을 무시하고, 세계 언론들도 침묵하였다. 이것이 팔레스타인 지역분쟁을 국제화, 장기화시켜 오늘에 이르고 있다.

그동안 이스라엘에 대해, 그전에는 여러 차례 중동전쟁에서 수억 인 구의 아랍 국가와 싸워 수백만의 작은 인구로도 연전연승하는 강인한, 남자뿐 아니라 여자도 병역의무가 있고, 전쟁이 발생하자 미국에 유학 온 학생들이 즉시 조국으로 가는 비행기를 탔다는 애국심 등이 내가 알 고 있는 전부였다.

이 책의 시각에 의하면, 이스라엘은 제2차 세계대전 때 나치의 인종 청소라는 홀로코스트를 겪어 잔혹한 희생을 겪었으면서도, 이를 정치 적으로 악용하고 있고, 팔레스타인과 레바논에 대해 공격적이고 야만 적인 행위를 하고 있다. 유대인이 정치경제를 지배하는 미국이 강력하 게 이스라엘을 편들고 있고, 이스라엘은 이미 수백기의 핵무기를 보유 하고 있는데도 모두 눈을 감고 있다 한다.

그런데 미국이나 유럽들은 같은 중동 국가인 이라크니 이란에 대해 강압적으로 대응하여, 대량살상 무기가 없는 이라크를 침공하고 이란 에 대해 경제봉쇄를 하고 있다. 이란과 북한을 '악의 축'이고 테러지원 국가로 지정하고, 이들이 핵무기를 가지면 안 된다고 하면서, 이미 수 백 기 핵무기를 은밀히 보유한 이스라엘에 대해서는 모른 척하는 이중 잣대를 대고 있다 한다. 이스라엘은 강대국이고 전쟁국가이고, 팔레스타인은 약소국(사실 아직 제대로 나라도 아니지만)이고 도와야 할 대상인데, 미국이 일방적으로 이스라엘 편을 들고 있다고 한다.

이슬람은 역사적으로도 타 종교에 대해 배타적이거나, 이슬람을 믿도록 개종을 강요하지도 않는다 한다. 기독교 등 다른 종교가 오히려 타 종교에 대해 배타적이고, 호전적이지 않은가 싶다.

우리나라는 세계에서 보기 드물게 불교, 기독교, 천주교, 이슬람교 등 여러 종교와 문화가 혼재되어 있는 다종교, 다문화 국가이다. 그동안 우리나라는 무지와 편견으로 인해 이슬람과 중동문제에 대해 잘 대응하지 못한 것 같다. 특히 아프가니스탄에서 한국인 인질 사망사건 등이 벌어져 우리 국민들에게 나쁜 영향을 준 측면도 있는 것 같다. 우리는 경제적으로 원유의 대부분을 중동 국가에 의존하고 있으므로 그곳의 정치경제적, 문화적 문제를 정확하게 알아야 한다.

이 책을 보면서 문제의 본질, 진실의 일부를 조금이나마 알게 된 것 같다. 이스라엘과 아랍의 관계, 중동문제가 진정 무엇인지, 세계 유일의 최강대국인 미국이 특정 종교, 국가를 편들고 있는 것이 사실일 수 있다는 생각도 하였다. 또 미국 석유 메이저와 군부, 군수산업이 자기들 이익을 위해 행동하는데, 지금껏 우리가 무작정 추종한 것은 아닌지도 생각해본다. 또 세계평화를 지향하는 우리나라는 앞으로 지역 내 강력한 존재인 이스라엘이 아니라 팔레스타인, 레바논을 적극 도와야 하는 것이 아닌지도 생각해볼 문제다. 세계의 화약고인 중동을 안정시켜, 세계평화에 기여하는 방안을 찾아야 할 것 같다.

이 책에서 써놓은 대로 유럽 국가들이 자기 나라의 거리에 따라 아시아를 극동, 중동, 근동 등으로 나눈 유럽 중심주의적 시각도 고쳐야 하지 않을까 생각해본다.

■ 디지털 시대와 한글의 국제화

이번에 오랫동안 글을 쓰게 되면서 나는 다시 한 번 우리 한글의 우수성에 감탄하였다.

휴대폰 자판이나 컴퓨터 자판을 한번 보면, 얼마나 한글이 우수한지를 알 수 있다. 우리 한글은 문자와 발음이 일치되어 발음기호를 따로 배우지 않아도 되는 유일한 문자가 아닌가 싶다.

아시아, 아프리카, 중남미 국가들이 모두 고유 언어를 잃어버리거나, 고유문자가 복잡하여 자기들 식민 종주국 말을 쓰거나, 로마자로 바꾸어 쓰고 있다. 중국은 간체자가 있지만 자기들도 매우 어려워하는 것 같고, 한자 외에 한어 병음 부호라는 로마자 표기법이 따로 있다. 중국은 필요할 때마다 글자를 새로 만든다고 하는데, 어떻게 정말 저런 문자로 13억 인구가 소통을 할까 걱정될 정도이다.

우리는 휴대폰 문자판 몇 개로도 메시지를 보낼 수 있으니, 이런 언어가 세계에 또 있을까 싶다. 이제 우리말을 세계로 널리 보급하자. 지금 중국과 동남아에 일고 있는 한류(韓流) 현상이 일시적인 것인지 모르지만, 만일 우리 한글을 보급하게 된다면 정말 우리의 영향력은 엄청나게 확대되지 않을까 싶다.

전 세계 언어의 통일은 영어, 에스페란토어가 아니라 말과 글이 일치되고, 쉽게 배울 수 있는 한글을 통해 할 수 있지 않을까 싶다. 지금 외국에서 한국어를 배우는 사람이 늘고 있다고 하는데, 한글 보급에 국가적 역량을 집중하면 어떨까 생각해본다.

딴 것보다, 우리가 수출하는 좋은 물건들에 'Made in Korea' 라고 적지 말고, '한국이 만들다' 라고 한글로 적어놓자.

■ 교육개혁, 대학과 대학생을 줄이자

우리나라는 교육열이 아주 높다. 고등학교 졸업자 중 대학에 가는 비율이 80%가 넘는다고 한다. 우리 때는 20~30% 정도밖에 대학에 가지 않았고, 대학에 가지 않은 사람도 다 직장을 가질 수 있었는데, 지금은 모두 대학을 나오니까 대학 졸업 후부터 경쟁이 시작되고 직업을 얻기가 매우 어렵다. 왜 그렇게 되었을까. 대학 나오는 순간부터 인생의 경쟁을 시작하고, 공무원 시험을 보는 사람이 수십만에 달한다. 이것은 정말 슬픈 일이다. 선진국일수록 공무원보다 민간부문이 영향력이 더 큰 법이 아닌가.

옛날 일제는 한국인에게 고등교육의 기회를 주지 않고, 보통교육만 시켜 그들의 말을 잘 듣게 하도록 하는 우민정책(愚民政策)을 폈다. 그런데 우리는 경쟁을 없앤 채 대학까지 보내는 고등교육으로 취업에 경쟁력이 없다는 의미의 우민(愚民)을 만들었다. 중고교를 평준화하고, 대학을 많이 만들어 거의 모든 사람이 대학을 나오다 보니, 대학 졸업 후부터 취업을 위해 처음으로 자기 적성을 살펴보고, 전공을 새로 고민해야 한다. 이것은 고등실업자를 만드는 것이다. 중고교까지 획일적 교육을 하고 대학도 모두 나오는데, 경쟁력이 없어 그때부터 새로 취업을 준비해야 하는 것도 일종의 우민정책과 다를 바 없다.

대학과 대학생 수부터 줄여야 한다. 중고교 입시를 부활시키는 것이 필요한데 그간 교육 정책에 반한다면, 입시는 부활시키지 않더라도 모든 중고교생의 적성과 특기를 철저히 분석한 후 개별화, 특성화된 교육을 시켜야 한다. 각자 다름이 있는 교육을 시켜야 한다는 것이다.

대학 졸업 후에야 자기 적성과 특기를 찾고, 공무원 시험을 준비하거나 새로 따로 취업준비를 하는 것은 대단한 낭비이다. 사실 대학 졸업자를 제때 고용하지 못하는 것은 경제계의 잘못이 아니라 교육계의 잘못이 아닌가 싶다.

고등학교까지 교육을 무상으로 하되 적성, 특기 교육과 직업교육을 병행하자. 독일, 프랑스처럼 중학교, 고등학교 때부터 자기 인생의 진로를 정할 수 있게 만들자.

공무원 시험제도 대신 각 분야의 능력 있는 사람이 본인이 원한다면 수시로 공무원이 될 수 있게 하는 제도를 만들어보자.

초중고 교육에서 강조해야 할 부분을 생각해본다.

1. 우리 한글의 우수성 강조

2. 문학, 철학 등 교양 도서 읽기

3. 제2외국어로 중국어(한자), 일본어, 러시아어 교육 병행

4. 바른 역사관 확립(민족의 고대사, 식민사관에서 탈피)

5. 경제, 환경, 노사 문제의 정확한 이해

6. 특기, 적성 인지 및 개발 교육

7. 세계인(cosmopolitan)으로의 바른 생활

고교 이하에서는 대학입시를 위한 사교육도 금지해야 한다. 줄어드는 대학과 민간 학원시설 및 교육 종사자는 공교육으로 흡수하면 된다. 또 정규 교육과정 외에 대안교육과 cyber, e-Learning을 통한 평생교육을 폭넓게 인정하는 것도 중요하다. 교육재정 부족분은 독일과 같이 정규 커리큘럼 수업은 오전에만 하고, 오후에는 개별 학습, 특기교육을 하면 된다.

경제문제는 교육개혁으로 달성할 수 있다. 획일적 대학교육이 아니라 개별화된 중고교 이하의 보통교육으로 달성할 수 있다.

제3부

나의 글, 나의 주장

2008년 9월 고구려 장군총에서.

1. 동북공정(東北工程)과 우리의 대응방안

※ 이 글은 2007년 한국방송통신대학교 중문과에 제출했던 졸업 논문을 조금 다시 손본 것이다. 나는 2006년과 2008년 두 차례에 걸쳐 백두산과 고구려 유적지를 방문하였다.

1) 들어가는 말

2006년 8월 여름휴가 시 나는 백두산을 등반하게 되었다. 우리 민족의 발상지를 방문한다는 가슴 벅찬 소회와 함께 우리 땅 북한이 아닌 중국을 거쳐 항공기, 버스 등으로 긴 여행을 하여야만 백두산 언저리에 갈 수 있다는 데에서 진한 슬픔과 서글픔을 느꼈다.

그곳에 체재하던 중 우리 일행은 세 차례 백두산을 등반하였다. 그곳 사람들에게 '백두산에 백 번 가야 두 번 천지를 본다'는 말이 있다는데, 신기하게도 우리는 산에 오를 때마다 천지(天池)를 모두 보는 행운을 누렸다.

그 후 압록강변 집안(集安) 박물관을 방문하였는데, 박물관 안내문에서 고구려(高句麗)를 '중국 소수민족이 수립한 지방정권'이라 기술하고 있는 것을 보고, 이곳이 바로 역사왜곡의 현장이구나 하는 울분을 느꼈다. 또 광개토왕비가 유리탑에 갇혀 있는 것에서 우리 한민족(韓民族)의 슬픔을 보았다. 그래도 우리의 많은 청소년들이 백두산을 힘써 등반하는 모습을 보면서 우리의 앞날이 밝다는 희망을 가졌다.

지금, 우리는 때아닌 영토 분쟁을 하고 있다. 일본은 독도가 자기네 땅이라고 우기고, 중국은 우리의 해양과학기지가 있는 이어도가 자기네 땅이라고 우긴다.

이 글에서는 중국의 동북공정(東北工程)에 대한 중국의 의도를 연구하고, 역사적 배경을 토대로 그 정치, 경제적 의미를 살펴보고, 우리나라를 둘러싼 정치, 외교, 경제, 문화 등에 미치는 영향과 대응방안을 마련해보고자 한다.

또한, 직면한 남북통일에 대해서도 우리 강역이 한반도에 그치는지, 원래 우리 고대사의 영역인 고조선 · 고구려 · 발해 영역까지 통일에 앞서 일차로 한반도를 통일하는 것인지도 정의해야 하며, 동북아시아의 고대사는 단순히 과거가 아닌 미래를 준비하는 과제라고 생각한다.

2) 고대사와 우리 강역에 대한 각종 기술

최근 주몽, 대조영, 연개소문 등 우리 고대사에 대한 연속극 등의 방영으로 국민의 관심이 많아지고, 중국의 동북공정에 대한 언론 보도와 함께, 우리의 고대사와 과거 강역에 대하여 많은 책들이 출판되고 있다. 이 책들은 우리 겨레와 나라의 뿌리가 과연 어디인가, 우리의 과거사는 언제로 소급되고, 어디까지가 우리 강역인지에 대한 것을 다루고 있다.

최근 신문보도를 보면 서기 676년 신라가 당나라 군대를 축출하면서 최초의 민족통일을 이루어 통일신라가 되었다는 말은 원래 우리가 쓰던 말이 아니라 19세기 말 생겨난 말이라고 한다(『조선일보』 2007년 4월 10일 보도 동국대 윤선태(尹善泰) 교수). 676년의 통일로 중국을 타자(他者)로 삼는 한반도의 민족체가 성립했다고 1892년 일본학자 하야시 다이스케(林泰輔)가 조선사에서 처음 썼다는 것이다. 또 이는 일본이 청일전쟁 직전 조선을 청나라에서 떼어놓으려는 전략과 관련된다는 것이다.

우리의 고대사에 대한 몇 가지 책의 기술을 살펴보자.

정형진은 『천년왕국, 수시아나에서 온 환웅』(일빛, 2006)에서 한웅족의 비밀을 문화코드로 풀어낸다면서, 고깔모자가 고고학상 최초로 나타나는 곳은 이란 서남부 평원에 있는 수시아나이며, 그 시기는 기원전 5000년에서 4000년 무렵, 수메르 문명 이전이라고 했다. 그런데 당시 종교 엘리트들이 사용하던 고깔모자가 이후 이집트왕의 왕관으로, 히타이트에서 신들의 모자로, 또한 부여족의 조상인 프리기아인의 모자로 사용되다가, 동으로 천산을 넘어 중원으로 들어왔는데 그들이 바로 우리 민족의 조상인 환웅족이라는 것이다.

한민족의 조상인 환웅족은 황제(黃帝)가 염제와 치우를 물리친 후 중원으로 남하할 때까지 중원의 주인이었다 한다. 환웅족은 황제가 남하한 후에도 한동안 그들과 공존했고, 요임금 말년에 이르러 순의 건의에 의해 현재의 북경시 밀운현 지역으로 축출되었다고 한다.

이덕일, 김병기는 저서 『고조선은 대륙의 지배자였다』(역사의 아침, 2006)에서 지금까지 우리가 역사에서 배운 고조선은 동북아시아, 나아가 대륙을 지배한 황제국가인데, 일제 식민사관에 의해 축소된 것으로 이것은 지금 중국이 의도하는 동북공정의 논리와 일관한다고 지적한다. 과거 역사책을 보면 최남선은 동아시아 문화의 양대 주역을 지나(支那) 문화권과 불함(不咸) 문화권으로 구분하고, 한웅 세력은 밝사상으로 흑해와 카스피 해 주변의 문명과도 관련된다 한 바 있고, 단재 신채호는 남북국시대론에서 신라와 발해가 양립하고 발해는 우리 민족사라고 주장한 바 있다.

한중일 역사 교과서를 비교한 『동아시아의 역사분쟁』(동재, 2006년)에서는 다음 사항을 기술하고 있다.

① 한국의 교과서는 우리 민족은 반만년 이상의 유구한 역사를 가지고 있고, 세계사에서 보기 드문 단일 민족국가의 전통을 이어오고 있다고 적고 있다. 또 우리의 활동영역은 중국 요령성, 길림성을 포함하는 만주 지역과 한반도를 중심으로 한 동북아시아라고 설명하고 있다. 하지만, 역사 기술의 대강을 한반도에 국한시키고 있고, 한반도와 그 주변 지역에 사람이 살기 시작한 것은 약 70만 년 전부터이며, 그 후 청동기시대를 거쳐, 한반도에는 기원전 10여 세기경, 만주지역은 이보다 앞서 청동기시대가 시작되었다고 말하고 있다. 아울러 최초의 국가인 고조선은 바로 이 청동기 문화를 기반으로 하였고, 만주와 한반도 지역에 부여, 고구려 등의 국가가 세워졌다고 기술하고 있다.

② 중국의 교과서에는 한국에 대한 기록이 없고, 단지 자신들의 민족이나 시조에 대한 설명만 한다. 중국은 56개의 민족으로 이루어진 다민족이며 이를 중화민족이라 하지만, 전체 인구의 91% 이상을 차지하는 한족(漢族)의 조상인 화하(華夏) 족의 시조는 지금부터 4,000~5,000년 전에 있었다는 전설상의 염제와 황제이고, 이들은 황하, 장강 유역에 있었는데 당시 동방의 강대한 치우(蚩尤)를 물리친 이후 오랫동안 발전하였다. 중국은 자기들의 선사문화의 범위를 오늘날의 중국 전역으로 표시하고, 중국 교과서에서 진한(秦漢) 시기 중국과 한반도의 관계, 삼한(三韓)에 대해 기술하고 있다.

③ 일본 교과서에는 한국사에 대한 기술이 거의 없고, 일본인의 형성에 대해 죠몽(繩文)인의 조상은 약 3만 5,000년 전 중국 남부에서 건너왔고, 여기에 남방계와 북방계의 혼혈이 더해지고, 야요이(彌生) 시기와 고분 시대에 도래인과 혼혈이 더해져 오늘의 일본인이 형성되었다고 기술하고 있다.

④ 북한 교과서는 1993년 평양부근에서 단군릉이 발굴되었고, 고조선은 중국 요동지방까지 영토를 넓혀 동방에서 가장 크고 국력이 강한 나라라고 기술하고 있다고 한다.

지금 고대사 문제의 핵심은 동이족(東夷族)의 범위가 어디까지인지, 그들이 지배하던 강역과 영향 범위가 어디인지, 단군조선, 위만조선이 과연 있었는지 및 한사군(漢四郡)의 위치가 어디인지 등에 대한 것이다. 또 고구려 · 발해가 우리 겨레의 국가인지, 중국의 지방정권인지를 밝혀내고, 고려시대 묘청의 서경(西京, 이에 대해 서경이 오늘의 평양인지 압록강 이북인지도 논란이 있다고 한다) 천도운동의 의미를 살펴보아야 한다. 한편 조선을 건국한 이성계의 위화도 회군 이후 근대에 이르기까지 사대주의 사상에서 비롯된 소중화(小中華) 사상, 일제가 조작한 반도사관(半島史觀) 등도 해결해야 할 문제로 보인다.

이에 관한 보도나 기술을 보면, 중국의 만리장성에 대해서도 역사적으로 화하족과 동이족을 갈라왔고, 중국과 요동을 구분한 산해관(山海關)에서 출발한다는 설과 고구려의 천리장성을 중국 만리장성으로 둔갑시켜 만리장성이 신의주 북방 단동지방부터 출발한다는 설, 동이족의 치우(蚩尤)가 중국인의 조상인 황제, 염제와 함께 중국인의 조상으로 둔갑하고 있다는 이야기 등이 있어 우리가 총체적 역사 분쟁의 현장에 있는 것 같다.

한국우리민족사연구회의 『동북공정과 고대사왜곡의 대응방안』(백암, 2006)을 보면 '거대한 음모, 중국의 동북공정! 우리역사를 지키자!' 라는 표어 아래 '역사 도전, 돌로 치면 바위로 되쳐라!' 라고 하며, 문제점 및 대응방안을 다음과 같이 정리하고 있다.

중국에서 동북공정은 "1. 정치사회적 안정, 2. 동북지역 장악 및 역사적 명분 축적, 3. 조선족 통제 및 조선족 내부의 한민족(韓民族) 의식의 원천적 봉쇄, 4. 소수민족 분열의 원천적 봉쇄, 5. 다민족 통일국가 형성, 6. 간도 영유권 분쟁 차단"을 위한 것이다. 한편, 한국인의 역사 인식은

"1. 반도사관(半島史觀)으로 역사 강역을 축소, 2. 고대사를 우리 스스로 조작, 3. 고대사를 정리하지 못하고 있고, 4. 우리 역사를 스스로 비하하며, 5. 역사를 주체적으로 관리하지 못하고 있다." 한다.

이에 대해 연구회는 대응방안으로 "1. 반도사관을 버리고 민족사관으로 역사관을 바꾸자, 2. 고대사를 집중적으로 연구하여 국가 계보와 강역을 정리하자, 3. 고대부터 근대까지의 사서(역사책)를 새로 편찬하자, 4. 동북아시아를 지배한 역사를 모든 국민과 세계 만방에 홍보하자, 5. 중국의 동북공정에 국민의 총역량을 집중하자, 6. 정부는 중국에 정치 및 외교적으로 적극 대응해야 한다." 등을 제시한다.

3) 중국의 동북공정 추진배경

한국우리민족사연구회의 『동북공정과 고대사 왜곡의 대응방안』(백암, 2006)은 중국의 역사인식이 (1) 1980년 이전: 고구려사는 한국역사, (2) 1980~90년 일사양용(一史兩用), (3) 1990~2000년 고위금용(古爲今用)에서 2000년 이후 고구려사가 중국 역사로 바뀌었다고 하고 있다.

중국은 1996년에 하상주단대공정(夏商周斷代工程)으로 중화 문명사 5,000년을 복원하는 일을 시작해서, 고구려뿐 아니라 고조선, 환웅(桓雄) 시대, 환인(桓因) 시대의 상고사를 모두 중국 역사로 조작을 완료하였다는 것이다.

소위 '동북변강역사와현상계열연구공정(약칭 東北工程)'을 추진하면서, 우리역사 중 고조선은 기자, 위만 등 중국인의 동래설(東來說)과 낙랑군의 한반도 존재설로 조작하고, 고구려는 중국 소수민족의 지방정권이고 중국 역대 왕조에 대해 조공 형태의 신속을 한 제후국이며, 발해는 말갈 중심으로 민족이 구성된 국가이고, 이곳에서 창업 후 소멸된 말갈, 여진, 거란족과 금(金), 요(遼), 청(淸)이 모두 한족에 동화되어 중국을 구성하므로 모두 중국의 역사라고 주장한다. 한편, 연변 조선족들은 근세에 모두 두만강 이남에서 이주한 것으로 주장한다.

동북공정은 우리 역사, 나아가 우리의 정체성(正體性)을 부정하는 것이다. 또한 현재 국경 분쟁, 유네스코의 고구려 유적 등재와 간도의 영유권 주장 문제뿐 아니라, 남북통일을 앞둔 지금 만일 북한이 붕괴될 경우 중국이 북한 땅을 중국의 변방이란 주장으로 지배하려는 욕심까지 있는 것 같다. 한편, 연변 조선족들을 한족으로 동화시켜 국가의 3요소인 영토, 국민 구성을 바꾸려는 정치적 의도가 뚜렷하고, 이 지역에 있는 막대한 천연자원과 그 개발 가능성을 차지하려는 경제적 의도가 있는 것으로 보인다.

일본에서는 과거 우리나라를 병합하는 과정에서 청일 간 합의로 이루어진 1909년 간도협약이 있고, 그 후 만주국 등으로 이곳을 분할하려던 시도가 있었고, 그들이 우리의 통일과 한국의 강대화에 반대하는 점에 정치, 경제적 이해가 있고, 러시아도 연해주 등에 관하여 직접적으로 정치, 경제적 이해관계가 있다. 이러한 동북공정은 중국, 한국뿐 아니라 이 지역 모든 국가의 국제적 역학관계, 남북통일 뿐 아니라 경제적, 문화적 의미를 갖는 중대 문제이다.

중국이 2002년 3월부터 동북공정을 시작한 것은 기본적으로 자기 영토에 대한 불안감의 표출이다. 1992년 한중 수교 이래 한국인의 동북 지역 출입이 잦아지면서, 조선족들이 한국 입국을 선호하고 있고, 여기다가 북한지역 탈북자로 인한 북방 지역의 불안상황이 조성되고 있으며, 또한 북한이 유네스코에 고구려 고분군을 세계문화유산으로 등재하려 하였다는 것에도 원인이 있다.

간도지역은 천연자원이 풍부하고 전략적 요충지이기도 하다. 우리가 외교적으로 무력한 시기였던 1909년 청일 간 체결된 간도협약은 우리의 국력이 강해지면 무효화를 주장할 수 있고, 이곳 조선족들의 정체성과도 관련되어 있다. 러시아 학자들도 중, 러시아 관계 역사를 왜곡 저술하고 있고, 연해주의 지방 관리와 일본, 구미학자들이 중국 위협론을 제기하고 있다.

4) 동북공정의 역사외적 영향(정치, 경제, 문화적 영향)

(1) 과거 문제가 아닌 미래 문제

지금까지 우리는 동북공정을 과거사 왜곡이나, 간도영유권 등 지엽적인 역사, 강역의 문제로 다루어왔다. 역사문제는 과거에 대한 문제이다. 그러나 동북공정은 과거사 문제가 아니라, 미래에 다양하고 광범위하게 영향을 미치는 총체적 대응이 요구되는 과제이다.

중국의 통일적 다민족국가(多民族國家)는 중국이 한족(寒族)과 55개 소수민족으로 구성되어 있다고 한다. 동북 3성 등 북방 영토는 역사적으로 중국 영토였고 현재도 중국 영토이므로, 이곳 고조선, 고구려, 발해는 모두 중국의 역사라는 것이다.

우리 겨레는 고조선, 고구려 국호를 우리 민족의 정통 왕조인 고려, 조선의 국명에 사용하였고, 현재 남북한 국호에 모두 사용되는 로마자 표기인 KOREA 또는 COREA도 이곳에서 유래한다. 중국의 동북공정의 결과에 따라 우리 민족은 고대사와 단절되거나, 통일신라 이후 한반도로 좁아진 강역과 역사 스팬이 영원히 고착되며, 최악의 경우 우리 민족 자체가 중국의 소수민족이 될 우려가 있다. 역사상 우리겨레의 터전이던 간도, 나아가 동북 지역에 대한 연고권이 없어지면 통일 후에도 미래의 발전을 위한 정치, 경제, 문화적 터전을 잃게 된다.

중국은 분열과 통일의 역사를 반복한다. 최근 그들은 우리 쪽 동북지역뿐 아니라, 그들이 양안(兩岸) 관계라고 부르는 대만문제, 티베트, 위구르, 외몽골 등 변방 문제에 대해 강력한 중화주의로 대외 영토 문제를 처리한다.

중국 입장에서는 여러 소수민족 중에서 접경 지역에 같은 말을 쓰는 조선족이 있고, 그 뒤에 한국이라는 강력한 국가가 있는 간도와 동북 3성 지역은 매우 중요한 이슈일 것이다. 그들 스스로의 표현을 빌더라도, 동북공정은 단순한 학술문제가 아니라 중국의 국가통일을 보호하고 중국 변강지구의 안정과 발전을 위한 매우 중요한 이슈이다.

(2) 간도 영유권 문제

우리는 한민족 정통성의 계승자로서 태백산(태백산(太白山), 지금의 백두산을 칭한다) 신단수(神檀樹) 아래 나라를 세운 고조선 시대부터 부여 · 고구려 · 발해 시대에 이르기까지 백두산을 중심으로 만주에서 한반도에 이르는 광활한 지역에서 살아왔다. 그러나 발해 멸망 후 만주 일대의 지배권은 요(거란족), 금(여진족), 원(몽고족)을 거쳐 한족의 명나라로 넘어갔다.

동북지방에는 대대로 여진족이 거주해왔지만 조선 초 태조가 이 지역을 경략한 후 대대로 조선에 조공을 해왔다. 임진왜란 이후 15세기 말에 누루하치를 중심으로 한 여진족의 세력이 커져서 만주 일대를 차지하고 후금(後金)을 건국한 후 이어서 국호를 청(淸)으로 바꿨다. 정묘호란 후 청은 조선을 형제국으로 삼고 두 나라 사이의 국경선을 설정하였으나 그 경계선이 명확하지 않았다. 병자호란(丙子胡亂) 이후 1638년에는 압록강 하류의 남반에서 고려문을 거쳐 애양 변문 · 성창무 · 왕청 변문에 이르기까지 방비선을 설치해 이 일대를 민간의 출입을 금지하는 국경대(國境帶)로 정하고, 종래의 국경대를 포함한 만주 일대를 봉금(封禁)지대로 선포하였다고 한다.

이때 청나라가 양국의 국경선을 명확히 할 것을 조선에 요구하자, 국경선 확정차 1712년(숙종 38년) 청나라는 목극등(穆克登)을 변계사정관으로 파견하였으며 조선에서는 접반사 박권과 함경도 관찰사 이선부를 내세워 목극등 일행과 같이 국경을 심사하고 백두산정계비(白頭山定界碑)를 세웠다고 하는데. 그 원문은 다음과 같다.

大淸, 烏喇總管 穆克登
奉旨査邊 至此審視
西爲鴨綠 東爲土門

故於分水領上 靭石爲記,

康熙五十一年五月十五日

이때부터 만주 일대는 압록강(鴨綠江)과 토문강(土門江)으로 국경이 정하여졌다. 백두산정계비가 세워지고 고종 초에 이르기까지 160여 년간 한·청 양국 간에는 봉금 지역 내에서 별다른 분쟁이 발생하지 않았다고 하나, 1909년 일제가 비밀리에 간도를 중국에 넘긴 것을 우리는 인정할 수 없고, 독립국가이자 통일국가로서 우리는 간도 영유권 문제에 적극 대응해야 한다.

(3) 문명사의 왜곡문제, 요하문명론

세계사는 지금까지 인류 최고(最古)의 문명의 하나로 동양의 황하문명을 들고 있다. 그러다가 최근 들어 요하 일대에서 황하문명을 월등히 앞선 홍산 문화 또는 요하문명(遼河文明)의 유적이 발견되면서, 중국은 종전의 황하 문명과 다른 요하문명을 중국 문명의 시원(始原)으로 시도하고 있다 한다.

이하는 우실하의 『동북공정 너머 요하문명론』(소나무, 2007)에서 인용한 글이다. 이 책에 의하면 중국은 21세기 대중화주의 건설을 위해 오래전부터 국가전략을 준비해왔다. 이는 하상주 단대공정(夏商周斷代工程) → 중국 고대문명 탐원공정(中國古代文明探源工程) → 동북공정으로 이어지는 일련의 역사 관련 공정을 준비해왔으며, 이것은 중국이 요하문명론을 제기하기 위한 것이다.

요하문명론은 (1) 만주지역의 서쪽인 요서지방과 요하일대를 중화문명의 시발점으로 잡고, (2) 신화와 전설시대부터 이곳이 황제(黃帝)의 영역이었으며, (3) 요서지역 신석기 문화의 꽃인 홍산 문화 주도세력들은 황제의 후예들이고, (4) 요하 일대에서 발원한 모든 고대민족과 역사가 중화민족의 일부이고 중국사이며, (5) 요하 일대의 홍산문화만기(紅山文化晚期, 기원전 3500~3000년)부터 이미 초기 국가단계에 진입한 거대한 요하 문명이 자리 잡고 있다는 것이다.

중국의 주장대로 요하문명이 정리되면 (1) 이 지역에서 발원한 예·맥족 등이 모두 중화민족의 일부이고, (2) 이 지역에서 기원한 예·맥족은 물론 단군, 주몽 등 한국사의 주요 인물들은 모두 황제(黃帝)의 후손이며, (3) 한국의 역사·문화 전체가 중국의 방계 역사·문화로 전락한다는 점에 주목해야 한다.

이렇게 중국이 황하문명와 다른 동이족(東夷族)의 문명을 왜곡하는 것은 단순한 역사문제가 아니라, 인류 역사, 지성의 모독이 되므로 강력하게 대응해야 한다.

5) 우리의 대응방안

(1) 새로운 역사교육 등 대응방안 모색

최근 역사극 주몽, 연개소문, 대조영 등 고대 우리의 북방 역사를 다룬 연속극이 인기를 얻고 있다. 우리는 이러한 드라마의 인기에 대해 기뻐하기보다 먼저 우리의 역사인식에 잘못이 없는지부터 살펴야 한다.

과연 중국의 의도가 무엇일까.

북한이 붕괴되어 남북통일이 되는 상황이 오면, 중국군이 북한에 진주할 명분을 얻기 위한 것인지, 2018년 백두산(중국명 장백산)에 동계 올림픽을 유치하는 데 도움을 받겠다는 것인지, 간도의 영유권을 고착화하려는 것인지, 그곳 조선족에 대한 대응책인지 등을 소상히 살펴보아야 한다.

이것은 역사학, 헌법·국제법, 정치, 경제학 등 많은 분야의 학제적 연구가 필요한 방대한 연구과제이며, 모든 국민의 역사인식 제고와 진실 알기를 위해 총체적으로 대응해야 할 과제이다.

역사 교과서를 바로잡고, 정확하게 역사 교육을 시켜야 한다. 일제시대 식민사학(植民史學)에 기초한 기존의 역사책을 진실한 역사로 바꾸어야 하고, 우리에게 각인된 반도사관(半島史觀)을 떨치고 진정한 대륙의 역사를 가르치고 배워야 한다. 이를 위해 한중일 삼국의 역사 교과서를 공동 집필하는 작업은 의미 있는 일이라 할 것이다.

한중일이 함께 만든 동아시아 3국의 근현대사인『미래를 여는 역사』(한겨레출판, 2006년)는 서문에서 '아름다운 세상을 만들자'며, 19~20세기에 한국, 중국, 일본 세 나라는 침략과 전쟁, 인권 억압 등 씻기 어려운 상처들로 얼룩져왔다고 이야기한다. 또 지나간 시대에도 긍정적 면이 있지만, 앞으로 잘못을 철저히 반성하고 평화와 민주주의, 인권이 보장되는 동아시아의 미래를 개척하자는 취지로 3국이 함께 사용할 교과서를 만들었다고 쓰고 있다.

최근 우실하는『동북공정 너머 요하문명론』(소나무, 2007)에서, 요하문명·동북아문명을 동북아시아 공동의 문명권으로 가꾸자고 제안하여, 한중일 3국 간의 문제에 대해서 다음과 같이 기술하고 있다.

한중 간에는 동북공정 등 역사왜곡 문제, 이어도, 간도 영유권 문제가 있고, 한일 간에는 신사참배, 독도영유권, 종군위안부 문제가 있으며, 중일 간에도 신사참배 문제, 조어도(釣魚島) 영유권 문제, 종군위안부 문제가 있다. 이에 대해 유럽 국가들이 에게 문명을 그들의 공동 문명으로 삼듯이, 앞으로 '흐름과 교류'의 역사관과 '열린 민족주의'를 동북아 국가들이 공유하고, '요하 문명' 또는 '동북아 문명'을 동북아시아 공동의 문명권으로 하여 '동방 르네상스'를 이루자.

(2) 헌법상 영토 조항 개정(통일헌법에 반영)

국가는 영토, 주권, 국민의 3 요소로 구성된다. 영토는 그 국가가 독자적으로 지배하는 영역을, 국민은 그 국가를 구성하는 인적 요소를 의미한다. 국가영역은 영토, 영수, 영공으로 구성되며, 국가가 영역을 취득하는 근거를 영역권원으로 할 때, 전통적으로 인정된 권원(權原)으로 자연적 변경, 선점, 할양, 정복, 시효 등이 있다.

과거 제국주의 시대에는 선점, 정복이라는 이름으로 국가영역을 확보하였고, 우리의 경우에도 영토 문제인 독도, 간도문제는 헌법과 국제법에 관련된다.

그러나 우리나라 영토에 대해 헌법 제3조는 한반도와 그 부속도서로 영토를 기술하고 있다. 현재 실제로 대한민국의 주권이 미치는 지역은 남한지역으로, 북한지역은 북한정권이 차지하고 있고, 우리가 옛 땅이라고 주장하는 중국의 동북지역은 20세기 이래 중국의 실효적 지배가 이어지고 있다. 남북 분단으로 우리와 중국은 직접 국경을 맞대고 있지 않다.

참으로, 역사문제에 대한 진실은 알기 어렵다. 역사는 항상 큰 나라, 힘이 센 나라가 주장하는 것이 법이고, 진리라는 경향이 있다. 과거 역사를 빌미잡아 국수주의적인 애국논리로 주장하는 것도 곤란하지만, 엄연한 진실을 왜곡하면서까지 국가주권 논의를 하는 것도 지구촌이 하나로 세계화된 여건과 맞지 않다고 본다.

역사, 영토 문제를 따지는 것은 역사적으로 우리 땅이었으니 이를 돌려받아야 한다거나, 우리 국력이 커지면 강제로 탈환하겠다는 것이 아니라, 과거사는 역사대로 정확히 알고, 미래적으로 활용하자는 것이다.

그러나 어느 한쪽이 불순한 의도를 갖고 있는데, 순진하게 학술 연구나, 어떤 개인의 일로 여겨서도 안 된다고 생각한다. 현행 헌법의 영토 조항(제3조)에 "대한민국의 영토는 한반도와 그 부속도서로 한다."고 규정하고 있는데, 반만년 우리 역사상 우리가 우리 강역을 한반도라 표현한 적은 결코 없었다고 한다.

한반도(韓半島)란 말은 일제가 소위 내지(內地)와 조선반도, 만주국을 구분하기 위해 사용한 말이다. 1919년 상해임시정부 헌법은 우리 영토를 고유의 판도라 하였고, 우리 제헌국회에서도 헌법 제정 시 조선반도 또는 한반도는 일본이 만든 말인 만큼 '대한민국의 영토는 고유한 판도로 하자'는 주장이 있어, 이를 논의하였다는 기록이 있다.

따라서 통일헌법에서는 영토 조항을 '한반도와 그 부속도서'가 아니라 '역사상 인정된 고유의 영토'로 개정해야 한다. 특히 남북통일을 맞아 제정될 통일헌법에서 반드시 영토 조항을 개정, 우리 민족의 과거를 바로 알고 미래에 대해서도 바른 청사진을 제시해야 할 것이다.

(3) 영토 문제의 국제법상 해결 모색

최근 우리는 영토 분쟁에 휩싸여 있다. 우리를 둘러싼 영토 문제로는 동북공정 문제 외에도, 독도(獨島), 이어도 문제가 부각되고 있다.

독도 문제는 일본이 1905년 독도를 자국 영토로 편입하였다는 것과 2005년 일본 시마네현이 다시 독도에 대한 영유권을 주장하면서 죽도(竹島, 다케시마)라고 주장하는 데서 비롯된다. 일본은,

① 독도는 일본의 고유영토이다.

－일본 고지도와 고서에 독도에 대한 언급이 많으며, 도쿠가와 막부시대인 1656년 일본인이 막부로부터 독도에 대한 독점 경영권을 얻었다는 것.

② 1905년 독도 편입을 한국 측에서 묵인하였다.

③ 1905년 당시 무주지였던 독도를 일본이 선점하였다.

라고 주장하고 있다.

이에 대해 살펴보면, 1905년 당시에 한국정부는 일본이 추천한 외교고문에 의해 사실상 외교권이 제한되어 있었고, 일본의 주권 행사는 제국주의적 폭력과 강제였으며, 선점이 1905년 당시 동북아시아 지역의 권원의 법이었는지 의문이다. 한편 독도는 제2차 세계대전 후 일본으로 분리되는 영역에 포함되지 않았고, 전후 일본과 연합국 간에 체결된 샌프란시스코 평화협정에도 구체적으로 명시되지 않은 것이 분쟁의 씨앗이라 한다.

간도문제는 간도 지역의 국경선을 정하기 위하여 강희(康熙) 51년 (1712)에 조선 정부와 청나라 정부가 합의하여 세운 국경조약인 정계비의 해석이 그 초점이다. 이 비에는 '서쪽은 압록강을 경계로 하고, 동쪽은 토문강을 경계로 한다(東爲土門)'고 적고 있다. 그 후 오랫동안 사람의 출입이 금지되던 간도 지역에 출입이 허용되면서, 청나라인과 한국인 거주가 증가하여 충돌이 빈발하자 이 지역의 경계를 둘러싸고 분쟁이 발생하게 되었다.

청나라는 정계비의 토문(土門)이 두만강의 별칭인 도문(圖們)이라 하고, 한국은 송화강의 지류인 토문강(土門江)이라 주장하였다. 그 후 한국의 외교권이 일본으로 넘어가자, 일본은 만주지역에서 다른 이권을 받으면서 토문(土門)을 두만강(豆滿江)의 별칭인 도문(圖們)으로 한다는 간도협약을 청나라와 사이에 비밀리에 1909년에 체결하였다.

이에 대해 일본에 의해 체결된 간도협약은 국제법상 한국에 대해 효력이 없으므로 한국과 중국 간 백두산정계비의 해석은 다시 논의되어야 한다고 할 수 있다.

① 1909년 당시 외교권은 일본에 위탁했지만 대한제국은 여전히 존재하고 있어 설사 외교권의 위탁이 영토의 처분권까지 위탁하였다는 의미가 아니다. 영토의 처분을 일본에 위탁한 어떠한 문서도 존재하지 않으므로 일본이 한국의 영토를 처분한 행위는 권한을 넘는 행위로서 무효이다.

② 제3국에 의무를 부과하거나 불이익을 주는 행위는 제3국의 명시적 동의 없이는 제3국에 구속력을 가지지 못한다. 간도협약이 중국과 일본 사이에는 유효한지 몰라도 한국에 대해서는 구속력이 없다는 것이다.

김한규는 『근대의 국경, 역사의 변경』(비교문화역사연구소, 2004) '제8장 중국과 중화인민공화국의 사이(요동과 티베트 역사공동체의 역사적 위상)'의 글에서 중국은 역사적 경험과 역사의식을 공유하는 공동체로서 역사공동체이며, 중화인민공화국은 국가의 이름이며, 중국인들은 중국과 중화인민공화국 사이를 변강(邊疆)이라 부른다고 한다.

또 요동은 조선(朝鮮), 고구려(高句麗), 발해(渤海), 요(遼), 금(金), 원(元), 청(青)등 여러 나라의 발원지로서 티베트와 더불어 중국과 중화인민공화국의 사이를 대표하는 범주로서 티베트 논쟁과 고구려사 논쟁이라는 문제를 제기하고 있다고 한다.

6) 맺는 말

우리는 글로벌 시대에서 이웃을 항상 드나들고 있고, 모든 정보가 실시간으로 인터넷 등 매체를 통해 공개, 전파되는 지식정보화 시대에 살고 있다.

영토 문제를 유리하게 하고자 역사를 왜곡하여 정치 · 경제적 수단으로 사용하는 것은 매우 치졸한 것 같다. 한편, 우리가 단일민족이라고 주장하는 것이 역사적으로 타당한지도 의문이다. 국제결혼이 매년 10%를 넘는 현실에서 단일민족개념이 타당한지, 스스로를 가두는 폐쇄적 사고가 아닌지 의문이다. 지금 우리가 바라는 것은 과거가 아니라 미래이므로, 항상 열린 마음으로 역사를 정확히 기술하고, 코스모폴리탄적 자세로 임해야 할 것이다.

지금 중국의 동북공정에 적절하게 대응한다면, 앞으로 인접국가, 역사를 같이 하는 국가들이 서로 공동번영을 위하여 노력하여 모두가 승리하는 공존의 길(win-win)을 찾을 수 있다.

먼 옛날 중국의 은(殷)나라가 동이족이라는 설이 있고, 우리 축구응원단 '붉은 악마'의 문장에 사용된 치우는 동이족의 조상이라는 등, 동북아시아의 고대사는 모두 우리의 역사와 뗄 수 없는 관계이다. 일본도 2세기 내지 6세기 중 한반도와 중국에서 건너간 도래인(渡來人)이 전 인구의 70~80%에 이르고, 일본 천황이 백제계라고 하는 등 역사적으로 우리나라와 접촉, 상호 발전해온 역사를 갖고 있다.

동아시아의 밝은 미래를 위해, 우리는 남북한이 공동으로 중국의 동북공정에 정확하게 대응하고, 진실한 역사를 함께 찾아내고 가르쳐야 한다. 한중일이 함께 노력해야 할 시점이다.

우리가 학창시절 배운 모든 역사들이 일본의 식민사학으로 오염되어 우리의 역사 보는 눈이 부당하게 쪼그라들어 있다. 먼저 객관적 사실에 입각해서 동아시아 역사를 기록하고 이를 가르치자. 우리의 자긍심부터 키워야 된다. 중국어와 한자 교육이 필요하다. 우리말 어휘의 많은 부분이 한자에서 넘어와 있고, 중국은 좋든 싫든 우리와 가장 가까운 이웃이기 때문이다. 남을 알아야 협력을 하든 경쟁을 하든 할 것이기 때문이다.

이러한 동북공정은 중국, 한국은 물론 이 지역 모든 국가의 국제적 역학관계와 남북통일에 큰 영향을 미치고, 경제적, 문화적 의미를 갖는 중대 문제이므로 적절한 대응이 시급한 과제라고 생각한다.

2. 소비자정책에 대한 유감

　* 2008년 신정부 출범과 함께 정부조직이 개편되어, 공정거래위원회에 재경부
의 소비자정책이 이관되었다. 내가 2002년 9월부터 2004년 11월까지 재정경제부
에서 소비자정책과장을 지내는 동안, 법개정과 소비자정책 이관문제에 관한 공청
회가 개최되었는데, 그 경과를 기록해 놓으려 한다.

1) 개요

　이번 정부가 시작되면서 재경부의 후신인 기획재정부의 소비자정책
담당부서가 폐지되고, 그 기능이 공정거래위원회로 이관되었다. 십수
년 논의된 여러 고민이 심층적 논의도 거치지 않은 채 결정이 이루어진
것 같아 씁쓸하다.
　지금도 나는 소비자정책은 단순한 기업 감시나 소비자보호차원이 아
니라 소비자 안전, 정보제공, 소비자 교육 등 광범위한 분야를 다루며
정부 내 여러 부처가 나누어 하는 종합정책인데, 기업을 대상으로 규제
업무를 담당하는 공정위가 소비자정책을 총괄하는 것은 올바른 판단이
아니라고 믿는다.

2) 공정거래위원회와 소비자정책

소비는 경제 현상의 두 축, 즉 생산, 소비 중 한 축이다. 다양한 소비 현상을 정부가 규제하는 시각은 자유민주주의, 자본주의 시장경제에 맞지 않는다. 모든 소비자문제는 개개인의 일상생활 그 자체이므로, 이것은 원칙적으로 스스로 해결하거나, 필요하다면 민간 소비자단체의 도움을 받거나, 사법(私法)의 영역으로 남아야 한다. 과도하게 소비자 문제를 고려하면 생산, 경제 자체에 악영향을 끼치게 된다.

이번에 정부조직이 개편되면서, 소비자정책을 기업규제를 담당하는 경제 검찰이라는 공정위에서 총괄하도록 하는 것은 전례가 없는 일이고 규제주의적 시각이라고 나는 생각한다.

그동안 우리나라 공정위는 자기들이 미국의 FTC와 유사하다고 주장해왔다. 미국의 연방거래위원회(FTC)가 소비자문제를 담당하고 있고, 우리 공정위도 소비자문제를 담당하여 기능이 유사하다고 하는 것은 무지(無知)의 소치이다. 미국은 기본적으로 각 주의 법체계가 달라 연방 차원에서 주(州)간 상사거래를 조정하기 위해 연방기관인 연방거래위원회(Federal Trade Commission)가 필요하고, 연방 차원에서 공정거래와 주(州)에 공통되는 공동 소비자문제를 관장하는 것이다.

우리나라 공정거래위원회도 영문 약칭은 FTC이긴 하나 이는 미국과 같은 연방 거래가 아니라 공정거래, 독점규제 등 기업 간 문제를 다루는 공정거래위원회(Fair Trade Commission)이다. 기업 관련 업무를 다루며 제재를 담당하는 기관이 전혀 정책 영역이 상이한 소비자정책을 총괄하도록 갑자기 변경된 것이 안타깝다.

이 사안은 십 수년 동안 수차례 문제가 제기되고, 전문가가 모인 공청회에서도 결론을 내리지 못하였는데, 정부 초기 정부조직 개편에 이 사안이 포함된 것은 썩 잘된 일이 아니다.

3) 소비자정책의 본질

소비자정책은 경제정책, 산업정책, 사회정책이 혼합된 복잡한 양상을 지닌다. 현재 소비자기본법(과거의 소비자보호법도 유사하였다)을 보면, 소비자정책은 소비자정책위원회에서 심의하도록 되어 있는데, 여기에는 정부 각 부처 장관뿐 아니라, 소비자 대표, 생산자 대표 등 여러 명이 참가하도록 되어 있다.

한편, 외국에는 소비자라는 명칭이 부처 명에 들어가 장관급 기구로 되어 있는 경우가 있고, 일본은 총리 직속의 소비자정책회의에서 소비자정책을 다루고, 총리 직속의 내각부가 이를 뒷받침하고 있다.

내가 소비자정책과장을 맡았을 때, 당시의 법 체제는 소비자보호법, 한국소비자보호원 등 '소비자보호(consumer protection)'라는 컨셉에 기초를 두고 있었다. 그런데 나는 재임 중 지금 시행되고 있는 소비자기본법을 만들고, 한국소비자보호원을 한국소비자원으로 바꾸는 등 '소비자 보호'를 '소비자 주권(consumer sovereignty)' 개념으로 바꾸는 기초를 설정하고 여러 가지 정책적 기여를 한 바 있다.

소비자 주권이란 소비자가 단순히 권리를 주장하는 것이 아니다. 소비자는 권리를 주장하면서 책무를 부담하므로 권리와 책무가 복합된

개념이다. 언론 등에서 자주 논의되는 소비자문제는 값싸고 질 좋은 상품이나 서비스, 제대로 알 권리(소비자 정보), 안전한 먹거리 등 소비자 안전, 소비자 불만의 신속한 처리 및 보상 등이다.

자유시장경제에서 가격은 수요와 공급에 의해 결정되고, 자원의 희소성에 따라 상품이나 서비스 수준은 생산자·판매자가 시장가격(또는 상품이나 서비스의 질에 따라 가격이 결정되기도 한다)에 따라 공급하거나 스스로 이윤을 부가한 가격을 책정하기도 하고, 품질은 현재 기술 수준, 국내 경쟁업체, 특히 최근에는 수입품이 늘어나 외국(우리나라의 경우 중국 등) 경쟁업체의 수입품과 비교하게 된다.

만일 관계 당국이나 민간 소비자단체가 지나치게 소비자 권리만을 강조할 경우, 소비자문제에 지친 생산자가 생산을 기피하거나, 품질 향상에 맞는 가격 인상을 꾀하기도 하지만, 당시의 기술 수준 등에 따라서는 일정 부분의 소비자문제에는 해결할 수 없는 경우가 생겨날 수 있다.

어느 사회의 소비자문제이든 반대쪽에는 생산자문제, 산업정책의 문제를 낳고 있으므로 결국 동전의 앞뒷면인 동어반복(同語反覆)이라 할 수 있다. 그런 점에서 소비자정책은 생산자정책과 연계하여 조화로운 해결이 필요한 과제인 셈이다.

4) 소비자정책 총괄기능 이관문제

참여정부에서는 소비자정책의 총괄권과 한국소비자보호원(현재의 한국소비자원)의 감독권은 재경부에, 소비자정책은 당시 경제부총리이자 재경부장관이 위원장인 소비자정책심의위원회에서 담당하도록 되어 있었다. 재정경제부에는 소비자정책과가, 공정거래위원회에 국 단위인 소비자보호국, 공정위 지방사무소에 소비자보호과가 있었는데, 공정위는 표시광고, 약관규제업무 등 기업에 관한 감시와 규제업무를 담당하는 기구였다.

지금도 많은 정부부처에서 소비자문제를 담당한다. 예를 들어 농수산물 소비자문제는 농림부, 식약청이, 금융부문 소비자문제는 금융위, 금감원이, 법률관련 소비자문제는 법무부가 담당하는 등 정부 내 거의 모든 부처가 소비자문제를 담당하고 있다.

그런데, 공정거래위원회는 내가 재임하기 전 십수년 전부터 줄곧 재경부와 공정위의 소비자정책기능이 중복된다고 주장하면서 문제를 제기해 왔고, 이에 대한 비생산적인 논란을 일으켰다가 그때마다 흐지부지 되었다.

참여정부에서 정부 혁신과 지방분권 업무를 담당하던 정부혁신지방분권위원회는 소비자정책과 한국소비자보호원(이하 소보원) 관할권을 공정위로 넘기라는 논의를 한 바 있다. 당시 공정거래위원회는 이 문제가 십수 년의 숙원 사업이고 공정위의 조직 및 위상강화 등 여러 현안을 해결할 대안으로 여겨, 총력으로 대처한 것으로 짐작된다.

당시 재정경제부에서는 부총리, 차관은커녕 경제정책국장마저 이 문제에 관심을 두지 않아, 모든 사항을 과장 차원에서 해결해야 했다. 요약해보면, 재경부는 윗사람의 관심이 거의 없는 반면, 공정위는 관련학자, 전문가를 간부급이 맨투맨으로 접촉하는 등 총력을 다했다고 기억한다.

당시 담당과장으로는 사면초가였다. 심지어 공정위가 과거에 재경부에 호의적이던 민간소비자단체를 구워삶았는지 정부혁신지방분권위원회가 2004년 10월 개최한 공청회에서 소비자단체는 "재경부가 소비자문제에 너무 무관심하고, 부총리는 너무 바쁘니 소비자정책은 공정위에 이관하는 것이 필요하다"라고 주장하면서, "재경부가 기껏 1년에 2~3회 소비자정책심의위원회를 여는데 소비자정책에 관심이나 있느냐?"고 나를 공격해 왔다.

이미 전세가 기울어진 공청회 말미에 나는 겨우 발언권을 얻어 소비자단체 대표에게 "소비자단체가 그렇게 소비자정책에 관심이 많다면 그동안 여러 회의에 매번 참석하면서도, 왜 한 번도 안건을 제출하지 않았느냐?" 하였다. 또 공정위에는 "소비자 교육, 소비자 안전, 소비자 국제협력, 금융 소비자문제 등 소비자 관련 여러 현안 가운데, 표시광고, 약관규제 등 기업관련 규제업무만 담당하는 공정위가 정부의 거의 모든 부처에 속한 소비자정책을 어떻게 총괄할 수 있느냐"는 점을 지적했다.

이로서 당시 공청회는 미리 예정된 결론인 '공정위로의 이관'이라는 결론을 내지 못하고 산회되었다. 그날 우리 과 직원들은 외로운 저녁식사를 하며, 앞날을 걱정하였다. 그 후 나는 2004년 11월 11일자로 소비자정책과장직을 민간에서 선임된 여성 과장에게 넘겨주었다.

그 후 내가 추진하던 법 개정 문제와 소보원을 한국소비자원으로 개편하고 소비자 안전을 강화하는 문제 등은 다음과 같이 처리되었다고 한다. 내가 물러난 사이에 적당한 선에서 타협을 본 것 같다. 개정법인 소비자기본법에 소비자정책의 최고 심의기관인 소비자정책위원회의

간사는 재경부, 공정위 공동으로, 한국소비자보호원에서 전환된 한국
소비자원의 관할권은 공정위로 이관하였다.

5) 소비자정책에 대한 시각

소비자정책은 먼저 경제정책이다. 그러나 소비자정책은 경제 분야를
뛰어넘는 사회, 문화, 교육, 환경 등 인간 생활 전반에 걸친 영역이다.
소비자문제는 인류가 해결해야 할 문제 바로 그 자체인 것이다. 인간의
생존에 필요한 재화와 서비스의 공급과 소비는 첫째는 생존의 문제로,
둘째는 생활의 문제로 인간에게 영향을 미친다.

결국, 소비자정책이 기업 정책의 일환으로 취급되거나, 단순한 경제
정책으로 취급되거나, 기업에 대한 소비자 주권 강조, 소비자의 권리를
찾기 위한 정책으로 취급되어서는 안 된다. 생활 자체의 풍요를 얻기
위해서는 합리적 소비행동이 뒤따라야 하고, 인간의 욕구 중 저급의 욕
구인 생리적 욕구를 뛰어넘는 안전, 자아실현의 욕구를 충족하기 위해
서도 선진형 소비문화가 구축되어야 한다.

개별 소비자문제는 사실상 정부가 관여하여서는 아니 되고, 비용 효
과 면에서도 관여하기 곤란한 부문으로서 정부가 관여하는 경우 투입
비용에 비해 효과가 의문시되는 회색지대(grey area)이기도 하다. 그래
서 이 부분에는 자발적 단체로서 소비자단체나 여성단체들이 활동하고
있고, 우리 헌법도 소비자의 단결권과 소비자보호운동에 대한 근거를
두고 있다.

헌법 제124조(소비자보호) 국가는 건전한 소비행위를 계도하고 생산품의 품질향상을 촉구하기 위한 소비자보호운동을 법률이 정하는 바에 의하여 보장한다.

한편, 현재는 지구촌 시대로서 우리는 전 세계에서 상품과 서비스를 구매한다. 만일 소비자문제를 국내적으로 한정할 경우 기업에 대한 규제나 각종 지침으로 할 수 있을지 모르지만 소비자문제는 이미 global standard에 의거 진행되고 있다. 외국으로부터 물밀 듯 밀려오는 수입품의 홍수 속에 우리 소비자는 잘 교육받고 필요한 정보를 알 수 있어야 하며, 문제가 있으면 해결할 수단을 가져야 한다. 이 부분에는 민간부문의 역할이 요구된다. 개인의 하나하나의 행위가 소비행동인데 이에 대해 국가가 후견할 수는 없는 일이기 때문이다.

한편, 외국에 개방된 영역에 대해서는 정부가 나서기보다 민간의 자율적 기능에 맡기는 것이 통상 마찰의 우려가 적어져 유리하다. 이런 점에서 우리는 민간 영역의 소비자운동을 적극 장려해야 한다. 최근 문제되는 미국산 쇠고기 등 먹거리 문제를 정부규제로 해결하기는 곤란하다. 이 문제도 소비자가 스스로 판단하도록 정부는 정확한 정보제공, 올바른 교육, 소비자 불만 발생 시 처리방안을 마련하여 해결하는 것이 바람직하다.

모든 정책은 한 면으로는 공급부문, 생산자에 대한 정책이면서 다른 면에서는 소비자부문의 정책으로, 모든 경우에 양면의 대책이 필요하다. 정부가 소비자정책을 기업규제 차원으로 보는 것은 공급 차원에서만 주택정책을 펴거나, 금융회사만을 상대로 한 금융정책을 하는 것과 유사하다.

　이런 차원에서 소비자정책이 폭넓은 정책 대상이라는 점에서 일본과 같이 소비자정책의 위상을 강화해야 한다고 생각한다. 즉 소비자정책 위원회를 대통령이나 국무총리가 위원장이 되는 위원회로 바꾸고, 정부의 소비자정책을 실무적으로 지원하는 한국소비자원도 이에 걸맞은 지위를 가져야 한다고 생각한다.

3. 헌법과 병역의무

1) 헌법재판소의 경험

나는 헌법재판소에 병역의무 이행과 관련된 불합리한 대우를 시정 받고자 헌법소원을 제기하여, 각하 판결을 받은 적이 있다. 내가 당사 자로서 제기한 사건은 91헌마25사건으로 1992년 2월 26일자 헌법재판 소 전원재판부 결정이 있었다.

그래도 내 사건 이후 총무처가 제대 군인에 대한 불합리한 조항들을 고쳐서 비슷한 처지의 후배 공무원에게 도움이 되었다고 들었다.

헌법재판소 판례를 검색해보니, 옛날 검색 시에는 내 이름 석 자가 그대로 나와 있다가, 나의 명예 및 privacy 보호차원에서 그랬는지 내 이름 석 자 중 가운데가 ○인 '신○수'가 되어 있으니, 원래 인생이 공 (空)인데, 이름도 ○이 되어 있으니 묘한 느낌이 든다.

2) 법무부의 『한국인의 법과 생활』을 읽고

법무부에서 2007년 2월 발간한 『한국인의 법과 생활』이라는 책자를 보게 되었다. 이 책은 법무부가 전 국민을 대상으로 법과 법제도의 의

의와 가치, 실생활에 필요한 법적 지식을 알리고자 맞춤형 교재를 개발한 것이어서 아주 좋은 시도라 느껴진다.

이 책 첫머리는 '법과 제도'이고 먼저 '법이란 무엇인가'라는 법철학적 주제로 작은 제목을 달아놓았다. 사회는 '법의 지배(rule of law)' 위에서만 유지, 존속될 수 있다고 기술하고 있다.

이 책은 "시간과 장소를 초월하여 모든 사회에 적용될 수 있는 법과 관련된 격언을 하나 고른다면 그것은 아마도 '사회가 있는 곳에 법이 있다'라는 격언일 것이다."라고 시작한다. 그리고 영국 철학자 로크의 말로서 '자신의 권리를 보다 효율적으로 누릴 수 있기 위해서는 법과 정부가 필요하다'는 말도 인용해놓았다. 다음으로 '법제도가 하는 일'이라는 소제목에는 분쟁의 해결, 질서의 유지, 공익의 추구, 정의와 인권의 수호라는 4가지 역할을 법의 기본원리로 기술하고 있고, 비례의 원칙, 적법절차 원칙, 죄형법정주의, 신의성실의 원칙, 권리남용 금지의 원칙에 대해서도 기술하고 있다.

그러나 인생살이와 20여 년 공직 생활의 경험으로는 원래 사회는 법의 지배, 법치주의를 근간으로 하지만, 때로는 법에 앞서는 일들이 없지 않다는 것이다. 그래서 법이 상식에 미치지 못하는 경우도 있으니, 보다 일반적 격언으로 '예외 없는 법칙 없다', '법과 판결은 사회변화와 필요에 따라 변할 수 있다'는 상식도 기술해주어야 오해가 없지 않을까 생각해본다.

3) 병역의무와 평등원칙

우리나라 헌법은 다음과 같이 규정하고 있다.

헌법 제39조(병역의 의무) ① 모든 국민은 법률이 정하는 바에 의하여 국방의 의무를 진다. ② 누구든지 병역의무의 이행으로 인하여 불이익한 처우를 받지 아니한다.

최근 병역의무 이행과 관련하여 종교적 이유 등에 따른 양심적 병역거부, 대체복무제도, 공무원시험에서의 군필자 가산점에 대한 판결 등이 이슈가 된 바 있다.

이것은 우리 사회에는 아직도 군대 가면 손해 본다는 부정적 인식이 있기 때문이다. 심지어 전직 노무현 대통령이 "군대 가면 썩는다"고 말을 해서 물의가 일어난 적도 있으니 말이다. 또 사회 지도층에 어떤 이유이든 병역의무를 제대로 하지 않은 사람이 있고, 국방의무가 외국의 사회지도층이 솔선수범한다는 '노블리스 오블리제(Noblesse Oblige)' 로서 승화되지 않고 있는 점에도 기인한다.

어느 여자대학에서 공직시험에서 군필자 가산점이 제대군인과 장애자, 여성을 비교 시 헌법상 비례원칙에 위배된다는 취지의 헌법소원을 내, 헌법재판소가 이를 인용하는 결정을 내렸다는데, 나는 이 점을 잘 이해할 수 없다.

헌법재판소 전원재판부 1999. 2. 23. 98헌마363
비례원칙에 위배되는 군복무 가산점 제도는 위헌이다.

(제대군인지원에관한법률 제8조 제1항 등 위헌 확인)

　　가산점제도의 주목적은 제대 군인이 군복무를 마친 후 빠른 기간 내에 일반사회로 복귀할 수 있도록 해주는 데에 있다. 이는 입법 정책적으로 얼마든지 가능하고, 또 매우 필요하다고 할 수 있으므로 입법 목적은 정당하다.

　　그런데 제대군인에 대하여 여러 가지 사회정책적 지원을 강구할 필요성이 있더라도, 그것이 공동체 내의 다른 집단에게 동등하게 보장되어야 할 균등한 기회 자체를 박탈하는 것이어서는 안 되는데, 가산점 제도는 공직 수행능력과는 아무런 합리적 관련성을 인정할 수 없는 성별 등을 기준으로 여성과 사회인 등의 사회진출기회를 박탈하는 것이므로, 정책 수단으로서의 적합성과 합리성을 상실한 것이다

　　또한 가산점제도가 추구하는 공익은 입법정책적 법익에 불과한 반면, 그로 인하여 침해되는 것은 헌법이 강력히 보호하고자 하는 고용상의 남녀평등, 장애인에 대한 차별금지라는 헌법적 가치이다. 그러므로 가산점 제도는 법의 균형성을 현저히 상실한 제도로서 위헌이다.

　　문외한(門外漢)이지만 여기서 인용한 평등과 비례의 원칙을 살펴본다. 우선 평등이란 '같은 것은 같게, 다른 것은 다르게' 취급하는 것인데, 남성과 여성, 정상인과 장애인의 차이는 당연하고 남성은 병역의무를, 여성은 모성보호를, 장애인은 장애인 보호를 받는데, 일정기간 군복무로 여성 또는 면제자 보다 공직 시험에서 불리한 제대 군인에게 합리적으로 대우하는 것이 당연하다고 본다. 마치 여성의 모성보호 기능

에 대해 남성에 비해 다른 조치를 하는 것과 같이 당연한 일이기 때문이다.

또한 헌법은 법체계상 가장 상위에 있는데, 헌법 제39조가 직접 규정한 '누구든지 병역의무이행으로 인하여 불이익한 처우를 받지 아니한다'는 규정도 이 결정문은 직접 위반하였다는 것이다. 다만, 법의 역할은 우선 질서 유지나 법적 안정성의 유지가 우선하므로, 개인의 특수한 사정, 즉 개별적, 구체적 정의보다 형식적 안정, 법적 안정성을 위해 다른 결정도 할 수 있다고 본다. 다만, 개별 사정에 대해서는 위로나 보전적 조치가 필요하고, 이를테면 가칭 '판결 등 피해자보호법'이라도 만들어야 된다고 생각한다.

현재 헌법재판소의 구성을 보면 재판관 9인이 모두 법률가로 구성되어 있다. 이에따라 지나치게 법의 형식논리에 얽매인 판단을 하고 있는 것이 아닌지 의문이다. 헌법문제는 단순한 법률문제가 아니고, 우리 생활 전반을 지배하는 정치, 사회, 문화, 이념에 대한 것이므로 적어도 재판관 중 반수는 비법률가가 참여해야 한다고 생각한다.

4. 우리 섬, 독도와 이어도

 -소설『동해』,『남해』,『독도왜란』을 읽고

1) 전쟁소설

나는 예전부터 전쟁영화나 소설을 좋아하였다. 고교 2학년 때 공부 대신, 학교 대표 사격선수로 뽑혀 한참 동안 태릉 사격장에서 헤매던 것이나, 군생활을 굳이 해병대를 택한 것이나, 한때 사관학교 진학을 생각했던 것이나 모두 이와 상통하는 바가 있다.

그런데 최근 갑자기, 독도나 이어도에 대한 신문 기사가 아주 많이 보도되어 이번 여름 휴가기간에 전에 사두었던 김경진의 『동해』(1998년 간), 진병관의 『남해』(2002년 간)라는 소설을 다시 집어 들고 읽어보았 다. 그러다가 10월에 해외연수를 가면서 인천공항에서 『독도왜란』 (2008년 간)이란 책도 사서 읽었다.

『동해』,『남해』는 해군 소설이자 잠수함에 대한 이야기들이라 현실감 이 없었고 내용이 어려웠지만 꽤 재미있었다. 또 단순한 소설이라기보 다 우리가 당면한 현실이란 생각도 들었다.

그들 소설가들은 너무나 정확하게 현재의 독도, 이어도 문제를 기술 하고 있었던 것이다. 1998년에 『동해』가 나왔는데, 만일 그때부터 해군 력을 키우고 있다 하여도 아직 몇 척도 건조하지 못했을 것이니 말이

다. 해군 함정 1척을 건조하는 데는 설계부터 실제 전투배치까지 적어
도 10년은 걸린다고 한다.

2) 우리의 현실

이제 KDX-3 구축함 사업으로 이지스함 한 척을 가진 것을 가지고
언론에서 동양 최고의 함정 운운한다. 바루 며칠 전에는 새로 이지스함
한 척을 진수하였다는 언론보도가 있었다. 세종대왕함과 율곡 이이함
등 두 척이다. 일본은 벌써 이지스함을 6~7척이나 가지고 있다. 우리는
잠수함을 탐지하는 대잠초계기(P3C)가 겨우 8대인데, 일본은 100대이
다. 독도에 분쟁이 일어나면 우리나라의 주력 공군기인 KF-16은 불과
몇 분밖에 독도 상공에 체공할 수 없다고 한다. 새로 도입한 40대에 불
과한 F-15K가 상당기간 체공할 수 있지만, 일본은 이와 유사한 성능인
F-15J나 이를 일본에서 면허 생산한 F-2기를 200여 대 이상 갖고 있다
고 한다.

우리의 해군참모총장은 언젠가 만일 독도에 분쟁이 일어나면, 우리
해군은 순식간에 일본 해군(현재 일본은 해군이 아니라 방어만 한다는 의미인
자위대(自衛隊)인데도 말이다)에게 궤멸당한다고 말했다.

신문 보도에서는 우리는 대형 상륙함인 독도함을 만들었고, 여기에
는 여러 대의 헬기를 탑재하여 공중침투(airborne)를 할 수 있다고 하는
데, 아직도 여기에 탑재할 헬기에 대해서는 아무런 계획도 없다고 한
다. 정말 끔찍한 일이다. 이것은 북한만을 상대로 육군에 국방비를 쏟

아 붓고, 해공군은 미국에 의존해온 국방정책의 잘못에서 비롯된 것이다. 흔히 우리는 삼면이 바다로 둘러싸인 반도국가라고 하지만, 실제 북쪽으로 막혀 있어 사실상 일본과 같은 섬나라이고 대외의존도가 끔찍하게 높은 나라인데도 지금까지 국방을 이 모양으로 하고 있으니 한심하다.

최근 소말리아에 해적이 출몰하면서, 우리도 해군함정을 파견하기로 했다는 보도가 있었다. 앞으로도 해군력 증강은 무척 중요한 과제이고, 우리의 생존권을 지키는 투자라고 생각한다.

독도에 대해서는 너무 많은 글들이 있어 생략하고, 최근 중국이 자기네 영토라 주장하는 이어도에 대해 살펴본다.

3) 이어도에 대한 생각

올 여름 제주도에 갈 기회가 있었다. 이때 국토의 최남단이라는 마라도에 가보았다. 제주도에 전설로 이어도가 있다고 전해 왔다고 하고, 나도 언젠가 이청준인가 하는 소설가가 쓴 『이어도』라는 소설을 읽은 것 같은데 그 내용은 잘 기억나지 않는다.

우리는 왜 이어도가 아닌 마라도를 국토 최남단이라 표현할까. 이야기에 앞서 일본은 어찌 하는지 살펴보자. 일본은 자기나라 주권이 미치는 동서남북을 정의하며 동쪽 끝인 미나미도리시마(南鳥島)가 무인도인데도 이를 도쿄도(東京都)의 일부라고 하는데 사실 그 섬은 미국령 괌에 가깝다고 한다. 한편, 서쪽 끝인 요나구니지마(与那國島)는 오키나와 현에 속하는데 타이완과 가까워 날씨가 좋은 날은 거기에서 타이완을 육안으로 볼 수 있다고 한다. 일본은 이뿐만 아니라 러시아가 실효적으로 지배하고 있는 북방 4개 섬까지 포함하여 동서남북으로 방대한 영해를 주장하고 있다.

우리는 이어도에 돈을 들여 인공 시설물을 해놓았고, 이곳을 실효적으로 지배하고 있다. 그런데 정부에서 우리 국민에게도 이곳을 최남단, 최서단이라 말하지 않고 오히려 마라도에 대해 '한국의 최남단도서인 마라도로부터……' 라고 말하고 있으니 안타깝다. 국립기관인 연구소 자료도 이곳을 우리 영토라 하지 않고, 해양자원이라 기술하고 있으니 더욱 그렇다.

:: 국립해양조사원의 이어도에 대한 기술

다음은 국립해양조사원 홈페이지에서 찾아본 이어도에 대한 기술이다. 이어도에 대한 소개글이 다음과 같이 되어 있다.

환상의 섬, 이어도

이어도는 제주도전설에 나오는 환상의 섬, 피안의 섬으로 알려져 있다.

이어도는 수중 암초로 해저광구 중 제4광구에 있는 우리나라 대륙붕의 일부이기도 하다. 앞으로 주변국들과 배타적 경제수역(EEZ) 확정 시 중간선 원칙에 따라 이어도는 대한한국의 해양 관할권에 있게 된다. 이어도의 가장 얕은 곳은 해수면 아래 약 4.6m이며, 수심 40m를 기준으로 할 경우 남북으로 약 600m, 동서로 약 750m에 이른다. 정상부를 기준으로 남쪽과 동쪽은 급경사를, 북쪽과 서쪽은 비교적 완만한 경사를 이루고 있다.

이어도는 제주도민의 전설에 나오는 환상의 섬, 피안의 섬으로 잘 알려져 있다. 전설에 의하면 이 섬을 보면 돌아올 수 없다는 말이 있는데, 이는 먼 옛날에 이곳에 와서 조업을 하다 파고가 10m 이상(수심의 2배 이상인 파도) 이상이 되면 이 섬이 보였고, 당시 어선으로는 그런 해상 상황에서 무사히 돌아갈 수 없었기 때문일 것이다.

이어도는 1900년 영국 상선인 소코트라(Socotra)호가 처음 발견하여 그 선박의 이름을 따서 국제적으로는 '소코트라 암초(Socotra Rock)'라 불리었다. 그리고 1910년 영국 해군 측량선 워터위치(Water Witch)호에 의해 수심 5.4m밖에 안 되는 암초로 확인 측량된 바 있다. 1938년 일본이 해저전선 중계시설과 등대시설을 설치할 목적으로 직경 15m, 수면 위로 35m에 달하는 콘크리트 인공 구조물을 설치할 계획이었으나 태평양 전쟁의 발발로 무산되고 말았다.

우리나라에서 이어도의 실재론이 처음 대두된 것은 1951년으로, 국토 규명사업을 벌이던 한국산악회와 해군이 공동으로 이어도 탐사에 나서 높은 파도와 싸우다 바다 속의 검은 바위를 눈으로만 확인하고 '대한민국 영토 이어도'라고 새긴 동판 표지를 수면 아래 암초에 가라앉히고 돌아왔다. 이어도 최초의 구조물은 1987년 해운항만청에서 설치한 이어도 등부표(선박항해에 위험한 곳임을 알리는 무인등대와 같은 역할을 하는 항로표지 부표)로써 그 당시 이 사실을 국제적으로 공표하였다.

이어도의 형상

이어도 정상부의 수심은 4.6m 이고, 주변은 굴곡이 매우 심하고 복잡한 해저지형 분포를 보인다. 정상부를 중심으로 북서 방향으로는 52m까지 급한 수심 변화가 있으며, 다시 50m로 높아지지만 비교적 경사가 완만한 지형변화를 보인다. 다시 정상부의 동남 방향으로는 수심 45m에서 수심 55m로 갑자기 낮아지는 급경사의 돌출암반이 분포한다.

이어도 정상 암체의 주변은 50m 등수심선을 기준으로 보면 남북으로 약 1.8km, 동서로 약 1.4km의 타원형의 분포를 보이며, 이 지역은 50m 수심선을 기준으로 약 2km²의 면적을 갖는다.

이어도 해양과학기지의 설치위치는 이어도 정봉으로부터 남쪽으로 약 700m 떨어진 곳에 설치되어 있으며, 수심은 41m이다.

국제법적인 고찰

새로운 국제해양질서를 정립하는 과정에서 과학기술의 발달에 따른 새로운 유형의 규제대상이 대두되었다. 이 중 대표적인 것이 인공도(人工島)를 포함한 해양구조물의 설치와 사용에 관한 것이었다.

국토가 좁은 반면 다양한 해양학적 특성을 지닌 광대한 해양을 접하고 있는 우리나라의 경우에는 연안해에서의 경제활동 영역 확장은 물론 근해에서의 과학적인 해양공간자원 활용 측면에서 인공도 및 해양구조물을 통한 해양활동이 기대된다.

이어도는 **한국의 최남단도서인 마라도로부터** 서남쪽으로 82해리(149km), 중국의 동도로부터 북동쪽으로 133해리(247km), 그리고 일본의 조도로부터 서쪽으로 149해리(276km)의 거리에 있다. 이어도는 1952

년 인접해양에 대한 주권을 선언한 평화선 선포수역 내에 있어 우리나라의 해양관할권에 속한다. 또 1970년에 제정된 해저광물자원개발법 상의 해저광구 중 제4 광구에 위치한 우리나라 대륙붕의 일부이기도 하다. 향후 등거리원칙에 따라 배타적 경제 수역을 설정하게 되는 경우에 이어도 수역은 한국 측에 위치하게 된다.

이어도는 자연히 형성된 것이나 항시 수면 하에 있는 암초로서 도서 또는 저조고지의 지위를 인정받을 수 없는 것으로 판단된다. 즉, 이어도는 고조시에는 물론 저조시에도 수면 위로 돌출하지 않는 암초로서 그 존재를 이유로 어떠한 해양관할권의 주장도 불가능하다.

또한 이어도에 인공도 또는 해양구조물을 설치하더라도 영해를 가질 수 없으며, 그 존재로서 영해, 배타적 경제수역 또는 대륙붕의 경계획정에 영향을 미치지 못할 것이다. 다만 해양구조물의 외연으로부터 500m까지의 안전수역을 설정할 수 있다.

배타적 경제수역에서는 경제적 목적인지 아닌지를 불문하고 해상도시, 해상공항 등의 모든 목적의 인공도와 천연자원의 탐사, 개발, 보존, 관리와 경제적 개발 그리고 그 법의 경제적 목적을 위한 시설 및 구조물의 설치에 대하여 연안국이 배타적 권리를 가진다.

대륙붕의 상부수역이 공해로서의 법적 지위를 가지고 있는 경우 연안국의 해양구조물에 대한 배타적 권리는 대륙붕의 탐사와 그 천연자원의 개발의 경우에만 인정된다고 해석할 수 있다.

배타적 경제수역과 대륙붕에 있어서 해양구조물을 설치하는 경우 연안국은 타국의 권리를 고려해야 하는 기본적 의무를 부담하며, 해양구조물의 설치를 공표하고, 그 존재에 대한 항구적 경고 수단을 유지하여야 하며, 폐기되거나 사용되지 아니하는 구조물은 완전히 철거하여야 한다.

해양구조물의 주위에 안전수역을 설정하는 경우에도 연안국은 국제적 기준, 해양구조물의 특성과 기능을 고려하여야 하며 특히, 국제항행에 긴요한 항로 내에는 설치할 수 없다. 이어도 수역에 대한 해양관할권 존재 여부를 불문하고 국제법상 이 수역에서의 해양구조물 설치는 가능하다. 그러나 해양의 유동성 및 비경계성을 고려할 때 우리 나라만의 필요에 의한 구조물 설치보다는 당해수역의 효율적 관리를 위하여 주변국과의 협의를 통한 해양구조물 설치가 바람직하다.

천혜의 해양자원을 보유하고 있는 우리 나라는 해양 과학기술 발전에 노력하여 향후의 해양영토를 적절하게 관리 개발해나가야 하며, 해양에서의 활동영역의 기점이 될 수 있는 이어도에 대한 해양구조물 설치 등을 적극 추진하여야 할 것이다.

4) 국방력의 강화

지금부터 약 100년 전 우리는 나약한 문치주의와 사대주의의 병폐에 찌들어 있었고, 이것을 외세에 의존해 탈피해보려 하다 1910년부터 1945년까지 35년간 일본의 지배 아래 있었다. 나는 전부터 우리 역사가 일제 35년을 왜 36년이라고 1년을 늘려 가르쳤는지 모르겠다.

당시 위정자인 고종, 대원군, 민비의 조선과 대한제국은 힘은 기르지 않고 서로 간 권력다툼에 힘쓰고 있었다. 오페라 「명성황후」에서는, 당시 민비가 아주 똑똑하고 주관이 있는 여성으로 묘사한 것 같은데, 민비도 어쨌든 외국에 잘 보이려 했고, 우리를 둘러싼 청나라, 러시아, 미국에 기대 보려 하고, 헤이그에 이준 열사를 파견해 국제기구인 만국평화회의에 우리의 어려움을 고백해보기도 하였다. 결론적으로 스스로의 힘이 아니라, 외국, 국제기구의 힘을 빌리려 애쓴 것이었다.

헤이그(Hague)에서 이준 열사 박물관을 가본 적이 있다. 당시 외로운 이국땅에서 얼마나 뼈저리게 약소국의 설움을 맛보았을까, 그동안 국력을 키우지 않고 서로 내부의 싸움에 급급하다가 외국에 의존하게 만든 조상들을 원망하지나 않았을까 싶어 가슴이 아렸다.

강대국은 그때나 지금이나 그들의 논리에 따라 행동한다. 미국은 그들의 필요에 의해 우리나라에 주둔하는 것이지, 우리를 지켜주기 위해 이곳에 있는 것이 아니다. 그들은 필요하다면 어느 때든지 이곳을 떠날 준비를 하고 있다.

40개월밖에 안 되는 나의 군생활의 경험으로는 지상군으로는 1개 보병사단이 채 되지 않는 미군이 60만이 넘는 한국군에 대해 작전통제권을 갖는다는 것은 말도 안 되는 것 같다.

당시 알기로는 야전교범(FM)에는 미군은 병장부터 지휘권이 있다고 했다. 우리는 중대장인 대위도 그들과 같은 재량권이 없었던 것 같다. 그들은 불과 미군 3~4명이 근무하는 최전방 OP까지 물탱크차가 목욕물까지 보급해주는데 우리 병사들은 물이 없어 빗물을 기다리는 경우가 있었다. 또 그때 듣기로는 155㎜ 곡사포부터는 핵 투발 능력이 있다면서, 미군에서 하위 병사, 문관을 보내 우리를 감독하는지 사찰하는지 하는 것이 미군의 작전통제권이었다.

우리의 힘은 스스로 길러야 한다. 나는 이미 가난하고 힘없는 허깨비로서 북한은 우리 상대가 아니므로 이를 두고 주적(主賊) 운운할 필요가 없다고 본다. 그렇다고 미국, 일본, 중국을 주적으로 하는 공격적 군대를 가지자는 것이 아니다. 일본처럼 자위(自衛)의 목적이라 하더라도 강력한 억지력을 지닌 국방력을 키워야 한다. 전체 병력을 줄이는 대신 첨단장비로 무장하자. 육군을 줄이고, 해군, 공군, 해병대를 키우자.

현재 해군에서 독도함이라는 대형 상륙함을 건조하였다. 그런데 배는 있어도 여기에 실어 상륙전에 사용할 헬기가 없고, 해병대가 있어도 마치 제2차 세계대전의 노르망디 상륙작전이나 1950년 한국전쟁의 인천상륙작전처럼 해상에서 해안으로 상륙해야 하는데 이것은 오늘날 성립할 수 없는 작전 개념인 것 같다. 우리나라 잠수함은 작고, 공기 공급장치가 없어 며칠마다 부상(浮上)해야 하므로, 잠수함의 특성인 은밀한 잠행성이 없다고 한다.

공군에는 조기경보기가 없어 지상 레이더에 의존해야 하는데, 일본처럼 조기 경보기를 가진 적에 대항하려면 눈먼 장님이고, 공중급유기도 없어 이륙 후 짧은 시간만 공중에 머무를 수밖에 없으므로 우리 해상로를 방어할 수 없다고 한다. 정찰 위성이나 고공정찰기 등 고성능 무기는 미국이 전략무기라고 잘 팔지 않으려 하니 공중에서 상대방 정보를 획득하기 어렵다.

해병대는 해군 예하에 비록 사령부가 부활되었지만, 해군, 육군의 통제를 받는 등 자율성이 적고 독립된 작전능력이 없다. 또 보급 면에서도 우선순위가 처져 해군, 육군보다 낙후된 장비, 물자를 가지고 있는 것 같다. 현재 소수 병력으로 백령도에서 김포, 강화까지 넓은 작전지역을 방어하고 있는데, 섬 사이를 기동할 수단이 없고, 해병 항공대가 없어 공중기동(airborne) 능력이 없는 구식 해병대이다.

그러면서도 우리는 그들을 국가전략 기동부대라고 부른다. 어떤 정치인은 독도에 해양작전 능력이 거의 없는 해병대를 보내 일본에 경고해야 한다는 엉뚱한 이야기를 한다.

국방정책은 우리의 생존권 확보를 위한 무역로 사수와 전쟁 억지력 확보를 위해 전면적으로 바꾸어야 한다. 나중에 소설 『다시 한 번, 무궁화꽃이 피었습니다』 같은 것이 나와 베스트셀러가 되어서는 안 된다. 100년 전으로 다시 돌아갈 수는 없다.

나는 머지않은 장래, 갑자기 남북통일이 될 것이라고 기대한다. 우리는 초강대국 사이에 자리 잡은 국가로서 고조선, 고구려, 발해의 기상을 받은 강력한 국가로서 인류와 세계평화, 동아시아의 평화를 위한 노력하는 국가가 되도록 하자. 이를 위해서는 국방력 강화가 우선적인 국가 아젠다가 되어야 한다.

5. 재래시장 활성화 방안

※ 이 글은 2008년 8월 중앙공무원교육원 고위정책과정 민관합동 세미나에서 발표한 자료를 정리한 것이다. 당시 팀명은 '일내자', 연구 주제는 '재래시장 경쟁력 강화를 위한 새로운 출발'이었다. 내가 팀장을 맡게 되어 약 두 달 고민한 것을 여기에 비망(備忘)해놓으려 한다. 우리 팀은 고위징책과징 교육생 6명과 민간 전문가 4명으로 구성되었다.

- 교육생: 신윤수(통계청), 조길형(경찰청), 김영환(부산시), 장공진
  (대통령실), 김용하(산림청), 류지연(도로공사),
- 민간 전문가: 변명식(장안대학), 김유오(시장경영지원센터), 박문준
  (시장경영지원센터), 곽주완(계명마케팅연구소)

1) 명칭부터 '우리 장터'로 바꾸자

내 어린 시절, 고향 청주에도 장날이 있었다. 매월 2일 또는 7일에 5일장이 서면, 구경을 가 보곤 하였다. 여러 가지 신기한 물건, 곡마단의 음악소리 등……. 장날의 풍경이 지금도 아련히 생각난다. 과연 경쟁력이 없는 재래시장은 역사의 뒤안길로 사라져야 하나, 새로운 활로를

모색해야 하는가.

재래시장이란 우리나라의 전통시장을 말한다. '재래시장 및 상점가 육성을 위한 특별법'에는 재래시장을 상시 또는 계절적으로 개설된 매장 또는 장터로서 주로 1980년대 이전에 개설된 상설 시장 또는 정기시장(5일장)으로 규정하고 있다. 또 이 법에서는 재래시장을 상업 기반 시설이 노후화되어 개보수 또는 정비가 필요하거나 유통기능이 취약하여 경영개선 및 상거래 현대화 촉진이 필요한 곳이라 하고 있다.

2001년 중소기업특별위원회 파견 근무 중 중소기업문제를 다루면서, 재래시장 문제를 살펴본 적이 있다. 재래시장은 대형 마트, 인터넷 쇼핑몰 등 무(無)점포 거래가 등장하면서, 특히 도시지역에서 급격히 경쟁력을 잃고 있다. 지난 국회의원 선거나 이번 정부의 정책 과제에도 재래시장 활성화가 포함되어 있지만, 사실 정치적 구호라는 느낌이 있었다. 지난여름 어느 TV는 특집방송으로 재래시장의 지원정책이 '밑 빠진 독에 물 붓기'라고 비판적 보도를 한 바 있다.

변명식, 고경순 공저인 『재래시장경영론』(학문사, 2007 개정판)의 표지에서는 재래시장을 '在來市場', '再來市場', '財來市場'이라는 세 가지 한자로 소개해놓았다. 재래시장 문제는 소비생활 변화에 따른 전통과 현대와의 갈등, 대기업과 중소기업 문제, 지역경제 활성화, 정부 지원정책과 현장의 불일치 등 복잡한 과제가 얽혀 있다.

재래시장이 활성화되려면 먼저 이름에서 '재래'란 글자를 지워야 한다. 현재 정부는 재래시장을 전통시장으로 바꾸려 한다고 한다. 나는 이것보다 '우리 장터'라는 용어를 제안한다. 옛날 장터는 도시 근교나 육로, 수로 등 교통이 편리한 곳에 상인과 근처 사람들이 모여 물건을 사고파는 장소로 자연발생적으로 생겨난 것이 아닌가. 이것이 근대적 시장이 되기도 하고, 5일장이 되기도 한 것이다. 만일 전통시장이라 한다면 이 용어 역시 재래시장과 같이 전통과 현대와의 대립이 남게 된다. 재래시장을 활성화하고, 육성하여야 할 대상이라고 한다면 이제 그 이름은 '우리 장터'가 되어야 한다.

2) 재래시장 현황과 환경변화

중소기업청 2006년 말 자료에 의하면, 우리나라 재래시장의 숫자는 1,610개, 점포는 23만개, 상인은 35만 명이라 한다. 1996년 유통시장이 대외 개방된 후 정부가 2002년부터 본격적으로 재래시장 살리기에 나섰다. 2004년 재래시장특별법을 제정하고, 그때부터 2007년까지 정부재정에서 7,388억 원을 지원하여 637개 시장에 주차장이나 아케이드(비 가림 시설)를 하는 등 노후시설 개량과 현대화사업과 경영혁신 지원사업을 하고 있다. 시장 상인이 고령화(평균 52세)되고 있는데 대해서도 상인교육을 실시하고 있다. 그러나 정책 대상이 도시형, 지방형, 정기시장(5일장)으로 구분되는데도 불구하고, 재래시장을 대형 마트와 유사한 주차장, 냉난방 등을 갖춘 현대식 마트로 바꾸려 하고 있어, 상이한 정책대상을 동일하게 취급하는 데 따른 고비용, 저효율 구조를 이루고 있다.

3) 정책목표와 과제

이에 대해 우리 팀은 '고객이 즐겨 찾는 활력이 넘치는 시장'을 슬로
건으로 하고, ① 상인의 안정적 영업 기반(틈새시장), ② 지역주민의 쇼
핑, 문화, 관광 등 다양한 욕구충족을 세부 과제로 제시하였다. 팀 회의
에서 제기된 주요 정책 과제는 다음과 같았다.

맞춤형 재래시장 지원

이것은 현행 주차장, 비 가림 시설 등 시설 개량 지원에서 벗어나, 지
역 · 시장별 특성을 고려한 개별 지원 방식으로 전환하자는 것이다. 아
직 시장별 정밀조사가 제대로 되어 있지 않으므로 우선 정확한 실태조
사를 거쳐, 시장 상인의 자조노력, 지방정부의 지원 의지를 토대로, 시
장별 특성화된 방식으로 중앙정부 지원을 연계하자는 것이다.

그러려면 상인, 소비자 주민, 지역관계 전문가가 시장별 문제점, 강
약점을 파악하고, 각각 시설 현대화, 다른 지원, 시장 폐쇄 등 지원 분
야를 파악해야 한다. 현재 재래시장 1,610곳을 전수 조사하는 것도 필
요하다.

또 지자체는 지방의회 등에서 논의하여 시장별 지원 여부, 우선순위
를 선정하고, ① 상인 자(自) 부담 비율 및 금액, ② 지방정부의 지원 비
율 및 금액을 고려하여 중앙정부에 요청하여야 한다. 이것을 검토하여
중앙정부(중기청)가 배분하는 방식으로 전환하자는 것이다. 즉 현재의
지역별 예산 안배(Top-Down) 방식에서, Down-Up 방식으로의 전환을
제안한다.

현재 각 지자체가 재래시장 가는 날, 공무원 복지카드 사용, 재래시장 상품권 사용 등을 하고 있지만, 지역 내 재래시장 중 눈에 잘 띄는 시장에 한정된 전시성 행사가 많고, 특정 시장만을 계속 지원하여 지원을 받지 못하는 지역 내 다른 시장은 오히려 고사되는 양극화 현상이 나타나고 있다. 지원사업에는 지원 일몰제(sunset system)를 도입해야 한다. 시장 개선 결과를 매년 모니터링하여 다음 연도 지원에 반영해야 한다.

신도시, 도시 재개발에 재래시장 이전 부지 반영

지금 우리는 많은 지역에 신도시를 건설하거나, 뉴타운(New Town)으로 개발하면서, 도시계획 시 상업용지를 지정하고 있다. 그런데 대개 상업용지는 분양에 편리하게 단일한 대형 부지로 조성하여 대기업이나 외국의 대형 마트만이 입점하도록 정책적으로 유도하고 있다.

우선 계획 시부터 재래시장을 이전할 대체 부지를 조성하고, 재래시장 이전을 추진해야 한다. 대형 쇼핑몰만이 입주할 수 있는 대단지로 개발하고, 그 결과로 고사(枯死)하는 재래시장을 돕고자 달리 예산을 쓰는 것은 재정 낭비이다.

재래시장을 신도시, 재개발 사업시 이전 대상사업으로 지정하고, 상업 부지를 상인조합, 상인주식회사에 우선 분양(지분은 상인이 소유)하거나, 시장부지는 지자체가 소유하거나, 정부·민간 출연금으로 조성된 가칭 '우리장터육성기금'의 소유로 하는 대안을 제시한다.

소비자 주권의 시현

재래시장에 오는 소비자와 대형 마트·인터넷 쇼핑몰을 이용하는 소비자는 연령, 구매상품 등에서 기본적으로 소비 행태가 다르다. 재래시장을 활성화하려면 대형 마트·인터넷 쇼핑몰을 선호하는 젊은 소비자가 스스로 재래시장을 찾도록 신규 고객을 창출하여야 한다.

'소비자의 알권리'를 강화하자. 재래시장을 안내하는 장소(Information Booth)를 설치하고, 시장 안내 지도를 작성, 비치해야 한다. 이곳에 소비자단체나 지자체 직원 등이 합동 근무하여, 소비자불만을 one-stop으로 처리하고, 상인 애로 사항도 빨리 처리하여 재래시장의 신뢰도를 높이는 방법이 있다.

전통적으로 알려진 장터를 쇼핑, 문화, 관광 등이 연계된 생활의 터전인 '우리 장터'로 바꾸자. 전국에 400개 이상의 정기시장(5일장)이 있다고 하는데, 우리의 전통과 문화가 숨 쉬는 장소로 살리고, 가능하다면, 이를 무형문화재로 지정하는 방안도 강구할 필요가 있다(전국민속5일장 연합회 건의사항, 성남 소재).

'우리 장터 육성기금(가칭)' 조성

이것은 주차장, 아케이드 등 일회적으로 특정시장에 집중되는 지원을 생산적으로 리사이클링하기 위한 제안이다. 재래시장의 육성, 발전을 위해 민관 합동으로 기금을 조성한다. 기금 재원은 정부 및 지자체의 출연금, 지역진출을 희망하는 대형 마트나 성공한 재래시장 상인회 등이 출연하고, 기금 용도는 도시 재개발, 뉴타운(New Town) 등에 조성된 재래시장 대체 부지나 상가건물을 소유하여 영세 상인에게 장기 임대해주는 데 사용한다.

이를 통하여 2008년도 중앙정부(중기청) 예산만도 1,800억 원에 이르는 재래시장 육성 재원을 체계적으로 관리하고, 생산적 재원으로 활용할 수 있다. 만일 출연이 어렵다면, 출자기관으로 지분을 갖는 공사 형태가 검토될 수 있다. 재래시장특별법에 기금 근거를 마련하자.

가업 후계자 지원제도

현재 재래시장 상인의 평균연령이 52세이고, 사실상 후계자가 없이 당대에 가업을 종료하는 경향이 있다. 이에 대해 시장상인의 자제로서 상인대학 등을 수료하고, 일정기간 상업 경험이 있는 젊은이에게 경영교육을 강화하거나, 경영자금을 특례 지원하는 방법이 있다. 현재 농업 분야에서 시행 중인 영농 후계자와 유사한 개념이다.

소비자 배송 시스템 확충

현재 많은 돈을 들여, 소비자의 쇼핑 편의를 위한 주차장, 아케이드(비 가림 시설) 등을 하고 있다. 소비자가 차를 몰고 오는 대신 대체 효과가 있는 배송 시스템을 만들자는 제안이다. 재래시장 순환 버스를 운영(쇼핑 버스)하거나, 일본에서 시행한다는 쇼핑용 자전거를 보급하거나, 시장 내 합동 택배 시스템을 운영하는 방안이 있다.

6. 독일 연방경제기술부의 기록

1) 독일에 가다

1998년 2월 아내, 두 딸(희선, 희윤)과 함께 독일연방경제부 파견 근무를 위해 프랑크푸르트로 가는 대한항공 여객기를 탔다. 유학 경험이 없는 나는 영어도 서투르고, 독일어는 1976년 대학 입시에서 제2외국어로 독일어를 선택하고 대학 1학년 때도 공부하기는 했지만, 초보적 수준에 불과했다.

독일에서는 당시 수도인 본(Bonn)의 남쪽 교외 바뜨고데스버그(Bad Godesberg)에 광부로 독일에 온 우리 교민의 집 1층을 빌렸다. 아이들은 당시 큰딸 희선은 청주에서 초등학교 1학년을 마쳤지만, 둘째 희윤은 학교 문턱에도 가보지 못한 상태였다.

당시 우리나라는 1997년 말 IMF 사태라는 미증유의 국난을 맞아 경제가 매우 어려웠다. 그래서 우리도 아이들을 집 근처 독일학교에 입학시켰다. 만일 본 시내에 있는 국제학교(International School)에 아이를 보내면 정부에서 60% 정도를 보조해주지만, 국제학교는 집에서 멀어 통학 문제가 있었다.

집 앞 길 건너에 독일학교인 안드레아 초등학교(Andrea Grundschule)가 있어 방문해보니, 교육청에서 간단한 면접을 거쳐 입학을 허가해주었다. 초등학교는 1학년에서 4학년까지 한 학년에 2학급, 한 학급에 20명 정도로 전교생이 약 160명인 미니 학교였다. 그런데 다행히도 독일 학교에서 초기 적응을 위해 아이뿐 아니라, 애 엄마도 함께 독일어 특별지도를 해주었다. 나는 독일 정부기관인 괴테 인스티튜트(Goethe Institut)에서 6개월간 독일어를 배웠고, 아내도 Bonn시청에서 하는 독일어 학원을 몇 달 다녔다.

독일에서는 9월부터 새 학년이 시작되므로, 2월 말에 독일에 도착한 우리 아이들은 둘 다 1학년에 진학했다. 큰아이는 독일어에 아주 집중해서 매일 텍스트를 거의 외우다시피 했다. 그래서 독일 애들도 어려워하는 문법시험을 100점 맞는 등 적응을 아주 잘했고, 2년간 독일 학교에서 모범적으로 공부를 하였다.

당시 우리 가족은 유럽을 여행할 때 철도를 자주 이용했다. 독일 철도(BD, Bundesbahn)에서 가족회원카드(Familiekarte)를 발급받았는데, 이 카드를 이용하면 성인 정상요금의 1인 요금으로 가족 전체가 기차를 이용할 수 있었다. 당시 금요일 밤 출발하는 야간열차를 주로 이용하였는데, 기차는 대개 방(Abteilung)으로 나뉘어 있어 아이를 눕혀 재울 수 있고, 새벽에 목적지에 도착하도록 되어 있어 관광하기에 편했다. 이때만 해도 애들이 어려서 그랬는지 잘 걸어 다녔고, 기차 여행으로 오스트리아, 덴마크, 이태리, 영국 등까지 다녀왔다. 자동차로는 네덜란드, 벨기에, 룩셈부르크, 스위스, 리히텐슈타인을 다녀왔고, 한번은 파리를 거쳐 르와르 지방의 고성가도, 몽셀 미첼 등 2,000킬로미터를 4일 만에 다녀온 적도 있다.

당시 우리 아이들이 경험한 독일 생활에 대한 이야기는 귀국 후 2003

년 현암사에서 신희선·신희윤 공저로『엄마, 나 외국에서도 자신 있어!』라는 책으로 발간한 바 있다. 이 책을 발간하는 일은 동화작가이자 소설가인 여동생, 신현수가 도와주었다.

2) 독일에서의 일정

1998년 3월에서 8월까지 6개월간 본(Bonn) 소재 괴테인스티투트(Goethe Institut)에서 독일어를 연수하였다. 어학 코스는 2개월 단위로 3과정을 다녔는데, 총 소요 금액은 약 9,000마르크였다.

주소는 Friedrich-Albert-Str.11 51177 Bonn이었다.

그 후 약 1년을 독일연방경제기술부에 출근하였는데, 1998년 9월에는 제1국 경제정책국에서, 그해 10월, 11월은 제4국인 상공업·산업·정보사회정책국에서, 1998년 12월에서 1999년 3월은 제6국인 동독담당국(Neuerländer/Struktur Politik/Forschungs und Innenpolitik)에서, 1998년 4월에는 제5국인 경제협력국에서 연수를 하였다. 당시 주소는 Villemombler Str. 76 53123 Bonn이었고, 이곳 경제성 건물 제9동 611호에 내 방이 있었다.

내가 파견 근무를 하는 동안 독일경제성은 1998년 11월 Schroeder 정부 출범 이후 기술진흥 업무도 담당하여 연방경제기술부로 개칭(약칭 BMWi는 동일)되었다. 또 연방 수도를 본(Bonn)에서 베를린(Berlin)으로 이전하면서 경제성 청사도 1999년 4월부터 2000년 초까지 Berlin으로 이전하는 중이었다.

독일연방경제기술부

영문: Federal Ministry of Economics and Technology

독문: Bundesministrium für Wirtschaft und Technologie

그 후 1999년 9월부터 2000년 2월까지 독일 연방경제기술부 산하 기관에서 연수를 하였다. 1999년 10월에서 11월까지는 독일산업총연합회(BDI, Bundesverband der Deuschen Industrie)에서 연수를 받았는데, 그곳은 우리의 전경련과 유사한 기관이자, 전경련과 협력관계가 있는 기관이었다(주소는 Gustav-Heinemann-Ufer 84 50968 Köln이었다).

1999년 12월부터 2000년 2월까지는 독일상공회의소(DIHT, Deuschen Industrie und Handelskammertag)에서 연수를 받았는데, 그곳은 우리의 대한상공회의소와 유사한 기관이었다.(주소는 Adenauerallee 148 53113 Bonn이었다.)

나는 독일 연방경제기술부에서 유럽 경제정책과 독일 경제정책, 독일 산업정책, 정보통신정책, 동독 경제 재건정책, 한독 경제협력과제, 독일의 수출보험제도, EU 및 독일의 무역정책과 관세정책에 대해 연구하였다. 또 당시 독일의 경제 현안으로 동독지역 경제재건 정책(Aufbau Ost)과 중소기업 정책에 대해 중점적으로 연구한 바 있다.

독일 경제정책은 유럽(EU) 경제정책의 틀 안에서 지역적으로 낙후된 동독지역 재건과 중소기업 창업 지원을 통한 고용 창출을 우선 정책 과제로 하여, 전체 국민의 복지증진(Wohlstand für Alle)을 통해 사회적 시장경제(Social Market Economy, Soziale Marktwirtschaft)를 달성하는 것을 정책 목표로 하고 있었다.

이번 정부 들어 경제부처를 통폐합한 것처럼 우리의 여러 부처가 담당하던 종합경제정책, 상업·중소기업정책, 에너지정책, 공업·산업·환경정책, 기술진흥·동독지역정책·정보통신정책을 연방경제기술부가 담당하고 있었기에 그 업무 메커니즘은 정책적으로 시사하는 바가 크다.

3) 동독지역 재건정책(Aufbau Ost)

* 다음 자료는 1999년 6월 독일 연방경제기술부가 발간한 1998년 말 현재까지의 동독지역 경제재건 정책을 번역한 자료이다. 옛날 자료지만 지금도 그 대강은 비슷할 것으로 보인다.

원제목은 Bilanz der Wirtschaftförderung des Bundes in Ostdeutchland bis Ende 1998(1999년 6월 독일연방경제기술부)이다.

(1) 머리말

1990년 통일 이후 동독 경제는 신연방주(동독지역 5개 주) 주민들의 적응 노력과 연방 정부, 구 연방주(서독지역 11개 주)의 단합된 지원에 따라 참여한 기업들이 높은 성과를 거두어 상당한 구조개선(Umstrukturierung)이 이루어졌다.

경제기반 조성을 위하여 자영자들과 자영기업들에 대한 지원을 강화하고 교통, 통신, 주거, 환경보호 등의 현대화로 사회 간접자본

(Inflastruktur)을 확충한 데 기인하며, 연방 정부의 기여가 컸다. 그러나 충분한 고용을 위한 효율적 동독 경제 건설이라는 경제정책 목표는 아직 달성되지 못하여 많은 사람들이 실업 상태에 있거나 부업에 종사하고 있는데, 이는 앞으로 해결해야 할 중요한 과제이다.

동독지역 재건 정책을 Aufbau Ost라 부르는데, 이것은 노력, 아이디어, 인내를 요구하는 분야로서 연방 정부는 다음 사항들을 중점 정책 목표로 하고 있다.

- 신연방주(동독지역의 주를 이른다)를 우선 고려하는 정책을 유지하고, 정확한 목표를 설정하여 효율성을 제고해야 한다.
- 특히 중소기업의 창의성 제고와 자기자본 확충이 필요하다.
- 경제적으로 낙후된 지역의 사회 간접자본 현대화와 확충이 계속되어야 한다.

연방정부는 1999년에도 계속 제조업 투자와 경제적 인프라 구축을 중요 정책목표로 하는 지역공동체 과제인 지역 경제구조 개선 (Verbesserung der regionalen Wirtschaftstruktur)을 추진하고, 연방주들과 유럽지역 개발기금이 함께 66억 DM을 새로 조성할 예정이다.

지금까지 연방정부 기술정책(Technologiepolitik)에 대한 규정과 방침 설정으로 연구와 창의성 지원이 집중되고, 재정도 확충되고 있다. 신연방주에 대한 특별 프로그램을 유지하고, 전체 독일의 관점에서 중소기업에 대한 연구 및 창의성 지원이 강화되며, 미래지향적인 경제구조 구축을 위하여 평균 이상 재원이 동독지역(신연방주)에 할당될 것이다.

교통 인프라 구축을 위한 17개 교통계획(VDE 프로젝트)에 우선순위를 두어 VDE 조치가 진행 중이며, 2천 년 대 초까지 철도와 고속도로(autobahn)의 확장과 신설이 완료된다.

신연방주들의 주거 상태는 독일 재건은행(KfW)의 주거 현대화 프로그램으로 지원되는데, 누적 지원액은 750억 DM에 달한다.

1999년 투자보호법(Invesitionzulagengesetz 99)으로 투자에 대한 조세 지원을 2004년까지 연장하였다. 1999년부터 조세 지원은 경쟁력 제고에 필요한 부문과 제조업에 집중되며, 지금까지 배제되었던 생산적 서비스업도 지원 대상에 새로 포함하였다. 이를 위한 투자보조 비율은 5%에서 10%로 높아졌다(이중 중소기업은 10%에서 20%로 상향 조정).

동독지역 경제개발 정책은 상공업 투자(gewerbliche Investition), 연구 및 창의성 지원(Forschung und Innovation), 사회 간접자본 구축 및 취약 부분 개발(weiche Standortfaktoren)의 4가지로 구분된다. 중점 정책은 종전과 같이 설비투자 확충과 현대화를 통한 상공업 투자 지원이며, 이를 통하여 동독 경제의 국제경쟁력을 강화하고, 미래지향적으로 고용을 창출하려 한다. 나아가 동독 기업들이 지역 위주에서 벗어나 다른 지역까지 매출 확대와 수출을 할 수 있도록 연방정부가 특별한 조치를 하고 있다.

이러한 발전에도 불구하고, 동독지역에는 사회간접자본의 낙후가 현저하여 경제 발전에 장애가 되는데, 이것이 앞으로 해결해야 할 우선적 과제이다. 앞으로도 정책적 중요 분야로서 주거, 도시개발과 환경보호 등 취약 부분을 보완하려 하는데, 이것은 현대적 고용구조를 갖는 선진 경제로 이전하는 데 필수적 사항이다.

(2) 상공업에 대한 투자지원

상공업 지원에는 지역사회 경제개선과제(GA)를 위하여 투자기반 조성을 위한 조세 지원, 투자 보조금, 저리의 ERP지원(여기에는 자기자본 조성 Eigenkapitalhilfe 포함)과 정부 보증(Staatliche Bürgschaft)으로 분류된다. 또한 1996년부터 동독 참여기금(Beteiligungfonds Ost)에 기업이 자기자본 형태로 참여하고 있다.

1991년에서 1998년까지 조세 지원액은 약 240억 DM의 투자보조금(이 중 연방 부담 110억 DM)과 약 510억 DM의 특별보조금(이 중 190억 DM이 연방 부담)이 있으며, 이로써 촉진된 투자 총액은 약 5,800억 DM으로 추산되어 1990년 이래 동독지역 투자금액 7,500억 DM의 4분의 3에 달한다.

지역공동체과제(GA)에 대한 투자 보조금(Investitionszuschuß) 약속액은 440억 DM이고 이중 220억 DM이 연방 부담인데, 누적액은 약 2,030억 DM이며, 이로 인해 약 1,285천 개의 일자리가 생겼다.

저리 ERP지원(약속액 594억 DM)과 자기자본 지원(약속액 160억 DM)을 통하여 1,850억 DM이 투자되었다. 약 350만 개의 일자리가 창출되고, 약 20만 개의 창업 지원(Existenzgründung)을 하였다.

은행 보증, 독일조정은행(Deutsche Ausgleichsbank) 보증과 연방정부 직접보증 등을 합하면 연방정부가 약 84억 DM을 보증하였는데, 이로 인한 신용 공여액은 211억 DM이며, 약 414억 DM의 투자가 실현되었다.

1996년 신설된 15억 DM의 동독 참여기금(Beteiligungsfonds Ost)을 통하여 1998년까지 독일조정은행 자기자본 확충 프로그램으로 548백만

DM, 재건은행(KfW) 참여기금으로 594백만 DM의 자본참여가 약속되었다(총금액 1,142백만DM). 상공업 투자지원을 통해서 기업의 창의적 잠재력을 강화하고 사회 간접자본 부족을 보완하였다.

(3) 연구개발 지원

연방정부는 1990년 중반 이래 53억 DM을 신연방주의 상공업 연구지원에 사용하여 경쟁력 있는 연구개발 능력 확충에 결정적 기여를 하였다. 이러한 창조적 잠재력 확충은 동독 경제개발에 중요한 역할을 하였다. 이 기업들은 성장 시장에서 평균 이상의 강력한 매출 신장을 보인다.

외부 연구기관들과 기업들 간 협력 사례가 증가하여 지역 내 투자승수 효과(Innovation-Multiplikatoren)가 발생하는데, 매년 500개 이상의 새로운 발명품, 기술, 제조방법이 나오며, 기업들의 연구 위탁도 증가하고 있다. 중소기업의 수요 지향적 연구, 기술 및 혁신(Innovations)을 위한 네트워크로 현재 20개의 기술이전 및 창업지원 대리점과 14개의 기술 특화 및 전문 중개기관(Transferzentren)이 생겼다.

앞으로 기술설비에 대한 기반 조성, 창의적 중견기업의 육성지원, R&D지원을 위한 인프라 확충에 중점을 둘 예정이다.

연구개발 인프라 확충지원에 연구기관인 Max-Planck-Gesellschaft, Blaue-Liste-Institut, Frauhofer-Gesellschaft가 참가하여, 1990년에서 1998년까지 총 118억 DM을 제공하였다.

(4) 인프라(Inflastruktur)의 확충

신연방주의 인프라 개선을 위해 지금까지 약 1,650DM이 교통, 통신 및 경제 분야 인프라 구축에 투자되었다.

동독지역의 사회 간접자본(Inflasrtuktur)은 교통, 통신, 경제적 인프라 구축으로 대별되며, 교통 분야에 철도, 연방도로, 지자체 교통지원법 (GVFG)에 대한 지원 및 수로가 포함되고, 통신 분야에 통신망 구축과 전화 연결이, 경제 인프라 구축에 산업단지, 여객 운송시설 및 교통시설 확충이 포함된다.

1991년에서 1998년 중 전체 독일의 교통 투자의 40%인 약 760억 DM이 동독지역에 집중되었다. 이중 약 350억 DM은 철도에, 250억 DM은 연방도로(Bundesfernstrassen)에, 20억 DM은 연방수로(운하)에 사용되었다. 기타 140억 DM은 공공통로와 지자체 도로개선을 위한 지자체 교통지원법(Gemeindeverkehrsfinanzierungsgesetzes)에 의거 지방자치 단체에 지원되었다.

통일 후 중점사업은 17개 통독 교통계획(Verkehrsprojekten Deutsche Einheit)으로 총 680억 DM이 투자되는데, 이 계획들은 모두 시행 중이고, 1998년 말까지 290억 DM이 지출되었으며, 약 60%가 신철도건설에 투자되었다. 도로분야 교통계획에 따라 약 105억 DM으로 660킬로미터의 도로를 확대 신설할 예정인데, 이중 1998년 말까지 445킬로미터가 완성되었다. 현재 VDE는 거의 반 이상이 완료되었다.

동독지역 내 약 2,500킬로미터의 철도 건설에 약 350억 DM이 지출되었다. 기존 철도의 효율성 유지와 개선에 270억 DM이 투자되고, 근거리 철도망(Nahverkehr)도 개선되었다. Berlin 지역의 도시철도망 확충과 재개발에 연방정부가 약 100억 DM을 지원할 예정인데, 이미 40억 DM이 지원되었다.

동독 내 연방도로에 98년까지 250억 DM이 투자되었다. 신연방주 도로 신설 및 확충계획에 약 120억 DM이 들었는데, 통독 교통계획(VDE)상 우선순위가 연방도로에 있어 여기에 약 105억 DM이 투자되었다. 지금까지 120킬로미터의 고속도로(Autobahn)이 신설되고, 540킬로미터의 고속도로는 6차선으로, 660킬로미터는 4차선으로 넓혀졌고, 39개 교차로가 완성되었다.

신연방주의 연방수로개선에 20억 DM이 사용되었다. 우선 기존 수로의 재개발에 우선순위를 두어 통독 교통계획(VDE)의 17번 프로젝트인 Hanover-Magdeburg-Berlin 수로연결계획에서 엘베 강(Elbe)과 Rothensee, Hohenwarthe를 연결하는 운하망을 구축하고 있고, 앞으로 바다(Ostsee) 쪽 수로 확충에 우선순위를 둘 것이다.

지자체 교통지원법(GVFG)에 따른 근접 교통망(Nahverkehr) 구축을 위해 연방정부는 우선 베를린(Berlin) 지역 도시철도(S-Bahn)와 61년까지 사용된 기존 철도망 복구에 중점을 두어 지금까지 82킬로미터가 재개통되었고, 이를 위해 1998년까지 약 30억 DM을 연방정부가 보증하였고, 36억 DM을 투자하였다. 연방정부는 Leipzig, Dresden의 도시철도망(S-Bahn 및 Stadtbahn)과 Dresden, Leipzig, Jena, Erfurt의 전차선(Strassenbahn) 건설 사업도 지원하고 있다.

동독 시절 완전히 낙후된 통신망 구축을 위해 독일통신주식회사(Deutsche Telekom AG, 95년 민영화)는 1997년 말까지 약 500억 DM을 신연방주에 투자하였다. 이로서 신연방주(Berlin도 포함)에 870만 회선의 전화가 개통되었고, 서독지역보다 동독 전 지역에 먼저 디지털화가 완성되었다.

지역경제 개선과제(GA)로서 지방자치단체의 경제 인프라 구축에 260억 DM이 투자되었고, 이중 연방정부가 130억 DM을 부담하였다. 이것은 산업 및 공업단지 연결, 폐허지역의 재사용화(Wiedernutzbar machung), 현지 기업과 교통망의 연결, 여객 운송시설, 연구, 기술, 창업지원센터 간 여객 운송시설 연결 등이다.

(5) 취약 분야 개발(Weiche Standortfaktoren)

상공업 투자를 위해서는 여러 가지 경제 분야의 전제조건 해결과 인적자원 개발이 필요한데, 이 분야에 놀라운 발전이 이루어졌다. 그동안 주거 및 도시건설에 2,540억 DM이 사용되었다.

주택 건설 지원(특히 재건은행(KfW)의 저리 주택건설자금 대출), 조세 지원, 도시건설 지원, 동독 시절에 발행된 부채 청산 지원으로 그동안 도시 미관과 생활의 질 개선이 이루어졌다.

연방정부는 주택 신축, 현대화와 개조, 도시건설 지원에 143억 DM을 지원할 예정이고, 재건은행(KfW)이 저리로 제공한 67억 DM의 이자 손실분도 연방정부가 부담하였다. 이를 통해 총 2,540억 DM이 투자되었다. 그밖에도 동독 시절 주택회사가 진 280억 DM의 절반 수준을 감면하였다.

동독지역 주택 부족 사태는 몇 년 만에 개선되고, 특히 임대주택 수요가 충족되었다. 통일당시 약 700만 채의 주택이 있었으나 조세 혜택과 주택 건설 지원 재원 등으로 약 39만 채가 새로 건설되었다. 지금까지 약 480만 채가 현대화되고 수리되었으며, 이중 330만 채는 재건은행(KfW)이 현대화 프로그램으로 대출해주었다.

도시건설 촉진을 위한 연방재정 지원으로 639개 지자체에서 779개 도시 재건 및 개발이 있었으며, 127개의 도시기념물 사업, 19개의 모델 도시, 58만 5,000채의 주택을 포함한 167개 신도시 개발과 3,700개 이상의 신주거지역 개발이 있었다.

환경보호를 위해 연방환경부(Bundesumweltministrium)는 20억 DM을 사용하였다. ERP 환경 및 절약 프로그램은 저리로 107억 DM을, 조정은행(DtA) 환경프로그램은 32억 DM을, 재건은행(KfW) 환경프로그램은 23억 DM을 환경 분야 지역경제 개선 사업에 사용하였다.

연방개발연구원(Förderinstitut des Bundes)의 지자체 여신 프로그램(Kommunal-kreditprogram)으로 총 300억 DM의 재원 중 환경보호에 174억 DM을 사용하였고, 1995년 이래 재건은행(KfW)은 인프라 구조 조정 프로그램으로 98억 DM 투자를 약속하고 이중 19억 DM을 집행하였다.

동독 시절(DDR)의 생태학적 오염물 제거를 위해 많은 돈이 소요되었다. 1992년 연방정부와 신연방주간 관리협정 체결 이후 재산 처리를 담당했던 신탁청(Treuhand)은 기업 매각 시 오염물 제거를 조건으로 하고, 이에 대해 재정지원을 하였다. 지금까지 연방정부와 주들은 공동으로 13억 DM을 지원하여 Treuhand 기업의 오염물 제거를 지원하였다.

갈탄 찌꺼기로 오염된 지역의 정화(Braunkohlesanierung)를 위해 1993년에서 1998년까지 80억 DM이 지출되었고, 이와는 별도로 연방노동청(Bundesanstalt für Arbeit)은 1991~92년 중 91억 DM을 사용하였다. 1997년 연방정부와 신연방주 간에는 1998년에서 2002년까지의 갈탄

폐해 제거에 합의하였고, 소요자금 60억 DM은 연방정부가 부담하기로 되어 있다.

방사성 오염 방지를 위해 구 소련방식으로 건설된 2기의 핵발전소, 즉 Greifswald와 Rheisburg의 운행이 정지되었다. 소요되는 예산은 모두 연방정부가 부담하였다. 62억 DM 중 1998년까지 26억 DM이 사용되었다.

종전 우라늄 광산이던 Wismut GmbH은 연방기업으로 전환되어 약 130억 DM을 들여 광산을 폐쇄한 후 업무영역을 조정하고 있다. 지금까지 재개발(Sanierung)에 57억 DM이 사용되었다. 이곳의 환경은 훨씬 개선되었으며 Wismut 사례는 방사능에 오염된 지역의 환경을 개선하는 데 중요한 선례가 되고 있다. 이 조치는 2010년에 완성될 예정이다.

(6) 유럽지역기금과 유럽사회기금의 투입

유럽지역기금(Europäischen Regionalfonds)은 신연방주에 1991년부터 1998년까지 140억 DM을 지원하였다. 특히 이 재원은 중소기업 지원을 포함한 상공업 분야, 환경보호 시설 구축, 연구 및 개발, 교육 및 재교육, 지역 개발 강화에 사용되었다.

이 재원은 주로 유럽공동체 과제인 경제구조 개선에 유입되어 상공업의 진흥과 경제 관련 인프라 확충에 기여하였고, 진흥지역(Förderregion)의 수입과 고용 증진에 쓰였다.

유럽사회기금(Europäische Sozialfonds)은 1991년에서 1998년 중 경제구조 개선 과정에서 낙후된 그룹(실업 및 장기실업자, 직업교육을 받지 못해 편입되지 못하는 청소년, 장애자, 여성등)의 재교육, 전환교육에 총 81억 4,000

만 DM을 지원하였다. 유럽연합(EU)은 국가적 지원사업에 대한 상호지원(Ko-Finanzierung)을 통하여 신연방주 건설에 기여하고 있다.

4) 정책적 시사점

독일은 역사적으로 통일과 분열을 반복하면서, 지역별 개성과 독립성이 강하여 통일에 대한 기대가 낮았다. 또 제2차 세계대전 후 전승 4개국(미, 영, 불, 소)의 분할에 따른 분단 상황은 우리와 유사하였지만 전쟁도 겪지 않고 분단 후에도 동서독 간 주민왕래, 통신접촉이 끊기지 않았던 점에서 우리와 다르다.

독일 연방 정부의 대 동독 경제정책은 애초부터 동서독 간 교역을 내독(內獨) 교역으로 국제적으로 인정받아 통일 전부터 계속적으로 동독을 지원하였다. 또 통일 후에는 각 지역의 자율성을 존중하여 연방정부는 교통, 통신, 항만 등 연방 차원의 인프라 구축을 담당하고, 지역사업은 각 연방주(Land)가 스스로 책임아래 집행하되, 연방정부가 부족 재원을 지원해주는 방식을 채택하였다.

특히 실업문제가 심각하므로, 고용 창출을 위한 여러 가지 지원 방안과 중소기업 및 창업자 지원을 통한 고용 창출에 대하여 연방정부가 중점 개입하는 방식을 취하고 있다.

그러나 통일 전에도 경제대국이고, 유럽연합(EU) 15개국 중 1위의 경제력을 가진 독일도 전체 인구의 19%에 달하는 동독지역 개발로 그동안 무척 어려운 시절을 보냈다. 또 통일 후 9년이 지난 1999년에도 동독지역 구조조정 부담으로 전체 독일 경제가 어려움을 겪고 있다.

유럽연합에서 동독지역을 바로 EU에 포함한 것으로 보아, 전체 유럽연합 차원에서 경제 및 사회 지원까지 해준 점을 고려하면, 우리가 직면한 남북통일 시 식량난까지 겪는 북한 경제는 통일 전 동독에 비교할 수 없을 정도로 나쁘고, 우리도 현재 IMF 사태로 어려움을 겪고 있으므로 통일에 대비한 비용절감 면에서 동독지역 개발사례 분석이 중요하다고 판단된다.

1990년 10월 3일 역사적 평화 통일 후 약 9년이 지난 독일에서는 서독(독일연방공화국, BRD)주민을 Wessi라고 부르고, 동독(독일민주공화국, DDR) 주민을 Ossi라고 부르는 형태의 지역감정이 나타나고 있다.

1999년 4월 Leibzig 대학과 프로이트심리연구소(Sigmund-Freud Institut für Psychoanalyse)가 공동으로 동서독 주민 각각 1,000명을 조사한 결과 동독 주민 사이에 독일 통일에 대한 후회와 미래에 대한 불안 등 회의주의(Pessimism)가 증가하고 있다고 한다. 또 동독 주민 3분의 2는 독일인이라기보다 먼저 동독인이라 생각하고 서독인에 비해 2등 국민이라고 느끼고 있다는 것이다. 아울러 이들은 앞으로의 동서독의 동반 발전에 대해서는 매우 어렵다고 느끼지만, 이들 중 불과 5%만이 종전의 동독(DDR) 시절로 돌아가고 싶다고 한 것으로 나타났다.

한편, 전체 독일을 하나의 공동체라고 인식하는 비율은 55% 정도이고, 서독인의 51%와 동독인의 70%가 5년 후 미래를 불안하게 생각하고 있으며, 동독인의 58%, 서독인의 45%가 외국인에 대해 배타적이라고 한다. 이것은 통일 이후 동독의 경제 부흥은 주로 서독인의 희생(대체로 서독 GDP의 4~5%가 동독지역에 이전)으로 이루어졌는데, 이미 40

여 년 동안 진행돼온 사회주의 잔재로 인해 동독인의 자본주의 사회로의 적응이 늦어져 경제가 호전되지 않았기 때문으로 분석된다. 또 통일 초기의 혼란을 벗어난 1992년부터 동독지역의 도로, 철로, 주택, 항만 등 사회 간접자본시설 건설 수요가 폭주하여 동독지역 개발이 전체 독일의 성장을 이끌어왔으나(1993년에는 서독의 마이너스 성장으로 부負의 성장을 시현), 1997년 이후에는 동독지역의 경제 회복 지연이 전체 독일 경제에 부담을 주고 있고, 최근에는 금년 1월 도입된 EURO화의 약세와 전체 EU국가의 전반적 경제 침체도 이에 가세하고 있기 때문이 아닐까 한다.

* 1992년부터 1998년까지의 경제성장률(%, 전년 대비)

	92	93	94	95	96	97	98
전체독일	2.2	-1.2	2.7	1.2	1.3	2.2	2.8
서 독	1.8	-2.0	2.1	0.9	1.1	1.7	2.9
동 독	7.8	9.3	9.6	4.4	3.2	2.3	2.1

통계(1999년 6월)에서 보듯이 독일 전체의 평균 실업률은 10.5%인데, 이중 서독 지역(서베를린 및 10개주) 실업률은 8.4%, 동독지역(동베를린과 5개 주) 실업률은 16.8%로서 동독 실업률이 서독의 2배나 된다. 또 전체 인구 중 19%인 동독의 독일 전체 GDP 기여도가 불과 11%이고, 동독인의 생산성이 서독인의 60% 수준인데도 사회보장 차원에서 동독인에게 생산성보다 24% 높은 임금(월2,420 DM)을 책정하여 보수 수준은

이미 서독인의 86.1%에 달하는 등 서독인이 상대적으로 피해를 보고 있다는 인식이 강하다(1인당 GDP 34,600DM, 1998년).

동독인에 대한 실업보험, 연금보험, 구(舊) 동독 시절의 부채 부담 등 통일 비용이 계속 증가하면서 연방정부 재정적자도 증가하고 있어, 현재 Schroeder 정부는 내년 예산 중 약 2.5%인 300억 DM을 절감하는 방안을 내놓았으나, 연금 생활자들의 비판이 매우 거센 상황이다.

1998년 중 독일 경제는 아시아, 라틴아메리카, 러시아 등의 경제위기에도 불구하고 수출이 성장을 이끌어 수출은 5.9% 증가(1997년 11.1% 증가)된 반면, 수입은 5.2% 증가하여 74억 DM의 경상수지 흑자를 보였다(1997년 246억 DM 흑자). 여기에 동독지역 기업의 비율은 미미하다.

동독지역의 실업 문제, 도로 · 철도 · 통신 · 주택 등 인프라 낙후와 이에 따른 경제 개발상 장애, 수질 · 공기 · 토지 · 방사능오염, 주거환경 낙후 문제(동독에서는 대부분 집단주택에 화장실조차 없었다고 한다), 자본주의 적응을 위한 교육 및 의식 전환 문제들은 우리나라와 북한이 통일될 경우 북한에서도 비슷하게 일어날 현상일 것이다.

더구나 통일 전 경제 상태가 공산권 중 1위이며, 일부에서는 서구 국가 수준으로까지 평가받은 동독이 이 정도인데(실제로는 통일 전 거의 국가 파탄 상태였음), 현재 식량난을 겪어 국제사회 지원에 의존하는 북한의 경우는 문제의 심각성이 더욱 클 것으로 판단된다.

:: 글을 맺으며

한번쯤 지나온 날을 되돌아볼 필요가 있는 모양이다.

모처럼 여유 있는 시간을 맞아 내가 지나온 길을 더듬어보니, 지금까지 좀 더 진실하게 나의 삶을, 나의 인생을, 나의 생활을, 나의 주의(主義)를 반성하지 않고 무작정 달려온 것만 같아 스스로 안타까웠다.

지나간 날은 그립다. 스쳐간 사람, 잊혀진 모습이 새삼 그리워진다.

한번만이라도 돌아갈 수 있다면…….

이번에 글쓰기에 대해 새삼 생각해보았다. 여동생이 동화작가이자 소설가라서 글쓰기가 얼마나 어려운 일인지 곁에서 보아 대충 이해하고 있었지만, 글재주 없는 나로서는 정말 힘든 작업이었다.

그러나 부끄럽지만 한 편의 글을 완성하고 나니, 지난 인생을 한번 정리했다는 뿌듯함이 있다. 또 공직이 과연 무엇이었는지, 무엇을 했는지 돌이켜보고, 앞으로 나아갈 방향도 스스로 생각하게 한 소중한 시간이 되었다.

인생은 고생길, 고해(苦海)이며, 학문은 무한한 바다라서 학해(學海)라고 한다. 현재는 과거가 누적된 것이고, 미래는 과거, 현재의 연속선에 있다.

정말 '끝이 없는 길'이 인생이다.

이제는 머리카락이 제법 희어져가고, 기억도 가물가물해지는 조짐이 있는데, 이번에 이렇게 지나온 삶을 돌아보는 글을 쓴 것은 잘한 일이라고 생각한다.

내게 공직 생활이 앞으로 얼마 남았을지 모르겠다. 크게 출세하지는 못했지만 큰 흠집 없이 걸어왔으니 지금 후회는 없다고 강변(強辯)하고 싶다.

젊은 시절, 즐겨 부르던 노랫말을 적어본다.

끝이 없는 길

　　(박인희, 한경애 노래)

　　길가에 가로수 옷을 벗으면

　　떨어지는 잎새 위에 어리는 얼굴

　　그 모습 보려고 가까이 가면

　　나를 두고 저만큼 또 멀어져 지네

　　아~ 이 길은 끝이 없는 길

　　계절이 다 가도록 걸어가는 길

　　잊혀진 얼굴이 되살아나는

　　저만큼의 거리는 얼마쯤일까

　　바람이 불어와 볼에 스치면

　　다시 한 번 그 시절로 가고 싶어라

286

아~ 이 길은 끝이 없는 길

계절이 다 가도록 걸어가는 길

무심천(無心川)에서 과천이었다. 다음은…….

맑은 고을(淸州)을 무심(無心)히 흐르는 내(川)가 있었다.

그곳에서 돌다리(石橋) 초등학교를 다녔다.

출세(出世)하려면 서울 가야 한다 하기에 서울에 올라왔다.

미아리, 신림동으로, 그리고 과천으로

우암산, 도봉산, 관악산을 올라 다녔다.

그동안 관(官)을, 관(冠)을 탐하였다.

관악 기슭을 돌아, 관악 북녘에서 관악 남녘으로

방황하며,

한번쯤 높게, 멀리 날아가고 싶었다.

독일에서 2년간 살아보았다.

독일 본(Bonn)은 내 고향 청주와 비슷했다.

사람도, 흐르는 물도, 느낌도…… 나는 좋았다.

나는 전생에 본에서 살았던 것이 아닐까.

그리고 다시 태어나고 싶었다(born).

오십 평생을 한길로 달려오다 보니

이제 다시 관악(冠岳) 기슭, 과천에 서 있다.

세상의 계절은 여름을 지나 가을로 접어들고,

겨울도 멀지 않다.

내 공직(公職)의 계절도 여름을 지나 가을로 가고 있다.

노랗게 변한 중공교(中公校) 가는 길, 은행나무길이 조금은 쓸쓸하게

느껴진다.

이제 다시 길을 떠날 시간이다.

2008년 11월, 방배동에서